「リーセル。やっぱり君か」
「今年は覚悟して。この日の為に、いろんな術を会得したんだから」
ギディオン・ランカスター
一度目ではリーセルを陥れた聖女と親しかったが――
リーセル・クロウ
二度目の人生では地味に生きようと決めている。

「王宮魔術師殿。名前はなんていうの？」
私の名前をちゃんと覚えてほしくて、つとめてはっきりと答える。
「リーセル。――リーセル・クロウです」

――王太子はあの時、なんて言っただろう？
「良い名だ」と言ってくれた気がするし、
もしくは「リーセル」と呼んでみてくれたかもしれない。
とにかく、これが私と王太子ユリシーズの出会いだった。
ユリシーズ
王太子であり、
一度目ではリーセルの恋人だった。

「ありがとう、ギディオン。
――貴方が迷惑でないのなら、
来月の大夜会に私を連れて行って」
ギディオンがその甘い碧の瞳を、驚いたように少し見開く。
「言っておくけど、大夜会の夜だけよ？」
「分かっているよ」
ギディオンは滲むように笑った。眦が下がり、
ゆっくりと口角が優しげに上がる。
その笑い方が、ユリシーズにそっくりに思えて、
きゅっと胸の奥が痛む。
私が大好きだった、あの笑顔だ。

王太子様、私今度こそあなたに殺されたくないんです！

～聖女に嵌められた貧乏令嬢、二度目は串刺し回避します！～

岡達英茉
Illust 先崎真琴

CONTENTS

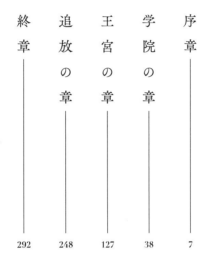

序章

刑の執行まで、十分を切った。

私の命は、わずかな時間しか残されていない。

泣くことも怯《おび》えることもできず、私は地下牢《ちかろう》の冷たい床に座り、ただ静かに迎えを待った。自分を処刑場へと連れて行く、係官達を。

そばに控える侍女のカトリンは、一時間以上前からずっとすすり泣いている。

カトリンは、私が本当は無罪なのだと知っていた。私が大罪の「聖女殺害」を企てるなどあり得ない、と。

だからこそ、処刑を待つこの現実が私達には辛《つら》過ぎた。

私に下された刑罰は公開処刑であり、王宮の裏に特設された処刑場には、既に数えきれないほどの見物人が集まってきていた。

——みんな、趣味が悪い。

「そろそろ時間だ。出なさい。——処刑場に行くぞ」

ガチャリ、と鉄格子の鍵が開けられ、フードを目深に被った黒ずくめの係官が、私を独房の外に出す。

共に付き従おうとしたカトリンは係官に止められ、ついてくることは叶《かな》わない。

これが、永遠の別れになる。

絶望のあまりカトリンが嗚咽《おえつ》し、硬く冷たい石畳の床に崩れ落ちる。

カトリンは私が赤ん坊の頃から、我が家に仕えてきた侍女だ。そのカトリンが絶望するさまに、胸が張り裂けそうになる。

万感の思いを込めて、今生の別れを告げる。

「今までありがとう、カトリン」

カトリンの瞳から、滝のように涙が流れる。

貰《もら》い泣きしそうになり、歯を食いしばって耐える。

私は絶対に、泣かない。

涙を見せたら、聖女が喜ぶだけだから。

地下牢の天井すれすれに穿《うが》たれた小さな窓からは、処刑場に詰めかけた民衆の怒号が聞こえた。

「聖女様を毒殺しようとした女を、引きずり出せ！」

「聖女様の敵を、殺せ！」

私、リーセル・クロウは少し前まで、このレイア王国で最も幸運な女性だった。

王都から遠いバラル州から来た田舎貴族にもかかわらず、王太子に求婚されたのだから。

私の数少ない取り柄の一つは、自分で言うのもなんだけど結構美人であることと、魔術持ちであることだった。だから王宮魔術師として働き、実家を経済的に助けていた。

そして王太子ユリシーズと出会い、恋に落ちた。

あと少しで田舎の貧乏貴族の娘が、王太子妃の座を射止め、大逆転な人生を送れるはずだった。

でも、そこに彼女が――聖女が現れたのだ。

ある日王宮にやってきた聖女のアイリスが、全てを変えた。――名門ゼファーム侯爵家の令嬢にして、稀有《けう》な魔力を持つ、可憐《かれん》な美少女が。

治癒術を使えるのは聖女だけで、聖女は百年に一人現れるかという逸材だ。

聖女は王宮に盛大に迎え入れられると、その明るさと天真爛漫《てんしんらんまん》さで、王宮の人々を魅了した。それこそ、国中の貴公子達が彼女に惚《ほ》れたんじゃないかと思えるくらいの勢いで。

そんな折、ユリシーズが落馬して腕を骨折すると聖女は言った。燦然《さんぜん》と輝く黄金色の髪をなびかせ、どこまでも甘い蜂蜜色の瞳で彼を見上げ、澄んだ愛らしい声で。

「殿下の痛みは、わたくしの痛みでもありますわ。殿下の腕を、すぐに治して差し上げたいのです」

聖女はユリシーズの腕にそっと触れ、彼の快復を祈った。それだけで骨折は、嘘《うそ》のように完治した。まるで奇跡だった。

更に聖女は治癒術を駆使し、生まれつき片足が不自由だった国王の足まで、完治させた。

国王は生まれて初めて自分の足で走ることができ、大変喜んだ。

そしてその年の真冬に、王都の歌劇場で大火災が起きた。

聖女は現場に真っ先に駆けつけ、聖なる祈りで大勢の怪我人を治した。聖女の象徴である真っ白いローブをススだらけにし、黄金色の髪に灰を被っても、どんなに疲れても聖女は怪我人達を懸命に手当てした。かじかんで赤く腫れた手で。

その姿を目撃した人々は、聖女の清く美しい慈善精神に、深く感動したという。

いつしか王宮中の人々の注目を集めるのは、ユリシーズに求婚されている私などではなく、聖女の方になっていた。

人々は堂々と称賛した。

聖女様は、国の宝だ。王家の幸福の女神のようだ。

「麗しい王太子殿下と聖女様が並んでいるお姿の、なんてお似合いなこと」

続けて声を落として言うのだ。

「家柄も、聖女様は釣り合ってらっしゃるもの。――彼女と違って」

「彼女」とは、もちろん私のことだ。

不安になった私は、ユリシーズに聞いた。国の為に、身を引いた方が良いかと。この頃になると、彼の中での私のポジションが、分からなくなっていた。

だがユリシーズは私の手を取り、首を左右に振った。

「聖女と結婚する気はないと、父上には近いうちに必ず話すよ。だから、待っていてくれ」

国王にとって、ユリシーズは遅くにできた子どもだった。高齢のせいか近年気難しくなってきた父親に、言い出すタイミングを測ろうとしている。――私はそう思っていた。

やがてユリシーズは同盟国を助ける為に、隣国へ遠征に出かけた。

戦争に行くユリシーズを見送るのは、胸が張り裂ける思いだった。剣の腕前は抜群だったし、彼は魔術が使えた。そう簡単には負けたりはしないだろう。そう分かってはいても、出征してからの毎日が、心配でたまらなかった。

国王はユリシーズの留守中に、彼が帰国したらすぐにでも盛大な結婚式を挙げられるよう、準備を始めた。

ウエディングドレスが急ピッチで縫われ、ダイヤモンドの煌《きら》めくティアラが、結婚指輪が作られる。そしてそれらを試着したのは、聖女だった。

仮縫いのドレスを着て、ティアラを頭上に戴《いただ》き、聖女は国王に言った。

「殿下が凱旋《がいせん》なさったら、そのお手で指輪をはめてもらうのが待ち遠しいわ。でも、……いいのかしら？　わたくし、リーセル様に申し訳なくて……っ」

聖女は目を潤ませた。目にゴミが入ったんだろう。

「あの元婚約者には、余からよく言って聞かせよう。だから気にするんじゃない」

国王は優しく聖女を宥《なだ》めた。

いつの間にか私は皆の中で、「元」婚約者になっていた。現役バリバリのつもりでいるのは、私だけだったらしい。

そんな矢先、王都を散策中に聖女に矢が放たれ、近くにいた侍女に当たって亡くなった。逃亡した犯人には、バラル州訛《なま》りがあったという。逃げながらペラペラ話す犯人なんていなそうだけど。

そして同じ夜、聖女も倒れた。

毒を飲まされたらしい。あろうことか、その犯人は「リーセル・クロウ」だとされた。

なぜなら紅茶を飲む前に、聖女は嬉《うれ》しげに言ったらしい。

「これはリーセル様にいただいた紅茶なのです。嫌われていると思っておりましたから、本当に嬉しいわ……」

私はもちろん、紅茶なんてあげていない。だって聖女のこと、大嫌いだし。

王宮の地下牢へと連行された私は、「身に覚えがない」と主張し、冤罪《えんざい》だと言い続けてきた。だが耳を貸す人はいなかった。挙げ句に矢を放った襲撃者も、雇ったのは私だということにされていた。

ようやく悟った。

自分はもう、王宮には用無しなのだと。愛され聖女の敵で、国中の疎まれ役なのだと。

しかも危機を脱し、起き上がれるようになった聖女は、今まで私に王宮で虐《いじ》められてきたと周囲に打ち明けたのだ。下級貴族の私が、一体どんな虐めをすることができたと言うのだろう。

けれど裁判官はそれを信じた。お手上げだ。

最早《もはや》刑罰はひっくり返らない。

(私は何もやってない。だからせめて、さいごまで毅然《きぜん》としていよう)

それが今できる、唯一の抵抗だった。

係官達は、私の腕を両側から摑《つか》み、牢の出口へと連行を始めた。

正午が迫っていた。私の処刑執行予定時刻の、正午が。

恐怖に震えそうな足を必死に動かして前を向き、地下牢の外へと繋《つな》がる灰色の階段を見つめる。

その石の階段に足をかけた時。上階から思わぬ人物が現れた。

信じられなかった。目の前に突然現れたのは、ユリシーズだったのだ。

栗色《くりいろ》の髪の毛をボサボサに乱し、肩で息をしている。茶色の目は血走って真っ赤で、甲冑《かっちゅう》の上に羽織ったマントは薄汚れている。戦地から今しも帰ったのだろう。

「殿下！　いつご帰国を？」

ユリシーズは私の正面に立ち、傲然とこちらを見下ろした。いつもは輝くような美貌を、酷く歪《ゆが》ませて。

「リーセル。……なんて愚かな」

ぶるりと身が震えた。こらえきれず、大粒の涙が流れる。

まさか、ユリシーズも私のことを有罪だと思っているのだろうか？

それでも、処刑執行前にこうして会いに来てくれたことが、嬉しかった。たとえ聖女を毒殺しようとしたと、ユリシーズにまで疑われていたとしても。

泣くまいと決めていたのに、ユリシーズの顔を見た途端に、決意が儚《はかな》く崩れる。

張り詰めていた気が抜け、全身が萎えて床に膝をついてしまう。両手を前に投げ出して、階段にすがりつく。

（死にたくない！　処刑場になんて、行きたくないよ……！）

待ち受ける処刑が、本当は恐ろしくて仕方がない。

怒号が飛び交う中を、王宮の外壁に縛りつけられ、死刑執行人に首を斬られるのだ。

聖女を傷つけるものは、公開処刑と古代から決まっている。

硬い石の階段についた両手がガタガタと震え、恐怖で足に力が入らない。

自分が死んだら、ユリシーズと聖女は間違いなく結ばれてしまう。皆が、そう望むのだから。

聖女が、妃になってしまう。押さえつけていた悔しい思いが、溢《あふ》れて止まらない。

ユリシーズはゆっくりと階段を下り、私の数段上で止まった。

「リーセル。顔を上げよ」

命じられるまま上体を起こした、その瞬間。

凄まじい衝撃が、私の体を貫いた。自分の身を襲ったことが、信じられなかった。

目の前に立つユリシーズから、胸をひと突きにされていたのだ。ユリシーズの右手に握られた剣は、私の胸の真ん中を貫き、銀光りする刀身の中ほどまで突き刺さっている。

更に驚くべきことに、なびくマントの下から覗《のぞ》く彼の左腕は、肘から先がなくなっていた。戦場で失われたのか、布が何重にも巻きつけられ、痛々しい。

カシャカシャと涼しげな音を立て、透明な石のかけらが床に落ちていく。体ごと貫かれた私のペンダントの、バラの形の飾りだったものだ。裁判が始まった時に、遠いバラル州から駆けつけた祖父がくれた、お守りのペンダントだった。

粉々に砕かれ、もう私を守ることはない。

「でん、か……」

あまりの光景に、私は目を見開いてユリシーズを見上げた。

ぐらり、と身体が傾き、崩れるように床の上に転がる。

息を吸うことも吐くこともできず、胸を押さえる自分の手が、溢れ出る血でぬるぬると滑る。

ユリシーズは出血と死への恐怖でガクガクと震える私を、押さえつけた。

そのまま私の上に突っ伏し、嗚咽を始める。

なぜ、泣いているのだろう。

ユリシーズの栗色の髪が、死にゆく私の視界を埋め尽くす。

ああ、自分は死ぬのだ、と思った。同時に頭の片隅に、どこか安心する自分がいた。

(だって公開処刑されるよりは、遥《はる》かにマシかもしれない……)

愛する男に殺されるという、最も残酷な人生の終わり方だとしても。

やがて痛みも寒さも消えた。

全てを終わらせる帳《とばり》が下り、肉体から意識が解放される。

私の意識は体から抜け出るように、フワリと宙に舞い上がった。

意識を下に向け、見下ろせば石の床に横たわる自分の体が見える。黒い髪が床に広がり、両足は力なく投げ出され、床に落ちた人形のようだった。

砕けた石の破片が、キラキラと場違いに美しく輝いている。

(ああ、私、死んだんだ。——信じられないけど今、自分の遺体を見下ろしてるんだ……)

血相を変えた係官の一人が、ユリシーズからようやく剣を取り上げていた。もう一人は私の胸元に自分のマントを押し当て、必死に止血をしようとしている。処刑を待つ身だったというのに、救命を試みているなんて、滑稽だ。

這《は》うようにして近づいてきて、私の黒髪の頭を抱きしめているのは、カトリンだ。何事かユリシーズに向かって絶叫しているが、音が聞こえない。

(泣かないで。もう、終わったから……)

自分の魂が上へと引っ張られていくのを感じた。このまま神に召されるのだろう。

最後にどうしても、ひとつだけ聞きたかった。

――聖女様を愛してしまったの?

ユリシーズは、私を愛してくれていたんだろうか。

眼下で動きがあった。

ユリシーズが係官から剣を取り返し、再び振り上げたのが見えた。

(もう息絶えた私を、まだ刺したいの? 殺し足りないほど、いつの間に私を憎んでいたの?)

強力な力で意識が上へと引かれる。地下にもかかわらず、天から降り注ぐ一筋の光が見える。なんて神々しい。この光を昇っていけば、天国に行けるのだろう。

抗いようのない強い引力で、私の魂が運ばれ出す。いよいよ天へと旅立つのだろう。

薄れていく意識の中、考えた。

――どこで、何を間違えたのだろう?

こんな人生は二度とごめんだ。

バン！

という衝撃音とともに、痛みが体全体を走る。

（いったぁぁぁ……）

目を開けると目の前は、木の床。

ここは、どこなのか。

起きあがろうと床に手をつき、その手を見て呼吸が止まる。

子どもの手のように、小さいのだ。

わけが分からず、手をしばらく凝視してしまう。

動揺しつつ顔を上げると、寝具が半分床に落ちたベッドが見えた。

さっきの衝撃から考えるに、どうやら私はあのベッドから落ちたらしい。床に打ち付けたばかりの右肘がジンジン痛む。

一緒に転がり落ちたらしき、クマのぬいぐるみが左腕の下で潰れている。

「ここ、どこ」

さっきまで王宮の地下牢にいたのに。愕然《がくぜん》と目を見開いて、辺りを見回す。

白いレースのカーテンが天蓋から垂れるベッドに、足元の長椅子。壁紙は薄いグリーンで、大きな出窓がある。それは酷く見覚えのある部屋だった。

（私の部屋だ……。子どもの頃の、私の部屋！）

「なんで？　えっ――なんで⁉」

両手で頭を抱えた。

何が起きたのか全く脳がついていけず、膝立ちのまま呆然《ほうぜん》と固まってしまう。

フラつきながら立ち上がり、ベッドの隣に置かれた等身大の鏡に駆け寄ってしがみつく。

楕円形《だえんけい》の姿見の中には、紫色の瞳を極限まで見開き、わなわなと唇を震わせる寝間着姿の少女が映っていた。

「こ、これ……わたしだ」

そう、私、リーセル・クロウだ。濡《ぬ》れ羽色《ばいろ》の黒髪に、小さくまとまった鼻や口。目は神秘的に澄んだ紫色。自分で言うのもなんだけど、結構可愛い。

「私、小さ……！」

これは多分、六、七歳の頃の私だ。

（なんで私、子どもになってるの……？）

こんなはずない。あり得ない。

そう思いながらも、もつれる足で窓に向かって走り、花柄のカーテンを開ける。

眩《まぶ》しい朝日が一瞬で室内を満たし、その明るさに目をすがめる。

窓の外には柔らかな曲線を描く芝の丘と、小さな森がいくつも見えた。間違いなく、バラル州だ。

そして窓の向こうに立つ崩れかけた我が家の塀の前には、一本のコニファーの木があった。あの木は私が十一歳の時に、雷に当たって折れたはずなのに。

窓から後ずさり、あまりの衝撃に膝から崩れ落ちる。

「なんで私、子ども時代に戻ってるの？」

震える小さな拳をぎゅっと握り締める。時間が巻き戻ったとしか、思えない。

「もう、殺されたくない……」

田舎娘が王太子に見初められたなどと、勘違いも甚だしかったのだ。

（きっと、神様が人生をやり直すチャンスをくれたんだ……!!）

今度こそ、間違えたりしない。私は人生をやり直そうと固く決意した。


それからの日々は、本当に生まれ変わったような毎日だった。

屋敷の者達は、十九歳の私の記憶にあるよりずっと若くて、少し戸惑った。

侍女のカトリンは、あの日の泣き顔が嘘のように明るくてよく笑う、かつての彼女のままだった。

まだ二十代と若くぴちぴちで、可愛らしい。嬉しくて、子どもだからと何度も腰に抱きついては、幸せそうな笑顔を確認してしまう。

「カトリン、だ〜い好き。お婆ちゃんになっても、ずっとそばにいてね」

「お嬢様ったら。最近妙に甘えん坊ですね。赤ちゃん返りですか〜？」

「子ども返りだもん！」

目に映る全てが、いつか見たもののはずだった。けれど、よくよく見ると全ては新鮮だった。

クロウ家は結構な田舎貴族だった。

領地のあるバラル州は王都からかなり離れており、草原の丘と森が続く長閑《のどか》なところだ。

風になびく緑の芝と、青々と茂る小さな森。

北を見上げれば、白い雪を頂上に被る青い山々がそびえ、バラル州の背景は壮大で美しい。

緑のベルベットの丘には野うさぎが跳ね、森の木々の間からは時折雄々しいツノを持つ鹿が姿を見せる。

自然の恵みが豊かなので、農村の暮らしもそこそこの水準が保たれている。

なだらかな丘を澄んだ小川が流れ、子ども達が水遊びをする。

夏の終わりには毎年、村を挙げての馬上槍《やり》試合が行われ、りんご飴《あめ》を片手に観戦をする。

そんな平和な州だ。

クロウ家の屋敷は大きく歴史ある建物で、いかにも地方領主の屋敷といった構造をしていた。

厩舎《きゅうしゃ》と井戸がある広い中庭に、大きな広間と食堂がある屋敷。

灰色の石を積み上げた城門の外には、農民に耕作してもらうクロウ家所有の畑があった。

もっともクロウ家は決して裕福ではなく、屋敷は相当ボロかった。貴族としては、かなり貧乏な方だろう。屋敷は厩舎を挟んで二つの棟からなっているのだが、そのうち片方は半壊しており、使っていない。

両親は馬車の事故で亡くなっており、私は弟と当主の祖父と、三人家族だった。

それでも……。

「いやぁー、平和でいいわぁ」

ここにこそ、幸せはあった。

毎日は穏やかに、シンプルに過ぎて行った。

中庭で飼育している鶏達に餌をまき、家庭教師に勉強を習う。

普通は刺繍《ししゅう》やら裁縫を習うのかもしれないが、私の場合は祖父から魔術も教えてもらっていた。

私は魔術が使えるのだ。

この世界では、全員が魔術を使えるのではない。くじを引くように偶然に魔術持ちが生まれる。

万物の根源は水か風か火で、その力を自在に操ることができるのが、魔術師だった。

魔術は私にとって、誇りだ。

貧乏貴族でも魔術さえあれば、絶対に領民を困窮させることがないのだから。

祖父は自分の魔術を使って魔石を作って販売し、副業でかなり家計を助けていた。魔石は魔術を溜《た》めた塊のことで、魔力の補助となるのだ。いわば、魔術の燃料のようなものだった。

祖父は水の魔術を得意としていた。

だから私と三歳年下の弟が井戸のそばで遊んでいると、しばしば私達を水のウサギや猫が、追いかけてきた。私はこの時間が最高に好きだった。

花々と緑溢れる明るい庭に優しい祖父がいて、はしゃぐ私と弟を見守ってくれている。

「ニャンコ！　こっちにおいで！」

三歳の弟が、透き通った水の猫に満面の笑みで駆け寄り、触ろうとする。

猫はヒラリと身をかわし、挑発するように時折立ち止まっては弟から逃げ回る。

弟はまだ赤ちゃんらしさが残る、高く澄んだ笑い声を上げ、芝の上を弾むように猫を追う。

祖父が顔を綻ばせて、弟を目で追う。

「おじい様、水の猫の出し方を教えて！」

手にしがみついてねだると、祖父は私と同じ色の瞳を、ぐるりと回した。

「リーセルにはまだ早いかな。頑張れば蝶《ちょうちょう》々くらいなら、出せるかもしれないね。自分の心の中を深く覗き込んで、お前が一番美しいと思う蝶々の姿を、心に浮かべてごらん」

「心を覗くって、何？　それ、どうやるの？」

すると祖父は苦笑して首を左右に振った。

「毎日やってみてごらん。お前の持つ水の魔術に力を委ねる感覚で。練習あるのみ、だよ」

祖父は私の頭をポンポン、と叩《たた》いた。


夕暮れ時になると、屋敷の裏にある父母の墓参りをするのが私達の日課だった。

ツタが絡まる緑豊かな墓地に、父母の墓石は仲良く並んでいた。

祖父は魔術で作った花を、時折一輪ずつ二人の墓の上に置いていた。

私はこの花を、「世界一きれいな花」と呼んでいた。水の魔術で作られていてガラスのように透き通り、光を受けて七色の輝きを放つのだ。硬質な外観にもかかわらず、触れればごく普通の花のように柔らかい。

「おじい様は、どうしてこんなにきれいな花が作れるの？」

夕陽に照らされた祖父の顔を見上げると、彼はくしゃっと顔をシワだらけにして笑った。

「お前達のお父様とお母様を、心から愛していたからだよ。私はこうして、この花の中に思い出を詰め込んでいるんだ」

そうしてそのアメジストの瞳を、灰色の墓石に戻す。その目には、薄っすらと涙が浮かんでいた。

両親は私が四歳の時に亡くなったので、二人のことはほとんど覚えていない。

ただ、一番身近なはずの二人がいなくて、心の中で巨大な空洞となっているだけだった。

祖父は私と弟を両腕でギュッと抱き締めると、言った。

「リーセル、イーサン。お前達はどうか、長生きをしておくれ。うんと長く生きるんだよ」

祖父の大きくあたたかな体に包まれ、弟は無邪気に頷《うなず》いた。

「うん！　僕達絶対、百歳まで生きるよ！」

弟と一緒に祖父にしがみつき、少しチクチクするセーターとぬくもりに頬を押しつけながら、私は唇を噛《か》んだ。

（必ず、生き抜いてやる。王太子妃なんて、絶対目指さない！）

このリーセル・クロウ（リターン）が人生を賭けて、あの虚しかった人生を演じ変えてやる。

王太子ユリシーズに殺される未来を、避けるにはどうしたらいいのか。

七歳になった私が、用意周到にも考えた作戦は、こうだ。――「魔術」という生きていく為の保険を確実にモノにしてから、バラル州の男性と結婚する。できればその上、実家の近所に住めれば文句なしだ。

もちろん、王太子にはかすりもしない人生を送るのだ。


そして十二歳の夏。

二度目の私の人生が、大きく動き出した。

発端はこのド田舎のクロウ家の屋敷の近所で、一人の貴公子が目撃されたことだった。

その情報は、執事のアーノルドがもたらした。

我が家の執事は、巷《ちまた》で人気のタイプの執事――つまり黒髪に眼鏡を掛け、線が細くて頭が名探偵ばりにキレ、美青年で「お嬢様、お帰りなさいませ」などというタイプのキャラではない。

アーノルドは中年だし、かなり逞《たくま》しい体格をしていた。端的に言えば、全身筋肉だ。

ある日私に紅茶を持ってきてくれたマッチョのアーノルドが、楽しげに教えてくれた。

「珍しいこともあるもので、最近外の畑や近くの森で、どこかの貴族のお坊ちゃんをお見かけするんですよ。森で腹筋をしていたら、何度かすれ違いました」

「やだ、マッ……アーノルド。貴方森で運動なんてしてるの？」

「はい。森の中で体を鍛えると、良い酸素が吸えるからか、筋肉が喜ぶんですよね」

「そ、そうなの。――それにしてもこの辺りにどこぞのお坊ちゃんがいるなんて、珍しいわね。何しに来たのかしら」

「丘か動物でも見に来たんですかねぇ。この辺りの森は、動物が多いですから。むしろバラルにはそれくらいしかありませんし」

私の前にアーノルドが、小さなアーモンドクッキーの皿を置く。

クッキーを口に運びながら、考えた。

もしやそのお坊ちゃんは、鹿狩りに来たんだろうか。貴族の少年の間では、牡鹿《おじか》を狩って剝製を屋敷に飾るのが流行しているのだという。

大きな牡鹿を捕らえ、「僕、こんな大物を撃ったよ！」と得意げに父親に報告するものらしい。

その少年が狩猟に来たなら、看過できない。なぜなら周辺の森はクロウ家の領地だからだ。そこに住む動物も、森の果実も、川の魚も領主である祖父の所有物になる。

勝手な狩猟は許されない。祖父は狩りが嫌いで、申請されても許可しないのだ。

「私も後で森に行ってみるわ」

注意をしなければ。

だがアーノルドは私の考えを別な方向に解釈した。彼はおかわりのお茶を私のカップに注ぎながら、お茶目なウィンクを寄越した。

「お嬢様と同じ年頃のお坊ちゃんに見えましたよ。お友達になられては？」

「そ、そうね。会えたら話してみるわ。素敵な情報をありがとう」

「いやぁ、お礼なら、私の筋肉に言ってやって下さい！　自分はなんにもしてないんで」

マッチョ執事は照れたように頭をかきながら、笑った。


初夏の明るい日差しが心地よい、昼過ぎだった。

アーノルドの見た少年を探しに、屋敷の裏手に広がる森に早速入っていく。

日差しが林の木々の上から、線状の光となって降り注ぐ。時折、涼しい風が心地よく吹いている。

森の空気を味わいながら、端までやってきた時。どこからか微かに声が聞こえた。

足を止め、耳をそばだてる。

「たす、け……っ、誰か！」

声は森の向こうから聞こえた。

はっと息を吸い込み、急いで走り出して森を抜ける。

森の先は原っぱが広がっていて、その向こうには小さな川が流れている。

その川を、何かが——いや、人が流されていた。

金色の髪の少年が、両手をバタつかせて川を流れている。

「たっ……、助け、てっ！」

水面に沈みそうになりながら、救助を求めている。

助けなければ、と川に向かうが、川の中の少年を見とめるや、立ち止まってしまった。

（嘘でしょ。……神様、嘘だよね）

信じがたい思いで川を凝視しながら、恐る恐る近寄る。

目の錯覚だと思いたかったが、少年はこの国の超名門貴族の四家——四大貴族の一つである、公爵家の直系の者にしか着用が許されない、濃い赤色のマントを身につけていた。

それを着ることができるのは、今一人しかいない。

目の前の結構浅めの川で溺れているのは間違いなく、ランカスター公爵家の後継ぎ、ギディオン・ランカスターだった。

なんでか知らないが、このレイア王国の建国の英雄を祖に持つ超名門、ランカスター公爵家のお坊ちゃんが、どんぶらこっこと目の前の川を流されている。

近所の子ども達は川遊びをするような、穏やかな川なのに。むしろどうやって溺れているんだろう。ずっと晴天続きだったから、水嵩《みずかさ》が増しているはずもない。ある意味、凄い芸当だ。

それに一体、どうしてここに。

助けなきゃ、という気持ちに急に、ブレーキがかかる。

ギディオンはあのアイリス・ゼファームの幼馴染《おさななじ》みなのだ。前回の私を、散々苦しめて最終的には死に至らしめた、あの聖女の。

ギディオンとアイリスの母親は親友同士で、一歳差の二人は兄妹同然に育った。

ギディオンはアイリスが聖女となった後は、まるで彼女の保護者のように振る舞い、王宮内で急速に派閥を拡大していったゼファーム侯爵家派の中心人物として、いつも私を冷たい美貌で見下ろしていた。

（あの穏やかな川よ。そのうち浅瀬に引っかかって、自力で歩けるはずよね……）

川岸に辿《たど》り着く前に、私は足を止めた。

（非人道的な選択かもしれないけど、あのくそランカスター家となんて関わりたくない）

思い切って川から目を逸らすと、助けを乞う少年に背を向けた。

前回の人生では、ギディオンとは王宮で初めて出会った。彼は名門公爵家をいずれ継ぐ存在ではあったが、当時は私と同じく、王宮魔術師だった。

ギディオンは非常に整った容貌をしていたが、傲慢で冷酷なところがあると専らの噂《うわさ》で、あまり近づかないようにしていた。更に彼は出世街道をひた走っていたので、私達は所属部署が違った。

ふと気づけば、背後からは何も聞こえなくなっていた。風のささやきしか聞こえない。

「いやだ――、まさか、沈んじゃった⁉」

いくら将来敵対するとしても、溺れている少年を放っておくことは、やっぱりできない。

急いで振り返ると、少年は川の手前にいた。今しも川から上がったようで、よろめきながら川から離れ、苦し気に大きく呼吸している。金色の髪の毛から水が落ち、マントは重たげに肩からぶら下がっている。

「大丈夫⁉」

声をかけながら駆け寄ると、少年はずぶ濡れの髪を後ろに払い、その目が露《あらわ》になった。

視線が合い、息を呑《の》む。

少年の瞳はまるで南国の穏やかな海を閉じ込めたような、碧色《へきしょく》だった。

抜けるような白磁の肌。

少年はただただ、美しかった。あのギディオンに、この子ども時代あり。

(教会の壁に飾ってある天使の絵みたい……!)

綺麗《きれい》過ぎて、目が潰れそう。

上に向かってカールする長い睫毛《まつげ》に縁どられた瞳は、ガラス玉のように無機質で透明感に溢れている。

服もとても質が良さそうなもので、オーダーメイドなのかサイズが絶妙にぴったりだ。——ずぶ濡れだけど。

純白のシャツに細かな格子模様の綺麗なズボンを穿《は》き、煌びやかな腕輪やベルト飾りをつけている。

少年は肩で息をしながら、口を開いた。

「何か、拭くものを貸してもらえる……?」

「う、うん。タオルを取ってくるから、ここで待ってて!」

猛ダッシュで川から再度、森に飛び込む。

森の小道をひたすら走り、息を切らして家を目指す。

クロウ家に戻ると、アーノルドと廊下で出くわした。

「お嬢様、そんなに急いでどうされたんです?」

「川に落ちた子に、タオルを貸したいの。例の森のお坊ちゃんよ」

「えっ、なんですって⁉」

驚くアーノルドを無視して奥の部屋に入り、クロゼットからタオルを引っ張り出すと、玄関に戻る。だが外に出たところで、私は叫んでしまった。

少年が我が家の前に立っていたのだ。

(川で待っててと、言ったのに！)

「追いかけてきたの？　これで拭いて」

「ありがとう」

少年はタオルを受け取ると、顔から拭き始めた。

少し遅れて玄関から出てきたアーノルドが、私の隣に立つ。彼は明らかに少年の赤色のマントを凝視していた。驚きのあまり少し大きな声で、誰何《すいか》する。

「どちらのお坊っちゃまですか？」

少年は腕を服の上からタオルで押さえ、水分を吸収させようとしながら言った。

「ランカスター家のギディオンと言います。助けていただいて」

「ランカスター？　あの公爵家のランカスター家の？　すぐに、お着替えをお持ちします。――お嬢様、客間にご案内なさってください！」

私にそう言い残すと、アーノルドは家の中に走って戻った。服を探しに行ったのだろう。

ギディオンは私に右手を差し出して、もう一度名乗った。

「ギディオン・ランカスターだよ。君は？」

一瞬躊躇《ちゅうちょ》してしまうが、このギディオンは私とは初対面なのだし、ゼファーム侯爵家のアイリスだってまだ聖女ですらない。

苦々しく思いつつも、手を伸ばして彼と握手をした。

「私はリーセル・クロウよ。ここに住んでるの。——公爵様のお屋敷に比べれば、うちなんてボロくて廃墟《はいきょ》みたいでしょ。あはは……」

笑ってよ。

笑うところなんだけど。

——少年は笑いもせず、半分が廃墟寸前の我が家をまじまじと見つめていた。

咳払《せきばら》いをして気を取り直し、うちに入るよう呼びかける。まさか外で着替えろとは言えない。

敷居をまたぐ前に、ギディオンはマントを握って硬く絞った。水が大量に芝の上に落ち、吸い込まれていく。前髪をはね上げると、その拍子に水滴がキラキラと散る。

客間まで案内すると、ギディオンはマントを肩から取り外しながら、言った。

「助かるよ。後でランカスター家からお礼を送らせ……」

「いえ、結構です！」

ギディオンを一人にして早足で客間を出ると、紅茶を載せた銀のトレイを持ち、アーノルドがこちらに歩いてきていた。しかも見れば我が家で一番上等のカップに入れている。銀の皿いっぱいのクッキーやタルトまで添えて。

「……アーノルド、うちはレストランじゃないのよ」

「何をおっしゃいますか。あのド級名門貴族のランカスター家のやんごとなきご嫡男ですよ？　失礼があったら大変です」

そういうなり、アーノルドはトレイを押し付けてきた。

何のつもりかと眉をひそめて見上げると、彼は私を説得するように言った。

「お嬢様がお持ちください。お近づきになるまたとないチャンスでございますから！」

いやいや。私は近づきたいとは思っていない。

それどころか、全力でランカスター家を避けたいのに。

「それに私のような体のデカイ男がお茶をお持ちしても、人は喜ばないものですから」

執事が何を言う。

呆《あき》れながら渋々トレイを持って、頃合いを見計らって客間の扉をノックした。

既に着替え終わっていたギディオンは、戻ってきた私を見るなり輝くような笑顔でカップを受け取った。椅子に腰掛ける暇もなく、紅茶を飲むと碧《あお》の瞳を煌めかせ、にっこりと笑う。

「ありがとう。紅茶のお礼に、何か僕からお礼を……」

「いえ、結構です!!」

ギディオンとはこれ以上関わりたくない。さくっと別れたい。私は彼らに関わったせいで、将来胸をブッ刺されて死ぬことを、知っているのだ。

ギディオンは幾らか残念そうに肩を竦《すく》めると、飲み干したカップをテーブルに置いた。

そうして何枚かクッキーを食べた後で、やっと屋敷の外に出ていった。

前庭に出ると、ギディオンは言った。

「僕の馬を見なかった？　自分が流されてしまって、馬がどこに行ったか分からないんだ」

置き去りにされた愛馬は、おそらく上流で待ちぼうけているのではないか。

それにしても、公爵家の御子息が一人でこんな田舎をうろついたらだめじゃないの。

仕方がない。川に沿って歩けば、すぐに見つかるだろう。

「分かった、一緒に探すから。何色の馬なの？」

「茶色だよ」

森の中を歩きながら、私は一生懸命茶色の馬を探した。


予想に反し、馬はなかなか見つからなかった。

川は分岐箇所がない、穏やかなものなのに。

こうなるとギディオンの馬は、勝手に川を離れて走っていったとしか考えられない。公爵家の馬は意外とアホなのかもしれない。

（って……。あれっ⁉）

気がつくと、近くにギディオンがいなかった。さっきまでは、私のすぐ後ろを歩いていたのに。

（やだ、どこに行ったの⁉）

私は頭を抱えた。

「もう、家に戻ろうかな。放っておいても良いかな……？」

これ以上、ランカスター家に関わりたくない。なぜなら私の生死に関わるからだ。

薄情にも帰宅を決意すると、近くから悲鳴が聞こえた。

「助けて！　リーセル！」

なんだ、今度は何事だ。

哀れっぽいその声を頼りに森の中を進むと、そこには小さな泥溜まりにハマって動けないギディオンがいた。

恐る恐る聞いてみる。

「ギディオン、――な、何をしてるの……？」

「見ての通りだよ！　沼に足を取られて、動けない」

ギディオンは沼（？）のど真ん中にいた。

一歩踏み込んだ時点で沼に足を取られただろうに、どうしてそのままズンズン奥まで進んだのか。

お陰で彼の所まで手や長い木の棒を伸ばしても、とても届かなそうだ。

「どうしてそこに入っちゃったの？」

「足元を見ていなかった！　助けて！」

身体が動かない。頭の中より身体の方が、よほど正直なようだ。

ギディオンは腰まで沼に沈みながら、私に向かって声を張り上げた。

「リーセル、早く助けて！」

「助けないとダメ……？」

「な、何を言って……。当たり前じゃないか!! 早くして！」

この沼ってこんなに深かっただろうか？ ハマった人を、今まで見たことがない。

腰より浅い程度だと思っていたのに、ギディオンは既に胸の上まで沈んでいた。

距離を考えると、魔術を使って助けるしかない。

仕方なく、私は右手を掲げた。

耳を閉じて、森の中を巡る風を五感で感じる。風を手繰り、流れをここに引き寄せるのだ。

ゴゥ、という音を耳にし、目を開ける。

既に顎まで浸かるギディオンに掌を向け、集めた風を一気に彼の周囲にぶつける。

凄まじい水音とともに、泥水が爆風に吹き飛んでいく。ギディオンの後ろ一帯を黒く染め、泥が宙を舞う。

沼の水分を泥ごと吹き飛ばし、枯渇させる。小さな沼なので、それほど難しくはない。

「ギディオン、今のうちにこっちへ！」

叫んで手を差し伸ばした私は、目をむいた。

ギディオンは沼の中でしゃがんでいたのだ。あんな体勢をしていたら、そりゃ胸まで浸かるだろう。それよりなぜ、沼の中でしゃがむ？

訳が分からない。

ギディオンは立ち上がると、頭の中が疑問符で埋め尽くされている私の前まで、颯爽《さっそう》と歩いてきた。

「感謝するよ、リーセル。君は僕の命の恩人だ」

全身泥だらけのギディオンは、黒く汚れてもなお美しい顔で微笑んだ。

「見事な魔術だったね。――魔術学院は受験しないの？」

魔術は国家の財産で、特に優秀な子は王都近郊にある魔術学院に集められ、そこで腕を磨いてゆくゆくは国の為に働く。私には一応、魔術学院を受験できるレベルの魔力があった。

「したいとは思っているけど」

「王立魔術学院と、国立魔術学院のどっちを狙うの？」

どうしてそんなことを聞いてくるんだろう。

前回の私は、家計を支える魔術師になる為に、国にある二つの魔術学院のうち、王立魔術学院に入学した。王立魔術学院は国立魔術学院と比べて、卒業後の就職が圧倒的に有利なのだ。王立卒業者には、魔術師として花形である王宮魔術師が多い。王宮とのコネクションが強く、王宮内の魔術庁に採用してもらいやすいのだ。十九歳で死んだ私はそのようにして、王宮魔術師になったのだ。

だが同じ轍《てつ》は踏みたくない。今回は進学するなら、敢《あ》えて国立魔術学院を志望したい。

「国立の方かな」

「そうか。――どうだろう、助けてもらったお礼がしたいな。今度王都に来て、学院の見学……」

「あっ！　台所のかまどの火が、つけっ放しだった！」

ギディオンの発言を遮ると、私は彼を置いて自宅に逃げ帰った。小さな嘘をついて。

進むべき道は、はっきりしていた。

魔術学院に入る道は、外せない。魔術は私の誇りだし、我が家の家計や領民の為にもなるからだ。

国立魔術学院に入学して、高度な魔術を学ぶ。

そして卒業したら王宮には就職せず、バラル州の魔術師の組合である、バラル魔術支部への就職を狙うのだ。そうすれば一生食うには困らないし、祖父や将来この家を継ぐ弟を、助けていける。

問題は、両学院のレベルの違いだった。王立は授業料が高いが国立よりも入学しやすい。

だから国立を狙うのであれば、猛勉強をして前回よりも偏差値を上げなければならない。

私はがむしゃらに魔術磨きに力を入れた。

三度の飯より、魔術書。

一度に使える魔術は、無限ではない。

訓練次第で使える魔術量は増えるが、子どもの私に使える魔力は限られている。魔術を使う時は、常に『上限点』を意識しないといけない。

例えば際限なく水の蝶《ちょう》を出し、飛ばし続けて魔力を使うと、全身に漲《みなぎ》っていた水の力が、燃料切れのようになくなっていくのを感じることがある。

それでも術を続けると、更に指先が痺《しび》れていく。これは魔術師が『上限点』と呼ぶ値に近づいた証《あかし》だ。

無理をして上限点を超えてしまうと、失神をしてしまうらしい。そうなると目が覚めた後も、魔術を一時的に制御できなくなり、数日間は魔術が使えなくなるのだという。

だから魔術持ちの者は、誰もがこの上限点を超えないよう、常に意識して魔力を操るのだ。

私は全精力を自分の魔力を上げることに、傾けた。前回とは違う学院に行き、人生を変える。

だって十九歳で死にたくないもん。

頑張るしかない。

十三歳の春。

私は王都郊外にある国立魔術学院への入学切符を手に入れた。

これで、王太子の剣のシミにならなくて済む。

そして迎えた、入学式当日。

国立魔術学院は王都に近いとはいえ、自然に囲まれた静かな所にあった。

高い塔を持つ煉瓦《れんが》造りの校舎に、広い校庭。周囲は林だった。

(王立魔術学院より、広々していて雰囲気も素敵……！)

ここに全国から選《え》りすぐりの魔力を持つ、ひと学年七十人の一年生から五年生までの生徒達が集まり、寮生活を送りながら学ぶのだ。

私にとっては二度目の入学式だけれど、かなり緊張をしていた。何しろ、前回とは違う学院だ。

灰色の長いローブを纏《まと》い、他の新入生達と講堂に集まり、入学式に挑んでいた時。

女生徒達が黄色い声で噂《うわさ》をするのが聞こえてきた。

「ねえ、私達の学年にギディオン・ランカスター様がいらっしゃるそうよ！」

「うそ～！　あの公爵家の⁉」

「なんてラッキーなのかしら！　あのギディオン様と学友になれるなんて」

（嘘《うそ》だ！　そんなはずない‼）

心の中で叫ぶ。

私の記憶が正しければ、ギディオンは魔術学院の卒業生ではなかった。貴族の中でも家格の高い四つの名家である四大貴族の子ども達は、魔力があっても伝統的に魔術学院では学ばず、同等の教師を家庭教師として屋敷に招いて魔術を習得するのだ。

なのになぜ、入学してきているのか。

しかもよりによって王立ではなく、この国立魔術学院に。信じられない。

起こるはずではなかった、変わり過ぎた事態に、脳内は軽くパニック状態だった。

鼓動が激しくなり、呼吸が速くなる。

校長先生の祝辞は一切耳に入ってこなくなった。

（ギディオン！　今回は、どうして貴方とこんなに縁があるの？）

入学式が終わると、更なる思いがけない展開に、少々目眩《めまい》がした。

なんと私とギディオンは、クラスまで同じだったのだ。

教室の入り口で立ち尽くしていると、誰かに優しく肩を叩《たた》かれた。

「あ、あの。貴女、大丈夫？　顔色が悪いわ」

気遣って声をかけてくれたのは、茶色い髪に茶色の瞳の、凄く色白で大人しそうな女の子だ。

「ありがとう。ちょっと緊張して」

「貴女も、一組？」

学院はひと学年が二組あり、成績順で一組から入れられていた。出席番号も成績順だ。

「そうみたい。出席番号が三番だから」

「さ、三番！　凄いのね。私は三十五番なの」

どうやら彼女はこの一組では最下位らしい。

「私、リーセル・クロウよ。バラル州からきたの。リーセルって呼んで」

「私はシンシア・スミスよ。シェルン州出身よ。平民だから、こんなに貴族ばかりのところで、恥ずかしくて……」

もじもじと長い茶色の髪を撫《な》でつけながら、シンシアが照れ臭そうに笑う。

王立学院は貴族ばかりだったが、少し学費が安い国立学院には平民もちらほらといた。どちらかと言えば貴族の中では底辺階級にいるので、私にとってはここの方が居心地がいいかもしれない。

突然、後ろからやってきた赤い髪の男子生徒がシンシアを小突いた。

「何卑屈なこと言ってんだよ。学《まな》び舎《や》じゃ、身分なんてカンケーねーだろ！」

シンシアが振り返る。

「マック、貴方も一組？」

親しげな様子を見るに、二人は知り合いのようだ。

困惑して二人を交互に見つめていると、シンシアが説明してくれた。

「マック……、マクシミリアンは、隣の街の本屋の子なの。私の父が本好きで、私達は幼馴染《おさななじ》みで……」

「だいたいシンシア、お前の家は豪商だろ。そこらの貧乏貴族よりよほど金持ちだろ」

あれ、それうちのことですかね。

「そ、そんなことない」

「平民ってのは、俺んちみたいなのを言うんだよ」

かく言うマクシミリアンの出席番号は二番だった。

彼は「貴族になんて負けてたまるか」と言う野心と反骨心で、空のように真っ青な目をギラギラさせていた。

そしてギディオンの出席番号は、まさかの一番だった。

教室に入ると、窓際の一角に異常に生徒――いや、女子生徒達が密集していた。何事かとよく見れば、彼女達はギディオンの席をまるで包囲するように、集まっている。

「一番だなんて、スゴイわぁ」

「学院にいらっしゃるなんて、公爵様は反対なさらなかったの？」

「でも、いらしてくださって嬉《うれ》しぃ～」

皆、妙に体をクネクネさせて、猫なで声でギディオンにせっせと話しかけている。教室の大きな窓から燦々《さんさん》と太陽光が入り、教室の中のその場所を、更に目立たせている。

私とシンシアが並んで教室に入ると、ギディオンはハッとこちらに顔を向け、目が合うなりにっこりと笑ってくれた。

思わず目を逸らし、シンシアに話しかける。

「私達の席はどこかしら？」

席は二列ずつになっていて、半分くらいの生徒達は既に着席していた。

「黒板に座席表が書かれているわ。――ってあら……これって……」

二人で黒板の前で、しばし無言で座席表を見上げた。席は窓際先頭から、成績順らしい。

（ってことは……）

ゆっくりと振り向くと、いまだギディオンは女子達に包囲されている。私の席はどうやらあの二つ後ろらしい。

シンシアと黒板の前で立ち尽くしていると、マックが視界を横切る。彼の机にはギディオンに話しかけている女子生徒のお尻が二つ、乗っかっていた。

マックは真っ直ぐに自席へ向かうと、彼女達の輪の中に突っ込んでいった。

「公爵家の坊ちゃん。ハーレム作るんなら、よそでやってくれ」

女生徒達は一斉にマックを睨《にら》んだが、渋々ながらもギディオンの席から離れていく。その隙に私も椅子を引き、着席する。机や床板から、古めかしい独特の木の香りがする。

包囲が解けて視界が開けると、ギディオンは上半身を捻って私の方を向いた。私に微笑みかけながら、左手をヒラヒラと振ってくる。

「久しぶり、リーセル……だったよね？」

ええ、本当に久しぶり。

前回の人生で最後に会ったのは、私が被告席にいた王都の裁判所だったかしら。あの時貴方はたしか、私に死刑判決が下された直後に「当然の判決さ」と聖女に言っていたっけ。

「はい、お久しぶりでございます、ランカスター様」

あえて他人行儀に振る舞う。

「――こんな所でまた会えるとは、思ってもいなかったよ」

「そうですね。私もです」

本当にそう。どうして貴方は魔術学院になんて来たわけ？

「バラル州は本当に綺麗《きれい》で、よく覚えているよ。また君に会いたいと思っていたよ」

私は全然、そうは思いませんでした。

「あれ？　リーセル達は知り合いなの？」

マックが目を瞬いて私とギディオンを交互に見ている。前を向いたり後ろを振り返ったり、首が忙しそうだ。

「去年、祖父の領地に来たことがあるの」

そう教えるなり、配付された書類を鞄《かばん》から出して、机に置いて整理を始める。これ以上、ギディオンと話したくなかった。

書類を読むフリを一生懸命続けていると、ギディオンは黒板の方に向き直った。心の中で溜《た》め息《いき》をついてから顔を上げると、マックが椅子ごと私の方に体を向け、ニッと笑った。

雲一つない、真っ青な空みたいな瞳をキランと輝やかせ、彼は小声で尋ねてきた。

「もしかしてあいつのこと、嫌い？」

あいつとは、ギディオンのことだろう。答えに窮していると、マックはイタズラっぽく目をぐるりと回した。

「あんたとは、気が合いそうだ。仲良くしよーぜ。シェルン会に入会決定だな！」

「し、シェルン会……？」

困惑して聞き返すと、マックは楽しげに私の肩をバンバンと叩いた。


ガランゴロン、というベルの音とともに、学生達が教室から飛び出す。

長い灰色のローブを羽織った彼等が走り出すと、ローブの裾が広がり、まるで蝶のように見える。

「成績が貼り出されてるわよ！」

シンシアが私の手を引き、廊下へと連れ出す。

廊下は既に駆けつけた生徒達で溢《あふ》れていた。同じ場所に大人数が集まっているので、近くにいる生徒達の腕や肘が当たる。

皆、興奮で浮き立っている。

(今度こそ、絶対に首席の座を奪ってやる!)

十三歳で魔術学院に入学し、はや三年目。

高い学費のせいか、ほとんどの生徒が貴族や豪商といった、お金持ちの子息や令嬢であるこの学院で、私はいつもトップの座を狙って力んでいた。何しろ私だけは二度目の学院生活だ。

前回学んだ王立学院とは教師陣が違ったけれど、学ぶ内容はほぼ同じ。全部一度記憶済み、もしくは経験済みなのだから、私は強い。

何より私の競争心を駆り立てたのは、ただ一人の存在だ。

廊下の壁の上部に貼り出された、長い紙を目で追う。

学年最下位の七十番の氏名から、上へと目が上がっていくにつれ、緊張で鼓動が強くなる。

二位に自分の名前を見つけた瞬間、私は脱力して廊下に座り込んでしまった。

(また……またダメだった! 今回も二位だなんて)

一位に君臨するのは、毎年同じ奴だった。

ギディオン・ランカスターだ。公爵家の長男。

血の滲《にじ》むような努力をしたのに。ここまで猛勉強をしたのに。

あんな奴に、負けたくない。

毎日授業が終わると、図書館に行って勉強した。もっとも、いつもギディオンも図書館にいたけど。

大半の時間はクラス最下位の成績のシンシアに、なんとか這《は》い上がってもらう為に勉強を教えるのに割いたけど、それでも彼より少しでも長く勉強したいと思って、先に寮に帰ったことはない。

「あんなに猛勉強したのに！　ギディオンに負けた！」

私をハメた、あの性悪聖女の腰巾着なんかに。

「リーセル、そ、そんなにショックを受けないで。たった三点の差じゃない」

シンシアが私の背を摩《さす》り、慰める。だが、三点。その超えられない三点の差が、とてつもなく大きな差なのだ。

「毎回首席だなんて、ギディオンは化け物よ」

思わず呟《つぶや》くと、そばにいた数名の女子達がきつい目つきで私を睨んでくる。

「ちょっと、言葉に気をつけなさいな。ランカスター公爵家に失礼よ」

「四大貴族どころか、辺境貴族の貴女が、ギディオン様に敵《かな》うはずがないじゃないの」

貴女達には軽々勝ったんですが、という反論を何とか飲み込む。

万年首席で名家の出、おまけに品行方正で容貌が極めて優れているギディオンは、一部の女子達から絶大な人気を誇っていた。彼は貴公子の見本のような、非の打ちどころのない男子生徒だった。

その結果、大変バカバカしいことに、学院にはギディオンのファンクラブが存在した。

彼女達はこのファンクラブの会員なのだ。

会員達は陰で「ギディオン親衛隊」と呼ばれていた。

おまけにこのファンクラブ、多額の入会金まで取るらしい。

ファンクラブに入ると、どこで誰が盗むのか、「ギディオン様の使用済みペン」とか「ギディオン様の片方の靴下」とやらまで、買えるらしい。

片方盗まれて、ギディオンも困っているだろうに……。

ギディオンに挑もうとする私は、彼女達からすれば、鬱陶しいハエのようなものなのだ。

私の腕を、シンシアがギュッと握り、目の前で腕組みする女生徒達を睨んだ。

「差別はやめて。こ、ここでは同じ、魔術を学ぶ生徒だわ」

「いくら魔力があっても、それとこれとは別よ。私達のような、由緒正しい貴族達とは、どう足掻《あが》いても同じ土俵には立てないわ」

土俵も何も、皆で同じテストを受けているのだが。

シンシアは怒りで顔を赤くしていた。周囲にいる他の生徒達が私達の不穏な雰囲気に気づき、廊下全体の視線が集まる。

「邪魔くせーな。喧嘩《けんか》すんなら校庭にでも出ろよ」

親衛隊を押し退《の》けて成績表を見に来たのは、マックだった。

押さないでよ！　と文句を言う親衛隊達を無視し、彼は苦笑した。

「あ～あ。俺は七番か。——ま、いっか。七はラッキーな数字だしな！」

「まだ実技があるわ！　私、実技のテストでは必ずギディオンに勝つから」

「おう。その意気だよ！　頑張ろうぜ」

Ranking
1st Gideon Lancaster
2nd Liesel Crowe
·
·
·
·

もっとも、実技のテストでもギディオンに勝ったことなんて、一度もないのだが。

実技のテストは午後から行われた。

年に一度の学年末テストは、学んだことを出し尽くして戦う死闘のようなものだ。

魔術学院の校庭に、一年生から五年生までの全生徒が出て、自分の魔術で作り出した剣を使い、腕を競い合う。

学院の校庭は広い。

運動場だけでなく、池や林もあり、結構な太さの川まで流れている。

実技のテストは全学年が入り乱れて行い、上下に関係なく、相手を倒して戦い抜く。

勝つことは大変な名誉だった。全学年の頂点なのだ。

全校一斉の実技試験に挑む為、煉瓦の校舎の前に整列した生徒達の前に、学院長が進み出る。

学院長はクマを彷彿《ほうふつ》とさせる、丸っとした体型を左右に揺すりながら、よっこらしょと朝礼台に上ると声を張り上げた。

「これより、国立魔術学院の学年末実技試験を始める！　皆、力を尽くしなさい。ただし、魔術の『上限点』だけは超えないように気をつけなさい。さもないと、魂が体から飛び出してしまうからね！」

学院長は簡潔な挨拶をすると、朝礼台を下りた。そしてそそくさと校舎の壁際に急ぎ、できるだけ生徒達から距離をとった。試験の魔術が、流れ弾のように飛んでくるのを警戒したのだろう。

試験開始前の、静まり返った緊張感が辺りに充満する。誰かが、ごくりと生唾を嚥下《えんか》する音が聞こえた。

「みんな、剣を掲げて！」

魔剣術を担当する先生の掛け声とともに、校庭に溢れる生徒達が一斉に右手を掲げる。

生徒達は万物の根源のうち、各々最も得意なものを使って剣を編み出す。

「水の精霊達よ、我が手に集まりて剣となれ」

私は空中や土中に漂う水に呼びかけた。

すぐに霧となって掌に集まり、凝集して青く輝く氷のような剣に変わる。柄は硬く、ひんやりと掌に吸い付くように収まった。

「テスト、始め!!」

先生の号令とともに、生徒達が一気に動き出す。隣にいる級友に剣を振り上げる者、特定の相手を狙って走りだす者、もしくはしばらく隠れているつもりなのか、林の中に駆け込む者――。

私も水の剣の柄を両手で摑《つか》むと、直ぐ近くにいる上級生に挑みかかる。一学年上の、四年生の女子だ。下級生と戦うのは気が引ける。

彼女も水の剣を掲げていたが、数回剣を打ち合わせただけで、彼女の剣は欠けてしまった。

半分ほどの長さになった自分の剣に、ギョッとしてすぐに叫ぶ。

「降参よ！　剣を下ろすわ！」

負けを認めた上級生が、剣を手放す。

試合が始まって二十分ほど経過すると、残っている生徒は既に半分以下に減っていた。

ほとんどが最上級学年の五年生で、力の差を見せつけていた。

敗北した生徒達は、校舎の前で先生と残る試合を見学している。

さっと確認すると、シンシアは先生の隣にいた。既に負けていた彼女が、私に後ろを見ろと手振りで必死に訴えている。

その直後、砂まみれの風が私の体に吹き付けた。

急いで振り返ると、風の剣を握って駆けてくる生徒がいた。

体がまだ小さく、おそらく一年生だ。

どうにか生き残り、もう相手は上級生しかいないのだろう。剣を持つ手が、恐怖に震えている。

「目を閉じてね！」

一応警告を発してから、私は水の剣を大きく振った。爆流のような水のしぶきが剣の軌道から飛び散り、一年生は吹っ飛んだ。衝撃で風の剣を手放し、これで全ての一年生は脱落した。

林の中で戦っている生徒もいる為、ずっと校庭の真ん中にいては、勝ち抜けない。

校舎のグラウンドで戦う生徒がいなくなった為、私は林に入っていった。

すると木の上からバラバラと四人の女子生徒がおりてきた。ギディオン親衛隊の女子だ。

「リーセル・クロウ。今日こそ、貴女の生意気な鼻をへし折ってやるわ」

古臭い悪役の常套句《じょうとうく》のような台詞を吐きながら、私に火の剣を向けたのは、ジュモー侯爵家のキャサリンナだ。

たとえるなら、ギディオン親衛隊というサル山のボスザルみたいな女生徒で、厄介なことに、四大貴族ではないが名門出身の一人だった。

つまり、プライドの塊だ。

金色の髪を豪華な縦巻きにして、真っ赤なリボンを頭の上で結んでいる。

多勢に無勢だが、実技試験後半ではよくあることだ。

女生徒のうち一人は、白いローブを着ていた。

一般の生徒は灰色を着るが、各学年の首席生徒は白のローブを着るのだ。どうやら五年生の首席まで、サル山にメンバー入りしたらしい。

一気に四人が私に向かって走ってきた為、剣で空気をなぎ払うようにして、四方に水滴を飛ばす。魔術で水は氷へと変わり、当たった二人が倒れ込んだ。氷を避《よ》けた残る二人は、そのまま私に飛びかかってきて、前後から火と風の剣を浴びる。

魔術で咄嗟《とっさ》に盾を作るが火を防ぎ切れず、ローブの胸元が焦げた。ジリッ、と煙が上がったあとに鼻につく焦げ臭さが漂う。

風の剣を持つ首席の方に狙いを定め、剣を振り下ろすと、私の剣の水圧に屈して彼女は剣を取り落とした。

「ま、負けたわ。降参よ」

地面に風の剣が置かれたのを確認すると、すぐに後ろを振り返ってキャサリンナに向き合う。

「お前に負けるわけにはいかないから」

キャサリンナは手にした火の剣を振り上げた。

咄嗟《とっさ》に水の盾を作る。

だがもう一人の生徒が私の髪を強く後ろにひっぱり、詠唱が途切れてしまう。

キャサリンナの剣が、盾に割り込み私の頬をかすめる。

「あつっ……」

「あら、その綺麗な顔に、ごめんなさいね」

再びキャサリンナが剣を構えたので、まず背後の生徒を爆風で追い払った。すぐに手短に詠唱し、手の中の水の剣を火の剣に作り変える。

「うそっ、お前水の剣を火に変えられるの？」

キャサリンナが微かに怯《おび》える。

火剣を空高く掲げると、剣はメラメラと燃えた。次第にそれは長く伸びていき、キャサリンナが青ざめていく。彼女は剣を震わせて、数歩後ずさった。

「出でよ、火剣の竜」

剣から剝がれるようにして分離した火の竜は、真っ直ぐにキャサリンナに向かった。

キャサリンナは火の剣で竜を追い払おうとしたが、竜はそれをかわしてキャサリンナに噛《か》み付いた。キャサリンナが悲鳴を上げて剣を放り出し、燃える竜を追い払おうと両手を振り回して地面を転がる。

もはや勝敗は決した。

私は指を打ち鳴らして火竜を消すと、次の試合相手を探して木々の中を駆けていく。

林を更に進むと、奥から剣を失って負けた生徒達がぞろぞろと向かってきた。どうやら次々に倒されたらしい。奥に強敵がいるのだろう。

春にしてはまだ冷たさの残る、強い風が木々の間を抜けていき、私の灰色のローブを巻き上げる。風が頬から熱を奪い、キンと冷えるが胸の内は熱く燃えていた。

油断なく周囲に視線をめぐらせながら、残る生徒を探して真っ直ぐに進む。

その先にいたのは予想通りの人物だった。

白いローブを風になびかせ、火の剣を持つギディオンだ。

金色の柔らかそうな髪に、澄んだ碧《あお》の瞳。何人もの生徒達と戦った末に残ったのだろうに、呼吸も髪の毛も、服も一切乱れることなく、彼はそこにいた。

私は林に転がる枝や落ち葉を踏みしめ、ゆっくりとギディオンの前まで歩いた。

五メートルほどの距離を空けて立ち止まり、ローブの裾を振って絡まった雑草を払う。

向かい合うとギディオンは爽やかな笑みを披露した。

「リーセル。やっぱり君か」

「今年は覚悟して。この日の為に、いろんな術を会得したんだから」

「――頬が、少し切れているよ」

私の顔の傷に気がついたのか、ギディオンが表情を曇らせる。

「こんなの。舐《な》めときゃ治るわ」

「強がってないで、すぐに止血をすべきだよ。待っているから、ほら早く」

「実技試験に怪我はつきものでしょ」

「だめだ。顔に傷が残ったら、どうする」

——何なのだろう、この余裕は。

優しさなのか、それとも私なんて相手になるとも思っていないのか。

ヒーロー過ぎて腹が立つ。

結局は彼を憎みきれない自分に、もっと腹が立つ。

悔しく思いつつ、私は剣をギディオンに向け、叫んだ。

「出《い》でよ、火の……」

だが詠唱は続けられなかった。

剣に素早く炎の鎖が巻きつき、動きを封じられたのだ。

顔を上げると、ギディオンが私に向かって左手を伸ばしている。

詠唱もせずに、手を差し出す動き一つで私の剣を封じたのだ。

あまりの力の差が悔しくて、頭に血が上る。

剣を動かそうと必死に両手を振る私の前に、ギディオンは首を左右に振りながら歩いてきた。

彼は小さな溜め息をついた。

「リーセル。大人しくしてて」

ギディオンの出した赤い鎖は、剣の柄にまで及び、私の両手に巻きついて拘束する。

燃えるような輝く鎖は、硬いだけで熱さは全くない。

だがこれで私は剣ごと両手を封じられ、万事休すだ。

（負けちゃう。今年も、負けちゃうよ……！）

悔しさに耳まで真っ赤になっているだろう私の顔に、ギディオンが手を伸ばす。

「触らないでよ」

ギディオンは私の顔の前で、右手をさっと振った。直後に水が飛沫《しぶき》となって私の頬にかかる。

「洗い流したよ。傷に菌が入ったらまずいからね」

「そんなのどうでもいいから、先に試合の決着つけて！」

ギディオンはポケットからハンカチを取り出し、私の頬にそっと押し当て、水を拭いてくれた。

「リーセル、試合なんかより傷の方がよほど問題だよ」

そんなことを言うなんて。

そもそも私はあんたが腰巾着をやることになる聖女のせいで、死んだんですけど！

何が悔しいって、魔術の力量の差ではない。

もはや、人格や人としての器の大きさまで、何もかもギディオンには勝てない。

「ありがとう」

悔しいながら、ちゃんと手当てのお礼を言っておく。

するとギディオンは滲むように笑った。

かつて王宮の片隅で見かけた彼は、こんな笑い方はしなかった。口元を歪《ゆが》めるように口角を上げ、瞳は笑っておらず周囲を冷たく見下す酷薄そうなものだった。でも今私に微笑む彼の瞳は、同じものとは思えないほど温かで優しい色を帯び、優しげな雰囲気に満ちている。

ギディオンは、こんなに良い人ではなかったはずなのに。

これでは、憎む理由がなくなってしまう。

あらゆる敗北を実感させられながら、目の前のギディオンを見上げる。

「……貴方って、本当に悔しいくらいの紳士ね」

「これくらい当たり前だよ。それに、リーセルにはバラル州の沼で助けられたからね。命の恩人だ」

いやいや、正直あの時私が助けなくても、命に別状はなかったと思う。

「命の恩人に対してだけでなく、貴方は皆に優しいわ」

ギディオンは学友を平等に扱う。

それどころか、経済的に恵まれない学友には、手を貸していた。

魔術学院で使う上質紙のノートも、高いローブも、魔術書も。お金が足りなくて買えない友人がいれば、贈ってあげていた。

ギディオンが制服のスカートを買っているところを見てしまったこともある。

もしや彼には人に言えない趣味があるのかと疑った。たとえば女装とか。

だがその翌朝、ある女生徒の部屋の前にそれと同じスカートが届けられていた。贈り主が書かれていなくても、私にはギディオンが贈ったのだと分かった。

凄く悔しかった。

私は、学友のスカートが成長で短くなり過ぎていて、彼女がなかなか買えなくて困っていることに、気付いてやれなかったのだ。

手当てを終え、剣を構え直したギディオンに尋ねる。

「ねぇギディオン。クリスタルに制服をあげたのは、貴方でしょう?」

ギディオンは目を丸くした。

「どうしたの、急に」

「今まで黙っていたけど、私見たのよ。貴方がスカートを買っているところ」

ギディオンはふっ、と笑ってかぶりを振った。

「優しさじゃないよ。私はただ、クリスタルのスカートが短くなり過ぎて、膝が見えてしまうのが嫌だっただけだよ」

「本当は凄くいい人なのに、悪い人ぶるのね」

「そんなことない」

「スカートだけじゃないでしょ。参考書も、ペンもいろんな子にあげてるでしょ」

ギディオンはただ、肩を竦《すく》めた。

「それくらい当然だよ。みんな、ここで学ぶ権利がある」

ああ、もう。本当にずるい。私の敵になるはずのこの人は、なぜ今こんなに紳士なんだ。

できればクソ嫌な男子生徒でいて欲しかった。

なのに、胸糞《むなくそ》悪いほど良い人なのだ。

「リーセルも王宮魔術師になる為に、頑張っているんだろう?」

「私は……」

たしかに、上を狙う生徒は王宮勤めを狙う。

王宮お抱えの魔術師になれば、破格の給料を貰《もら》えるから。

もっとも、私は王宮にだけは入らないと決めている。王宮に行けば王太子のユリシーズに会ってしまうからだ。

ふと見下ろすと、剣に巻きつく火の鎖がかなり緩んでいた。

このチャンスを逃すわけにはいかない。

私は剣を素早く振って、鎖を払った。

はっと目を見開いたギディオンの頭上狙って、そのまま剣を振り下ろす。

「出でよ、火竜!」

「出でよ、水竜!」

私が剣から出した火の竜は、ギディオンの水の竜に向かっていった。彼はいつの間に、火の剣を水の剣に変えたのだろう。全く気づかなかった、実力の差が恨めしい。

竜達は大きな口を開け、水飛沫や火の粉を撒《ま》き散らしつつ、私とギディオンの上を舞う。

慌てて作り出したからか、ギディオンの水竜はやや小さい。

(今年こそ、勝てるかもしれない……!)

拳を握りしめる。

「隙あり！」

突然目の前に水の壁が出現した。

現れるや否や、それはあっという間に崩れ、私はびしょ濡《ぬ》れになった。

顔にかかる水を手の甲で拭いながら目を開けると、すぐ正面にギディオンがいた。

もう反撃の隙はなかった。私が口を開くより先に、ギディオンの手から氷の楔《くさび》が飛び、私のローブを木の幹に縫い留めたのだ。

楔は左の袖先を刺しており、体は刺されていないものの、凄まじい冷気を腕に感じる。

「降参かな？　リーセル」

私の首筋には、水竜が来ていた。大きな口を開け、歯を見せつけて今しも噛みつこうとしている。

ギディオンの命令一つで、私の喉元に食らいつくだろう。

水の壁に気を取られた一瞬に、私の火竜は蹴散らされていたらしい。

唖然《あぜん》としていると、水竜が大きく口を開いた。

噛まれる！　と思った次の瞬間。水竜は猛烈な量の水を私に向かって吐き、私は滝のように水を浴びた。

「ぎゃー――――っ！　冷たっっ‼」

あまりの勢いに、あらゆる思考が吹き飛ぶ。

バサリ、と足元に何かが落ちる音がした。

（しまった――‼）

ギディオンは不敵な笑みを見せていた。

「勝負がついたね」

私は困惑のあまり、剣を落としてしまっていた。

目の前にいた水竜が消え、袖を刺す楔も消える。

私はずぶ濡れのまま、頭を抱えて泣きそうになった。

——負けた。

また今年も、一位を取れなかった。

「こんな、こんな情けない負け方って……」

今年も首席の座を守ったことを先生に報告すべく、軽やかにその場を去るギディオンの背中を、半泣きで見送るしかなかった。

寒さと悔しさで、震えながら。


「そう落ち込まないで。学年二位だって十分凄いんだから」

「ありがとシンシア。——もう一枚、ステーキ頼んで良い？」

テストが終わった夜。

私はシンシアとマックの三人で、学院の近くにある街の食堂で夕食を食べた。

学生は夜に外出してはいけない規則だったが、学期の終了日だけは特別に許されている。

他の学生達はお洒落《しゃれ》で高級なレストランに行ったようだが、私達は気取らない食堂が好きだった。

服に気を遣わなくて良いし、何より安い。

マックはレモンを搾《しぼ》った炭酸水をがぶ飲みすると、聞いてきた。

「ところでさ、リーセルってなんでそんなに一位にこだわるの？」

「ん〜。正直なところ、一位になりたいと言うより、ギディオンに勝ちたいからよ」

「なんで？　生まれも顔も良くて、性格も良くて雰囲気も爽やかで、人気も実力もあって、むかつくから？　ちょっとは人生、苦労してみろよ、って思うから？」

マックの酷《ひど》い言いように、シンシアと爆笑してしまった。

「マック、聞くまでもないじゃん！　すっごく私の気持ちが分かってるじゃないの」

「いや、それほどでも。同性からするとそう感じるけど、女の子達はどう思うのか俺には分からなかったからさ」

私は注文していたカップケーキが届くと、シンシアの前に置いた。ケーキの上にカラフルなクリームで、シンシアが好きなひまわりが描かれている。

「これ、好きだったでしょ。シンシア、十五位おめでとう！」

「ありがとう！　やっと前から数えた方が早い順位になれたの。貴女のおかげよ、リーセル。夜遅くまで私の下手くそな魔術の練習に付き合ってくれて」

魔術師は水や風、火の三つの全ての力を操れないといけなかったが、シンシアは特に火が苦手だった。

風や水と違い、元素の力を五感で感じにくくて、操りにくいのだ。

「散らばる元素をかき集めて擦り合わせて、火を作るのよ」となんとか私なりのアドバイスをするも、なかなかシンシアは火を手の上に出せなかった。

テスト前の練習では、どうにか課題をクリアできる、オレンジくらいの大きさの火の玉を飛ばすことができたのだが、コントロールがマズ過ぎて、正面にいた私の前髪が丸ごと燃えてなくなった。

それを思い出したのか、シンシアはカップケーキを前に、泣きそうな顔になった。

「リーセル、その前髪、ほんとにごめんなさい」

「いいのいいの！　視界良好で、スッキリしていいわよ！　というか、あんな目の前に立ってた私が悪かったんだし」

「カップケーキ、いらないなら俺が食うぜ〜」

さっと横から手を出してケーキを取ろうとしたマックの手を、シンシアが素早くはたく。

「だめよ！　私が食べるんだから！」

カップケーキを守るように両手で抱えるシンシアがおかしくて、マックと私は笑った。

美味しそうにカップケーキにかじりついたシンシアを見ながら、私は話しかけた。

「成績が上がって、ご両親も喜んでるでしょ？」

カップケーキから顔を離したシンシアに、ヒマワリのような笑顔が広がる。

「うん。私、卒業したら絶対王宮の魔術庁に就職して、親に恩返しがしたいの」

魔術庁は国内の全魔術支部をまとめる組織で、魔術師集団としては頂点に位置する。

「王宮で働きたいなんて、意外」

「だ、だって魔術師としてこんな名誉なことはないわ。お給料もいいし。マックもでしょう？」

きのこのアンチョビオイル漬けをつまみつつ、シンシアがマックの方に視線を向ける。

マックはその燃えるような赤い眉毛を、ひょいと高く持ち上げた。

「もちろん。狙うだけなら、タダだしね。試験で十番以内なら、王宮勤めが当確って聞くし」

うんうんと頷《うなず》きながら、シンシアが小首を傾《かし》げて私を見た。そうして、知っているけれど念の為聞く、といった様子で聞いてきた。

「リーセルはやっぱり王宮は狙わないの？」

「そうね。いろいろ事情があって……」

シンシアとマックは同時に顔を見合わせた。

いろいろってなんなの、と腑《ふ》に落ちなそうな感情を目の中に見せつつも、無理にこれ以上は聞いてこなかった。

私が王宮を怖がる理由を、二人は知らない。

きっと、いつか私が自分から話すのを待っている。でも時間が巻き戻った、なんて荒唐無稽な話は、とてもできない。

だって、そんなのあり得ないもの。時間は普通、進むだけだ。こんな話は、ちょっとキツめの妄想癖、なんて可愛らしいものじゃない。

常識的に考えれば、話すのはやめておいた方がいい。

いくら仲の良い友達であっても。

「まあ、とにかく四年生になっても、頑張ろうね！」

私達は互いの健闘を祈り、三年生を終えた。


国立魔術学院の体育の授業は独特だった。

魔術を操るものは、武器の扱いにも慣れていなければならない。なぜなら魔術師は水の剣や火の矢、風の鎌といったものを使える必要があるからだ。

四年生になると、どの武器を専攻するかを決めなければならないのだが、大半の生徒達が剣を選んだ。

シンシアも剣を選んでいた。

だが私は人に剣を向けられると、トラウマのようにあの出来事が脳内に蘇《よみがえ》り、体が震えてしまう。剣で殺された記憶を持つ私にとっては、本物の剣を使う剣技の授業は耐えがたいものだった。

その結果、私が選んだのは槍《やり》だった。

槍は剣より重く、女性には不利な武器だったが、何より授業の中で馬上槍試合ができるのだ。

馬上槍試合はレイアの国技であり、四年に一度、王都で国王の御前大会が開かれている。

バラル州にいた頃は祖父に連れられて、弟と毎年夏に行われる馬上槍試合を観に行っていた。バラル州で流行していたのは一騎討ちの試合で、ジョストと呼ばれていた。

領主一族の為の観覧席が設けられてはいたが、私はいつも領民達に混ざって、立ち見をしていた。そちらの方が選手達との距離が近く、走る馬の迫力を肌で感じられるからだ。

鎧《よろい》を纏い、長い槍と盾を持った騎士が馬に乗り、向かい合って会場の両端から駆ける。そうして互いがすれ違う瞬間に、相手の盾を槍で突くのだ。安全の為に鋼鉄ではなく木製の槍が使われるのだが、槍はしばしば試合で折れた。

騎士と騎士が対峙《たいじ》した瞬間、バキッと大きな音がして長い槍が割れるように砕ける。細かな破片が舞い散り、衝撃の強さを物語る。

芝を駆け抜ける馬が巻き起こす風の青い香りと、大地を揺さぶる振動。それがジョストの醍醐味《だいごみ》だ。

試合は落馬をした方が負けとなり、その一瞬の隙をつく緊迫感が、私は好きだった。

——ところが、槍を選んだ女生徒は私とキャサリンナだけだった。

「な、なんでお前が槍を専攻しているのよ！」

授業の初日に、キャサリンナは校庭に出るなり私に食ってかかってきた。

「剣が嫌いだからよ。そういう貴女は、どうして……」

どうして槍を選んだのか、なんて聞くまでもなかった。

ギディオンも槍を専攻したからだ。

槍の授業を専攻した四年生は、全員で十五人だった。校庭の一角に集められた私達の中に、ギディオンがいるのが見えた。

先生から配られた練習用の木製の槍を持って、裏返したりしてその長い胴体を熱心に眺めている。同じく槍を選んだマックは、早速その場で槍を振り回し始めて先生にきつく叱られている。

キャサリンナはギディオンの近くにいたいが為に、槍を選んだのだろう。

なんて分かりやすい。

女生徒はキャサリンナしかいなかったので、槍を使って対戦の実技をする時は、私はいつもキャサリンナと組まされた。武器の授業では、純粋に武術を学ぶ為に魔術が使用厳禁だった。だから男女の力の差が、露骨に出てしまう。

そして二人で試合をすると、いつも私がキャサリンナをけちょんけちょんに負かしてしまっていた。志望動機が不純だからか、彼女の槍の腕前は酷いものだった。

やがて一学期が終わる頃には、先生も仕方なくキャサリンナではなく男子生徒とも対戦するように私に言うようになった。

そうして組まされるのはいつも、ギディオンだった。


ある時私はたまりかねて、槍の先生に直談判した。槍の授業を担当するのは、オールバックがトレードマークの、品のある中年男性の先生だった。彼は黒髪を自分で更に後ろに撫でつけながら、私の話に耳を傾けてくれた。

「どうしていつもギディオンなんですか？　他の子とも練習をして、腕を磨きたいんです」

すると先生は人差し指を立てて左右に振り、言い聞かせるように言った。

「ギディオンでなければリーセル、貴女が怪我をしてしまうからですよ。槍は怪我を負いやすいのです。ギディオンは武術が得意ですから、うまく相手に合わせることができるでしょう？」

隣に立つギディオンをキッと睨む。つまりギディオンは私と戦う時は、いつも手加減をしてくれているということか。

右手で槍をぐっと握りつつ、尋ねる。

「貴方、いつも少し手を抜いて対戦してくれてたの？」

ギディオンは困ったように薄く笑った。

「手を抜いたりはしないよ。リーセルはいつも真剣だし。——でもリーセルに怪我を負わせるようなことは、絶対にしない」

そこへキャサリンナが割り込んだ。

「先生！　リーセルが不満に思っているなら、私がギディオンのお相手を務めますっ！」

「キャサリンナ・ジュモー。貴女には腕立てを命じていたはずです。これ以上サボるなら、剣か弓のクラスに行ってもらいますよ」

「お父様に言いつけてやる！」と憤慨して顔を真っ赤にしつつも、キャサリンナは腕立てを再開した。意外にも超高速で、なかなかの根性だった。

四年生最後の槍の授業では、ついに初めての槍試合を行った。

馬に乗って、本格的なジョストをするのだ。

ジョストはレイア王国の国技でもあるので、たとえ授業の一環でもなかなか力が入っていた。

ヘルメットと防具を身につけ、二チームに分かれて、一対一の試合を行う。より多くの勝者がいたチームの勝ちだ。

休み時間の間に鉄板が入った簡易の防具を上半身に着込み、ヘルメットを被りやすいように低い位置で髪の毛を結ぶ。

張り切って校庭に出ると、私は出鼻を挫《くじ》かれた。

キャサリンナが体調不良で今日の体育の授業を、見学することになったのだ。

「ぜってー仮病だろ。片腹痛いぜ」

同じくヘルメットを被ったマックが、私に耳打ちする。

「そんな。大丈夫かしら」

するとマックは意外そうに片眉を上げた。

「えっ、キャサっちの心配なんてしてあげてんの？」

マックは全然仲が良くないのに、キャサリンナを勝手にキャサっちと呼んでいた。

それを一年生の時にある日知ったキャサっちは大激怒したのだが、マックは全くやめようとしなかったので、最近では彼女も注意するのを諦めたようだった。

それどころか、最近では「キャサっち」とマックが呼びかけると、振り返って返事をするようにすらなっていた。

「違うわよ。そうじゃなくて、キャサリンナが試合に出ないとなると、私の対戦相手がいなくなるんだけど」

「ああ、そっちの心配ね。――それはアレだろ。毎度のギディオンサマの登場じゃね？」

マックの予想は大当たりだった。

オールバック先生は、ギディオンの武装服をせっせと綺麗に整えてあげようと袖を引いたり裾を伸ばしているキャサリンナに「校庭の隅に座って大人しく見学していなさい」と叱り付けると、次いでギディオンに私の対戦相手を務めるよう言ったのだ。

それではギディオンが二回試合に出ることになってしまうが、彼なら体力的にも問題ないと思われたのか、誰もそれは指摘しなかった。

広い校庭の片隅にある、芝の広場に槍専攻の生徒達が集まる。私とギディオンの試合は、今日の授業の初戦だった。

固唾を呑《の》んで皆が見守る中、私とギディオンがそれぞれ馬の背に乗る。

まだチームの勝敗が全く見えていない段階なので、初戦を担当するのは、気が楽だった。

けれど私のこの一戦にかける想いは、真剣そのものだった。

馬にまたがり、互いに馬首を向かい合わせ、五十メートルほどの距離を空けて睨み合う。

丁度中間地点に立つのが先生で、国立魔術学院の大きな校旗を手に持っている。杖《つえ》とペンが交差する刺繡《ししゅう》が施され、黄色の組紐《くみひも》で縁取られた重厚な校旗が、風にわずかに揺れる。

先生がその旗を空高く振り上げれば、試合開始の合図だ。

馬を止めて同じく騎乗したままじっとしているギディオンと向き合うと、興奮と冷静さという相反する感情が交互に沸き起こる。

馬の上で長槍を構えると、神経が研ぎ澄まされていく。

槍を専攻する他のクラスメイト達も周りにいるはずなのだが、ヘルメットは目の部分しか開いておらず、視界が悪い。私が今見つめるのは、対戦相手だけだ。

周りの歓声は一切忘れ、倒すべきギディオンのみに、意識を集中させる。

(絶対、倒す!)

心の中で強く宣言する。

盾の持ち手を強く握り過ぎて爪がくいこみ、左手に痛みすら感じる。

ジョストでは魔術を使ってはいけない。たとえ落馬しそうになっても、風を起こして受け身をとることはできない。

だからこそ、この魔術学院では珍しく、本当に一対一の真剣勝負なのだ、という気がした。

オールバック先生の向こうで、ギディオンは乗馬のお手本のような背筋の伸びた綺麗な姿勢で長槍を持ち、私の方にその先を向けていた。

携える盾は、少しも揺れていない。――私の盾は、風や緊張のせいで小刻みに震えているというのに。ヘルメットの中で、自分しか聞こえないような小声で宣言する。

「覚悟しなさい、ギディオン・ランカスター。今度のリーセルは、違うわよ」

絶対に、私が勝つ。

先生が勢いよく校旗を持ち上げた。間髪容れずに馬の脇腹を蹴り、走らせ始める。

ギディオンもほとんど同じタイミングで駆け出していた。

先生が身を引き、コース上にいるのは私とギディオンだけとなり、彼の姿がどんどん大きくなってくる。

そして互いの距離が槍の長さと同じになった瞬間。

バキャッ、と大きな音を聞いたのと、激しい衝撃が全身を襲ったのは、ほとんど同時だった。

視界が体の動きについてこれず、何がどうなったのか分からないうちに、私の足は空を切っていた。体が右斜め後ろへと傾き、倒れまいと踏ん張る時間もない。お尻が鞍《くら》から滑り落ちる。

「炎の刃《やいば》、守りの風！」

先生の呪文が聞こえ、自分の負けを自覚する。

私は馬の背から二回転しながら落下し、足に鐙《あぶみ》を引っ掛けたまま、地面に転がった。先生がとっさに魔術で鐙の綱を切ってくれなければ、馬に引きずられて怪我をするところだった。その上、落馬の衝撃を和らげる為に先生は風のクッションを作ってくれていた。

校庭の地面に突っ伏して顔中を砂まみれにしながら、悔し過ぎて泣きそうになる。

何が起きたのか分からないくらい、一瞬だった。あまりにもあっという間に、決着がついてしまった。

(なんて、なんて情けない!!　カッコ悪過ぎる――！)

呻《うめ》きながら起き上がると、体の上からパラパラと木のかけらが落ちる。右手に握りしめていた槍は根元で折れ、そこから先は破片となって辺りに散らばっていた。

落馬した時に、折ったらしい。

「勝者、ギディオン・ランカスター！」

先生が勝者の名を呼ぶと、相手チームが歓声をあげた。キャサリンナもなぜかそれに混ざり、飛び跳ねて喜んでいる。どう見てもすこぶる元気そうだ。

「大丈夫？」

「怪我はない⁉」

同じチームの生徒達が助け起こしに来てくれるが、しばらくの間ショックで立ち上がれなかった。

「一瞬だったよ。全然、ギディオンの動きが見えなかった……」

「気にすることないよ、僕らが対戦しても同じく負けてたと思うよ」

皆がなんとか慰めてくれるが、あまりにも力の差が歴然で、呆然《ぼうぜん》としてしまう。

いつもの授業での彼が、いかに手加減をしてくれていたかが、身をもって分かった。

私の槍は、彼の盾に多分かすりもしていなかった。僅かな時間で決着がついてしまって、それすら確信がないのだけれど。

ヘルメットを脱ぐと、向こうのチームの輪の中に戻ったギディオンが、こちらを見ているのが分かった。

悔しくて、その顔を直視することができなかった。

そして私は、国立魔術学院の最上級生になった。

十七歳の夏。

魔術学院での学びを終え、来年私達は魔術師として社会に羽ばたかねばならない。魔術師の卵達は、最後の夏を就職活動に明け暮れた。

「よし、化粧もローブもバッチリだし。行ってくるか!!」

大きな鞄を肩にかけ、部屋を出る。寮の廊下は細長く、生徒達の部屋のドアが廊下の端から端まで続いている。

少し歩き始めたところで、丁度自分の部屋から出てきたシンシアと出くわした。彼女は私の鞄を見とめるや、あっと声を出した。

「今日出発だったっけ?」

「そう。バラル州の魔術支部に、面接の予約を取ってあるの。遠いから大変」

魔術支部は各都市にあり、住民から頼まれた仕事をこなす。

シンシアはもう、卒業後の就職先が内定していた。王宮魔術庁——つまり、王宮魔術師だ。

全国の魔術師を統括する組織で、王宮の中にあって最先端の魔術研究をしたり、この国全体に魔術による結界を張ったり、時に戦争に参加したりもする。

魔術師にとって、これ以上はない憧れの就職先だ。シンシアは実技があまり得意ではなかったが、魔術書の研究にはとても熱心で、学生ながらに教授と初心者向けの魔術練習ドリルや歴史書を共著で出版していた。

その努力が実り、王宮魔術庁の研究職を射止めたのだ。

だから私はここ連日、シンシアに面接官役を頼んで何度も面接の練習をしてもらっていた。

「緊張し過ぎないようにね。いつもの通りに受け答えできれば、絶対合格するから！」

「うん。ありがとう」

「バラルまで気をつけてね。——頑張って……！」

寮の出入り口で、シンシアは少し心配そうに私を見つめながら、右手を振って見送ってくれた。

バラル州に就職してやるという、強い信念で校庭を横切ると、学院図書館の前で名前を呼ばれた。振り向くと図書館の入り口の前に、ギディオンがいた。

両腕にたくさんの参考書を抱えている。

夏のテストは終わったと言うのに、まだ猛勉強しているようだ。彼らしい。

「大きな荷物を持って、どうしたの？」

「バラルに就職活動に行くの」

「まさか！　バラル州に？」

何がまさかなんだ。そんなに驚かないでよ。

別にバラルは最果ての州でも、絶海の孤島でもない。

ムッとする私に気づかず、ギディオンは重そうな本を抱えたまま、大股で私の方へ歩いてきた。

「王都の魔術支部は受けないの？　この国立魔術学院で次席の君なら、絶対に内定を貰えるよ」

いつも首席のギディオンに言われると、なんか嫌味に聞こえる……。

「ギディオンは王宮魔術庁なんでしょ？」

「いや、王都魔術支部の内定を貰ったんだ。王宮で働くつもりはないよ」

「えっ、貴方王宮じゃなくて、王都の魔術支部に勤めるの⁉　意外」

前回のギディオンは王宮に勤めてたのに。なんで変えちゃったわけ？　……とは流石《さすが》に聞けない。

というか、私に同じ所を勧めるって、どういうこと。

ギディオンは遠慮がちに口を開いた。

「今からでも遅くないよ。王都魔術支部を受けたら？」

どういうつもりなんだろう。私と同僚になりたいんだろうか。まさか。

困ってギディオンの提案をさらりと流す。

「私は故郷が大好きなの。それじゃ、またね！」

軽く手を振って別れを言うと、ギディオンは私の手首を掴んだ。ギョッとして振り返ると、彼はどこか遠慮がちに尋ねてきた。

「ねぇリーセル。来年、卒業パーティがあるけれど……一緒に行く相手は、決まってる？」

「卒業パーティ……。ああ、それなら私、行かないから大丈夫よ」

魔術学院の卒業パーティは任意の参加となっており、毎年王都の舞踏会場で開かれていた。だが参加料が異様に高く、とても行く気にはならない。

なんであんなに高いんだろう。ボッタクリもいいところだ。参加できないほど高くはないのだが、ボッタクられるのが嫌だ。

ギディオンは何か妙な返事を聞いた、といった風情で目を白黒させた。

「ほ、本当に行かないの？　たった一度のパーティなのに」

「毎年全員が出るわけじゃないって聞いてるし。ドレスとかアクセサリーもいるんでしょ？　やめておくわ！」

「——クロウ家って貴族だよね……？」

「そうだけど、うちは経済的にそんなに恵まれてないの。ドレスも古いものしかないし」

多くの領主は豊かだ。なぜなら彼らは勝手にあれこれと名目をつけ、領民から税を徴収し勝手に懐に入れているからだ。

だが祖父は決してそのようなことはしないし、むしろ学校や病院を整備したり、領民の為に尽くしている。私はそれでいいと思っている。祖父は立派な領主だ。

ギディオンは私の手首をとらえたまま、私の反応を窺《うかが》いながら尋ねてきた。

「もしドレスがあれば、参加するの？」

「うーん、それは……」

「ランカスターの屋敷には、君に合いそうなドレスがたくさんあるんだ」

えっ、と思考が一瞬止まる。

それってつまり、まさか私の為に公爵家からドレスを持ってきてくれる気だろうか。

ペンやノートをいつも、学友に寄付するみたいに。

心遣いは嬉しいが、ランカスター家の世話には死んでもなりたくない。私、お陰で一度死んでるし。

遠回しに興味がないことを、伝える。

「でも私、田舎者でパーティにほとんど出たことがないから、何をするのかよく分からないし……」

「飲んで食べてお喋《しゃべ》りをして、最後に少し踊るだけだよ。——ドレスを持ってくるよ。何色が良い？」

意外と強引だ。

四大貴族のお坊ちゃまには、パーティ参加を渋る女がいるなど、理解不能なのだろう。むしろ間違いを正そうと必死のようだ。

「いやいやギディオン、そんなことしてもらったら悪いよ」

「赤色と青色、どっちが好き？」

「それなら赤……、いや、じゃなくて。そもそも踊る相手もいないし」

「私と踊ろう。心配ない」

次々と出てくる提案に、困惑する。

パーティのダンスは普通、好意を寄せている子を誘うものだという。

こんなところで無駄遣いするものじゃない。

何よりギディオンは、すでに誰か他の女の子と踊る約束をしているのではないだろうか。

割り込む訳にはいかない。

「他にも、一緒に踊る約束をした子達がたくさんいるんじゃないの？」

「卒業パーティのダンスは一曲しかないんだよ。一人としか踊れないよ」

それならば尚のこと、その大切な一人は私に対する同情ではなく、ギディオン自身の為に選ぶべきだ。

こういう善意は、時と場合によっては施される方を傷つけかねない。金ピカ・ランカスター家の期待の星が、底辺貴族のクロウ家の女子を誘ってどうする。

――バカなんじゃないの。

「私は平気だから、ギディオンは自分が一番踊りたい子を、誘いなよ」

優しく冷静に諭すと、ギディオンはなぜか少しムッとしたようで、彼にしては珍しく微かに眉間にシワを作る。

「だから、こうして踊りたい子を誘ってるんだけど」

（えっ……⁉）

どうしよう。予想もしなかった切り返しに、焦る。

本当に私と一番踊りたいんだろうか。

それはなぜ……という質問が、怖くて出来ない。

「気持ちは嬉しいわ、ギディオン。でも、ごめんなさい。私、行けないの」

「どうして？」

「シンシアとマックも出ないのよ。実は代わりに三人で野外パーティを計画しているから、無理なの」

「野外パーティ？」

「そう。焚《た》き火をして、魚とかマシュマロを焼いて食べるの」

「た、焚き火……」

彼の想像した野外パーティとは随分違うものだったのか、ギディオンはしばし呆然としていた。

目をパチパチと瞬いている。

試しに聞いてみる。

「貴方も野外パーティに来る？」

ギディオンは予想通り、引きつるように困った笑みを見せた。

私達に混ざるなんて決断はできないことを、見越した上での質問だった。

「……王都の卒業パーティでは、先生方への謝辞を担当しているんだ」

そうよね、公爵家の嫡男なら、そうこなくちゃ。

「それじゃあ、そっちに出ないと大変よね。——謝辞、頑張ってね！」

私は大変満足して、彼と別れた。

バラル州の実家に到着すると、玄関から祖父達が飛び出してきた。

弟にカトリンとアーノルドという、いつものメンバーだ。

「お嬢様ぁぁ！　しばらくお会いしないうちに、また美人になられて！」

カトリンが私の両腕に手を回し、軽く揺する。その後ろから、アーノルドが素早く私の手から鞄を取り上げる。

「やっぱり王都は凄い所ですね。一年ごとにお嬢様が大都会風のハイセンスな女性に、どんどん変身されていきますねぇ」

「アーノルド、前にも言ったけど国立魔術学院は、王都の郊外にあるの。全然大都会じゃないのよ」

苦笑しつつ、なんだかんだで褒められて嬉しい。


翌日、私はバラルの魔術支部に面接を受けに行った。

魔術支部は煉瓦造りの三階建ての建物で、小ぶりではあったがツタが絡まる可愛らしい外観をしていて、ひと目で気に入ってしまった。

中を案内してくれた若い男性も、業務説明をしてくれた中年の女性も、とても感じが良かった。

平和でアットホームな雰囲気に、とても惹《ひ》かれる。

面接をしてくれたのは初老の男性で、なんと支部長だった。

「うちは王都から遠いから、国立魔術学院の生徒さんが受けに来てくれるのは、何年ぶりだろう！」

開口一番にそう言ってくれた面接はお互い終始笑顔で、気さくな雰囲気の中で終わった。

そして、その日のうちに内定を貰うことに成功したのだ。

これで祖父達と暮らしながら、魔術師として働く未来が、約束されたも同然だった。

内定を手に入れたことを報告すると、屋敷の皆は大喜びだった。

アーノルドは筋肉が喜びを隠しきれなかったらしく、台所の酒樽《さかだる》を振り回して雄叫びをあげ、祖父に叱られていた。

その晩のクロウ家の夕食は、メニューが何品も並ぶ、お祝いの席になった。

我が家ではこういう時は、侍女も含めて皆でテーブルを囲む。

古めかしく広い石組みの食堂には、大きなテーブルが並んでおり、いつもは人の少ないクロウ家ではそのだだっ広さが寂しかったが、今夜はとびきりのテーブルクロスやナプキンが使われ、カトリンが森で摘んできた花々が花瓶に生けられ、とても華やかな雰囲気だった。

弟はシチューを食べながら、しみじみと言った。

「姉様も来年は学院を卒業か。早いなぁ」

ワインを飲んだカトリンが、ナプキンで口元を拭いながら、感慨深げに言う。

「おまけに天下の国立魔術学院をご卒業した魔術師におなりとは、本当にこのクロウ家の誇りです」

そう褒めつつも、私の皿に野菜のソテーをたっぷりと載せるのを、忘れない。

アーノルドは同意するように大きく頷きながら、パンをかじる。

祖父は私にローストビーフを切り分けてくれてから、落ち着いた口調で言った。

「来年からまた一緒に暮らせるのを、楽しみにしているよ」

あたたかな気持ちで、あたたかい食事を頬張る。

最高の夜だった。


バラルから魔術学院までは、道中ずっと晴れやかな気持ちでいっぱいだった。

穏やかで明るい未来が約束されたのだ。

バラル州魔術支部からの内定書を披露し、喜びをマックやシンシアとも分かち合った。

将来の道筋が決まり、残された半年ほどの授業を受ければ、学院生活も終わりを迎える。


暑い夏が終わり秋がやってくると、授業がない日曜日にはほとんどの生徒達が王都の中心部に出かけるようになった。皆、卒業パーティの為の買い物に余念がないのだ。

ドレスやアクセサリー、ヘアスタイルなど、準備しないといけないことがたくさんあるのだろう。

暇な私とマックとシンシアは図書館で時間を潰し、ある日帰り道に事務棟の前で呼び止められた。

事務棟の前に学院長が立ち、私に激しく手を振っておいでおいでをしている。

彼は転がるように私のところまで駆けてきた。

「リーセル君！　今、呼び出しをかけるところだったんだよ。君に、朗報があるんだ！」

図書館で借りた本の束を抱えたまま、私は学院長室に引き摺《ず》られていった。

シンシアとマックが動揺しながら、事務棟の前に残る。

両開きの風格ある扉を開けると、学院長は私を来客用の革張りのソファに座らせた。その丸い顔はなぜかはち切れんばかりに紅潮し、嬉しそうだ。

学院長は皺《しわ》くちゃの顔を更に皺だらけにして、ローテーブルを挟んだ向かいのソファにどかりと腰を下ろした。丸く大きな学院長のお尻がソファに沈み込み、座面が深く窪《くぼ》む。

「リーセル君、素晴らしいお話があるんだよ。……なんと！　実は、学院の卒業生は来年から、成績上位五名までは王宮魔術師として自動的に王宮に採用されることになったんだ！」

「……それって、どういうことです？」

「君は次席だったね。つまり、幸運なことに君は来年の四月から、王宮に採用されることになった！　ジャジャーーン！　凄いことだ！」

まるでもの凄く嬉しいことがあったみたいに、学院長は興奮して喜んでいる。

くらり、と軽い目眩がした。

聞き間違いであって欲しい。だが無情にも学院長は至極嬉しそうに続けた。

「いやいや、首席のギディオン君まで王都魔術支部なんかに行こうとするし、次席の君も王宮から内定を貰っていないから、今年の五年生はどうなってるのかと本当に気を揉《も》んだよ～」

「私は王宮を志望していなかったので……」

「しかも、先ほど王宮から連絡があったんだが、なんと！　ジャンジャカジャーン！　君の配属先は王宮魔術庁護衛部になったらしい。なんと魔術師として王太子殿下の身辺の護衛にあたる、『近衛魔術師』に決まったとのことだ！　うむ、大変な名誉だな！」

急速に全身から冷や汗が出る。

焦りのあまり、頭に血が上っていく。

何が、いったい何が起きているの。私と学院長のあまりのテンションの差に、変な汗が出てくる。

焦り過ぎて上ずる声で、反論する。

「ですが、――私は既にバラル州の魔術支部に採用が決まっております」

学院長は人差し指を立て、顔の前で左右にふると、なぜか得意げに言った。

「心配ご無用だ。そちらには内定を取り消すよう、王宮から命じてあるそうだ。晴れて君は、王宮魔術師だっ！」

「そんなぁぁぁ！」

「驚く気持ちは、よく分かる！　うむ、これほどめでたい話はないぞ」

学院長は私の絶望を勝手にただの驚きと解釈した。

ホクホクとした無邪気な笑顔を浮かべて、私に向かって何度も頷いている。

(王太子の近衛魔術師ですって……？　自分を殺す王太子の護衛だなんて、どんな皮肉よ!!)

手が震えて仕方がない。なんとか学院長に食い下がる。

「そんな話、私は困ります……」

「遠慮はいらないよ！　王宮魔術庁の給料は王都魔術支部の三倍近いし、待遇も良い」

「私、バラルの魔術支部に勤めたいんです！　王太子の近くで働くなんて、ご免です！」

「こ、コラ！　無礼なことを言うんじゃないよ、リーセル・クロウ」

学院長が血相を変えて、私に注意をする。

「魔術学院は国からの多額の支援のもとに成り立っているんだよ、リーセル君。特に魔術は国家の財産でもある。魔術師なら誰もが自由に勤め先を決められるわけではないんだよ」

大人の事情をなんとか理解して欲しい、と学院長は私を説得した。


泣きそうになりながら学院長室を出ると、出口でシンシアとぶつかった。

鼻を押さえる私を見て、マックは首を傾げた。

「どうしたの？　目が真っ赤だよ、リーセル」

「来年、バラルの魔術支部に行けなくなったの」

「はっ⁉　なんで？」

「今年から制度が変わって、王宮が私を近衛魔術師にするって」

二人は目を見張ったあとで、顔を見合わせた。

「近衛魔術師って王宮魔術師の中から新人が毎年選ばれるやつよね」

「確か、貴族の魔術師からしか選ばれないんだよな」

そう。でも身の危険があることから、ショボい家の貴族の新人が選ばれるのが、慣習化していた。つまり、クロウ家におあつらえ向きだった。

切ない。

「王宮なんて行きたくないのに」

シンシアはなんとか私を慰めようと、私の腕にそっと触れた。

その穏やかな茶色い瞳を見つめ返しているうち、気持ちが幾らか凪いでいった。

「私達も卒業後は王宮に行くのよ。色々と、助け合える。だから大丈夫よ」

そうだ、前回の人生と全てが同じわけじゃない。


十二月の末。

国立魔術学院では、最高学年の五年生が主催するチャリティーイベントがあった。

五年生が校庭でバザーや食べ物を売る屋台を出店し、一般の人を招くのだ。

校庭に布製の大型屋台が十ほど立ち並び、私はその中でチョコレートケーキの売り子を担当していた。

チョコレートを練り込んだ生地の真ん中にアンズのジャムを挟み、全体をチョコレート入りのフォンダンでコーティングしたケーキだ。

ガツンとした甘さが、冬のおやつに丁度いい。

学院の厨房《ちゅうぼう》で焼かれたケーキが、調理担当のクラスメイトによって次々に運ばれてきて、私達が校庭で売るのだ。

校庭は雪でもちらつきそうな寒さで、吐く息まで白かった。まるで修行をしているみたいだ。

ホールケーキを八等分に切りながら、マックが愚痴を言う。

「こりゃ失敗したよ。スープ担当になれば良かったぜ」

言われてみればスープ担当は商品が温かいので、チョコレートでカチンコチンのケーキより、幾らかマシに見える。

「でももっと良かったのは、厨房担当じゃない？」

「そりゃそうっしょ。キャサっちなんてちゃっかり厨房担当だしな。でもさ、俺がコレ焼いたら、大惨事になるからさ——あっ、いらっしゃいませぇ、ケーキいかがですか？」

サッと笑顔になって、店の前を通る老夫婦にケーキを見せる。

校庭には沢山のお客さんが来てくれていた。

近所の人だけでなく、生徒達の父兄や友人達も毎年、大勢遊びに来ている。

クロウ家は王都から遠いので、誰も来ていない。仕方がないとはいえ、来てくれた親に得意顔で商品を売るクラスメイト達を見ると、羨ましいなと感じる。

校庭の隣にある車止めには、馬車がたくさん並んでいた。来校者が乗ってきた大小様々な馬車が並んでいる様子は、なかなか圧巻だ。

そこへ新たに一台の、一際立派な馬車がやってきたので、校庭の生徒達の視線が吸い寄せられた。

「スゲーな、あの馬車。どこの家のだろ？」

客から受け取った代金を、手元の蓋つきの缶に仕舞いながらマックが呟く。

その馬車は非常に豪華だった。焦げ茶色の車体には、うるさいまでに銀の装飾が施され、馬車を引く二頭の栗毛《くりげ》の馬達も毛並みが良く、手入れが行き届いていた。

「俺の予想では、ジジババの番《つがい》が乗ってるな。孫が可愛くて、何でも買っていくタイプと見た」

「ケーキの残り、全部買ってくれないかな」

「いいねぇ。甘党のジジババだと良いな」

気がつくと売り子達が手を止め、皆でその目立つ馬車の方を見つめている。

馬車の扉が開くと、中から姿を現したのは一人の少女だった。

マックが驚きの声を上げる。

「あれっ、予想外。女の子じゃん！」

その瞬間、私は心の中で絶叫した。

手に持っていたフォークが滑り、カツンとテーブルに落ちる。

目にしているものが、信じられない。

国立魔術学院の校庭で売り子をしているはずなのに、束の間自分がどこにいるのか、分からなくなる。

降り立ったのは薄紫色のドレスに、白い毛皮のマフラーを巻いた、とても綺麗な子だった。

白い息を吐きながら、愛らしい微笑みを浮かべ、店の方にやって来ている。

その光景に、息が止まった。

――ああ、まさか。

（嘘でしょ、こんなところで？　あの子は……）

何かにしがみつきたくなって、屋台のポールを右手で握り締める。

「ギディオン！」と高く澄んだ声で少女は手を振ると、真っ直ぐにクッキーを売る屋台に向かう。

「アイリス？　来てくれたのか……」

焼きたてのクッキーを店頭に並べていたギディオンが、驚いたように顔を上げる。

アイリスが私の目の前を突っ切り、奥の方にあるクッキーの屋台の前に立つ。

私は外套ごと自分の腕を抱きしめた。

（こんなに前触れもなく、もう貴女と会うなんて！）

アイリス・ゼファーム。ゼファーム侯爵家の令嬢。

ギディオンの幼馴染みだ。そして、前回はあと一年以内に聖女になった。

そんなことは知るはずもなく、アイリスは無邪気に笑顔を振りまいている。

「ランカスター公爵夫人から聞いたの！　今年はギディオンが売り子をやる年だって。ねぇ、お願い。学院の中を案内して！」

アイリスはギディオンを店から引っ張りだすと、甘えるように彼の腕に手を絡ませた。

「魔術学院の中を、もっと見たいわ」

「店の売り子をしないと。悪いけどまだ抜けられないよ」

ギディオンがアイリスの手から、そっと自分の腕を引き抜く。直後に大きな声を出したのは、同じくクッキーの売り子をしていた男子のクラスメイトだ。

「ギディオン、そのめっちゃ可愛い子、誰？」

間違いなく浮き足立ったその声に、付近の屋台にいるクラスメイト全員の視線がアイリスとギディオンに向かう。

ギディオンが苦笑しながら、答える。

「うちのお隣の、ゼファーム侯爵家のアイリスだよ」

ギディオン親衛隊の女生徒達が、ざわつく。みんなで口をへの字にして、アイリスを値踏みするように見つめている。

マックが私の肘をつついた。

「ギディオンの幼馴染み、すっごく綺麗な子じゃん」

アイリスは、たしかに綺麗だった。

緩くカールする髪は太陽の光のように艶やかで、白い頰は寒さからか薄く朱色に染まり、とても滑らかそうで、見つめているとその頰に触れてみたくなるほどだ。

とりわけその大きく愛らしい瞳が印象的で、穏やかであたたかみがある、蜂蜜色をしていた。

少し小柄だったが、あどけない少女のような甘い顔立ちとは対照的に、思わず視線が吸い寄せられるような魅惑的な体型の持ち主で、その危ういアンバランスさがまた、目を引く。

「やばい、惚《ほ》れちゃいそう」

屋台にいる男子生徒達が、鼻の下を伸ばしてアイリスを見つめている。

「皆様、今日はよろしくお願い致します！」

アイリスは屋台の生徒達に笑顔を振りまくと、ドレスの裾をつまみ、膝を折ってお辞儀をした。

薄紫色のドレスの裾が、空気を孕《はら》んでふんわりと広がる。その流れるような動きが、洗練されていて美しい。

感心したような溜め息を、数名の男子生徒が漏らす。

「どれもとっても美味しそう！　わたくし、全部買ってしまいたいくらい」

「うわー、すっげぇいい子だし！」と男子達が目尻をだらしなく下げている。

アイリスは、こういう子だった。天真爛漫《てんしんらんまん》な愛らしさで狡猾《こうかつ》な素顔を見事に隠して、周囲を魅了していく。

夕方には魔術学院の立派なホールで、チャリティーコンサートが開かれた。

楽器が得意な五年生と教師、それに十人ほどの王立管弦楽団の団員が無給で演奏に参加してくれるので、毎年かなり質の高い演奏を提供している。

私は楽器が得意ではないので、一般客に混じって曲を聴く側だ。

どうにかチョコレートケーキを売り切れたことに安堵《あんど》しながら、私はマックとシンシアと一緒にコンサート会場のホールに行った。

前列の方は既に観客で満席で、その中にアイリスもいた。

なるべく彼女から離れたところに、席を取る。

隣に座ったマックは終始周囲を見渡し、演奏は全く耳に入ってきていない様子だった。というより、多分マックは演奏には初めから興味がないのかもしれない。

最初の曲は冬にぴったりの、重厚な宗教色の強い曲だった。

窓の外の曇天を眺めながら聴くと、味わい深さが増す。

次の曲は雰囲気が一転し、軽快な曲だった。席に座って聴いている生徒達の表情も心なしか明るくなったように見える。

チラリとマックを見ると、なんと彼は寝ていた。管弦楽には完全に興味がなかったのだろう。

流石に演奏者達に失礼なので、左肘をそっと動かし、マックをつついて起こす。

マックはハッと背筋を伸ばすと、目を手の甲で必死に擦り、なんとか眠気を覚まそうと踏ん張った。

寝まいとマックが目を異様に大きく見開いて舞台を見つめている中、始まったのはワルツだった。

彼は嬉しそうにニッと笑うと、私の方に顔を傾けて小さな声で言った。

「『青いライヒ川』だろ、この曲。これなら音楽に詳しくない俺も知ってるぜ！」

「そうだね。人気のある曲だもんね」

幼児でも知っているような、本当に有名な曲だ。レイア人なら誰もが大好きな曲だけれど。

三拍子の明るい曲だが、私の胸がギュッと締め付けられる。

私にはこの音楽とともに、蘇る記憶があった。――塞がったはずの傷から、蓋をした気持ちから、胸の奥から漏れ出てくるように。

これは、かつて王宮で聴いた音楽だった。

目を瞑《つぶ》り、手を乗せた膝の上に溜め息を落とす。

(大丈夫。これは、私にはもう来ないはずの未来だから……)

あるいは、失った過去ともいえる。

閉じた瞼《まぶた》の裏に、走馬灯のようにあの日々の光景が、押し寄せてくる。


――かつての私は、レイア王国の王宮で働いていた。

王宮の夜は長い。

とりわけ夜会シーズンの春の夜は。

王宮の夜の庭園にいると、風に乗って管弦楽団の優雅な演奏が聞こえたものだった。

あれは、魔術師として王宮に勤め始めて二ヵ月頃のことだった。

まだ慣れない仕事に疲れながら、私は寮のある棟へと歩いていた。

王宮は広大で、沢山の建物から成る。

近道をしようと庭園に出て、綺麗に刈り揃《そろ》えられた芝生を歩いていた時。

煌々《きらきら》と光る大広間が視界に入った。

ここからは随分と距離があるけれど、その賑《にぎ》やかな声や音楽がこちらにまで届く。

豪奢《ごうしゃ》なドレスを纏った貴婦人達が集い、偉丈夫な紳士達とダンスをしている。演奏家達が飴色《あめいろ》に輝く楽器の弦の上に、軽やかに弓を滑らせている。

大広間の燦然と輝く光を浴びて、バルコニーまで明るい。そのバルコニーにはグラスを手にした若い男女が数組いて、頬を寄せ合って何やらお喋りをしている。恋人同士だろうか。

「あれが王宮の夜会かぁ……」

いつ見ても、華やかだ。私の身分では招待されることはない。

思わず自分の服装を見下ろす。

頭から爪先まで、濃い紫色の長いローブだ。魔術師なのだから、仕方がない。

肘から下げる鞄は、仕事道具である分厚く重たい魔術書を入れた地味なものだ。この仕事に誇りを持っているけれど、やはり絢爛な夜会に憧れはあった。

広い芝生の庭園を挟み、視線の先には別世界が広がっている。同じ王宮にあるのに、あちらは完全に異世界だ。

(あの中で踊るのは、どんな感じなんだろう?)

蝶のようにドレスの裾を広げ、くるくると舞う貴婦人達の目には、どんなものが映っているんだろう。貴公子達と手を取りあい、演奏に合わせて踊るのはどんな気分がするのだろう。

そんなふうに思いを巡らせていると、自然と体が動いた。

鞄を芝の上に置くと、近くに立つ木の幹に片手を添え、お辞儀をしてから淑女になりきり、言ってみる。

「まぁ、私でよろしいんですの？　ええ、喜んでお相手致しますわ」

小枝に左手を添え、右手で幹に抱きつく。

顔を上げるとその瞬間、頭上にあった小枝が額を直撃し、しゃがみこんでその痛みに悶絶《もんぜつ》する。暗いので見えていなかった。

「うう。恥ずかし……」

ふぅっと溜め息をつく。

「いいなぁ。あんな風に素敵なドレスを着て踊れたら、どんな気持ちになるんだろう？」

「上っ面だけのお喋りと、蹴落とし合いに辟易《へきえき》すること間違いなしだな」

唐突に後ろから話しかけられ、私は短く叫んだ。

急いで立ち上がると、木の後ろには予想もしない人物が立っていた。王太子のユリシーズだ。

赤地に金糸の刺繍が施された衣をかっちりと着こなし、夜風に柔らかそうな栗色の髪をなびかせている。

王太子を王宮の中で見たことはあっても、直接会話を交わしたことはない。

「で、殿下！　なぜここに……」

王太子は夜会に参加しているはずじゃないのか。

困惑して見上げていると、彼は首を傾けて私を覗《のぞ》き込んだ。

「おまけに君ほどの美人ともなれば、皆が寄ってたかってダンスを申し込みに来て、順番に並ばせるだけで大変になるな」

「何を仰《おっしゃ》いますか。ご冗談を」

「魔術師も夜会に憧れるとは、思っていなかった」

魔術師にだって、乙女心はある。

すると王太子は悪戯っぽく笑った。

「私で良ければ、ダンスに付き合おうか？」

「け、結構です！　ダンスには興味ありませんから！」

王太子は声を立てて笑った。おかしそうに、目を踊らせながら。

「さっき、相手がいなくて木に頼んでいたのに」

「見てたんですか！」

恥ずかしいのと、からかわれた悔しさでワナワナと震える。

「しかも枝で振り払われて、邪険に断られていたね」

「所詮は木ですから！　ちょっと真似事《まねごと》をしてみただけです！」

恥ずかし過ぎる。その場を離れようと片膝を折って「御前、失礼します」と言いかける。

「待ちなさい。そうだな、木には君の相手ができない。だからここに丁度いい相手がいるじゃないか。からかってしまったお詫《わ》びに、踊ろうか？」

王太子はそういうと、素早く私に手を伸ばした。

――遊ばれている。完全に、おちょくられている。茶色の瞳は実に楽しそうだ。

しかもお詫びがダンスの相手とは、ちょっと恩着せがましいのではないか。

「結構です」

まだ痛む額を押さえて背を向ける。寮の方向に歩き出すと、また王太子に声をかけられた。

今度はなんだろう、と振り返ると彼は私が地面に置いていた鞄を拾って差し出していた。

「忘れ物だよ」

大事な魔術書をなくしてしまうところだった。慌てて受け取ろうと手を伸ばす。

王太子の手に触れては無礼にあたる、となるべく彼の手に当たらないように鞄の持ち手を取ろうとするが、焦って変な持ち上げ方をしてしまい、鞄を取り落とす。

「いてっ……！」

鞄が落下した直後、王太子が右足を持ち上げて顔を歪ませた。そのまま片足を上げたまま、ピョンピョンと跳ねている。――王太子の足の上に、落としてしまったのだ。

(大変!!　なんて人の上に、なんて物を。魔術書は硬いし、重たいのに!!)

急いで膝をつき、頭《こうべ》を垂れる。

「申し訳ありません！」

魔術書の角が直撃したのか、王太子は芝の上に座り込み、右足の甲を摩って悶絶している。

「医務室へお連れします！　私の肩にお掴まり下さい」

そう提案して腕を伸ばすが、王太子は片手をヒラヒラと振った。

「これくらい、たいしたことはない。――それに医務室になど行けば、君が罰を受けてしまう」

言われてみれば、そうだ。伸ばしていた手をそろそろと下げてしまう。

王太子に怪我をさせたと知られれば、何らかの懲戒処分を受けてしまうかもしれない。

かといって見て見ぬフリをするわけにはいかず、そばでしばらくの間、彼の様子を見守った。

気がつけば大広間からの音楽がやんでいる。ダンスの休憩時間に入ったらしい。

「あの、殿下は今夜の夜会に出られていなかったのですか？　なぜ庭園に？」

「夜会は嫌いでね。私は騒々しいことが苦手なんだ」

「――そういうものなのでしょうか。……楽しそうに見えます……」

「はたから見れば、そうかもしれない。だが実際はダンスなんて、面倒なだけだな」

明るい大広間を顎でさしながら、王太子は私を見た。幻想や憧れを壊して申し訳ない、と言いたげに苦笑して。

王太子はようやく痛みが収まったのか、足を押さえていた手を離した。

顔を上げると、彼は不意に私に尋ねてきた。

「ところで、君には北部訛《なま》りがあるね。出身はどこの州？」

「バラル州から来ました」

「バラルか。北の州にはほとんど行ったことがなくてね。いつ王都に？」

質問を受けて、私はバラルのことをペラペラと捲《まく》し立てた。王太子の隣に座りこんで。

私が貧乏令嬢で実家に仕送りをして、そこそこの苦労人だと何とか知ってもらって、同情を買って本を落としたことを許して欲しい、という打算もあった。

ひとしきり話し終えると、ワルツの演奏がまた始まったのか、音楽が聞こえる。

王太子はふと目を閉じた。どうやら管弦楽器の音楽に耳を傾けているようだ。自然と体がリズムを取ったのか、左右に動いていた。

三拍子の曲は、体がテンポに乗りやすい。

「――やっぱり踊りたいな」

「大広間に戻られますか？」

「いや、ここで踊りたい」

王太子はそう言うと、にっと笑った。

いたずらっ子のようなどこか無邪気な表情に、目を見張ってしまう。

王太子は立ち上がると、右手を私に伸ばした。

「二度目に差し出される手は、同情からでもいいから取ってほしいな」

殿下となんて踊れません、とすぐに断ろうと口を開く前に、王太子が続けた。

「君と踊れる私は、今夜このレイアで最も幸運な男だ」

「殿下……」

王太子がずっとこちらに手を差し伸べているので、私は少しだけ腰を上げた。

「でも、ダンスはお嫌いなのでは？」

「開放的な庭での舞踏は、大広間の夜会よりきっと楽しい。――さあ、ワルツが終わってしまう。はやく」

立ち上がりながら、その手を取る。

見つめ合って体を寄せた時。その一瞬で、私は自分が未知のものに飛び込んだことに気がついた。

至近距離で私を見下ろす茶色の瞳から、目が離せなくなる。とりまく木々の緑や煌びやかな大広間の明かりは、途端に視界に入らなくなった。

右手を繋《つな》ぎ、左手を恐る恐る王太子の肩に乗せる。

ただワルツを聴き、その音に合わせて王太子と踊る。

ダンスの上手い下手など、どうでも良くなっていた。ただ目の前の王太子と、見つめ合って一つのことをするのが、信じられないくらい快感だった。

星空が、私達の動きに合わせてクルクルと回る。

夜空を背景に、彼の顔をひたすら見上げる。意識は星々に吸い込まれそうなほど、高揚していく。

音に合わせて一緒に回るたび、本当にそのまま体が浮いて飛んでいけそうだ。

何か話したい、と思った。

でも頭の中は舞い上がり過ぎて何も思い浮かばず、私達はただ黙って踊った。

こんな胸の高鳴りを、生まれて初めて感じた。

やがて曲が終わった。

名残惜しさを感じつつも、手を離そうとすると、反対に王太子の手に力が入った。

王太子が右手を私の腰に伸ばしてぐっと引きつけ、猛烈に焦る。

曲は終わっているというのに、私達のダンスはまだ続いていた。管弦楽器の音は消え、代わって私達が踏みしめる芝のサクサクという音だけが、聞こえる。

「王宮魔術師殿。名前はなんていうの？」

王太子は私をじっと覗き込みながら、返事を待った。

名前を尋ねられるという、何度もあちこちで経験するようななんでもないことが、こんなにも幸せに感じられるとは。

私の名前をちゃんと覚えてほしくて、つとめてはっきりと答える。

「リーセル。――リーセル・クロウです」

――王太子はあの時、なんて言っただろう？

「良い名だ」と言ってくれた気がするし、もしくは「リーセル」と呼んでみてくれたかもしれない。

とにかく、これが私と王太子ユリシーズの出会いだった。

その後、魔術持ちの彼は何かにつけて王宮の魔術庁へ顔を出しにくるようになり、そこで私達は頻繁に会えるようになった。

ユリシーズが魔術庁に来てくれるのを、私は楽しみに待つようになったし、やがて私達は待ち合わせをして、こっそり会うようになった。

日当たりの悪いバルコニーや、放置された庭園の一角といった、人気《ひとけ》のない場所で。

二人で会うのが嬉しくて、ユリシーズと話すのが楽しくて、いつしか自分の抱いてしまっているものが、恋だと自覚した。

そして同じものをユリシーズにも期待してしまった。

やがて彼が初めてキスをしてくれた時、私は見てはいけない夢を見てしまったのだ。

底辺貴族の小娘は無謀な夢を見て、そして全てを兼ね備えた令嬢にあっという間に蹴落とされた。

チャリティーコンサートの演奏が終わると、今年最後のイベントはお開きになった。

この後は、皆で学院全体の後片付けをしなければならない。

ホールから出るアイリスを、なぜか男子達がゾロゾロと追いかけ、馬車まで見送りをしている。

「何なのあれ！　ちゃんと片付け手伝いなさいよ」

箒《ほうき》を両手で握りしめ顔を赤くして、シンシアが群れる男子達を睨んでいる。

風で飛ばされたのか、校庭には紙袋やケーキの包み紙が落ちていた。チリトリを片手に、私も箒でゴミをかき集めていく。

ゴミ袋を持っているのは、ギディオンだった。

見送りをしないのだろうか。アイリスはギディオンの幼馴染みなのに。

箒で地面をかきながら近づいていくと、ギディオンは地面に膝をつき、両手でゴミ袋を広げて構えてくれた。

チリトリでゴミを纏め、ギディオンのゴミ袋に入れる。

「あのアイリスって子を、見送らなくていいの？」

ギディオンは顔を上げると、馬車の方をちらりと見た。

「屋台で十分話したから。それに、あれだけ大勢が見送ってるなら、いなくていいんじゃないかな」

「――貴方と仲良しなんだと思ってたけど」

ギディオンは一瞬微かに目を見開くと、首を左右に振った。

「――ただの幼馴染みだよ」

以前のギディオンは、聖女の保護者みたいな存在で、王宮ではどちらかといえば、聖女からは数多くいる自分の信奉者の一人として扱われていた。でも今日の様子を見ていた限り、今回の二人の関係は、むしろ逆転して見えた。

チリトリから溢れたゴミ屑《くず》を、手で拾ってゴミ袋に入れてくれるギディオンを見下ろしながら、思った。

それもそのはず、かもしれない。

今回のギディオンは客観的に見れば、優しくて穏やかで、真面目な努力家で、容姿も抜群に良い人で。

幼馴染みとはいえ、好きになっても不思議はない。

「……でも、彼女はそうは思っていないかもね」

しまった。ちょっと嫌味っぽくなっちゃった。

驚いて私を見上げるギディオンの碧の視線を振り切るように、彼に背を向ける。

そうして残るゴミを追いかけて、乱雑に箒で地面を掃き進めていった。

卒業パーティが開かれる日は、朝から寮の中が大騒ぎだった。

身支度に余念がない女子達は、早朝から自分磨きに精を出していた。

寮の浴場は混み合い、廊下にまで長い列が延びる。

食堂ですら、顔にパックを貼り付けている女子に出くわすので、びっくりしてしまう。

学院の外に出て美容院に行ったり、髪に飾る花を買いに行く子達も多かった。

ほとんどの子達が馬車を呼び、卒業パーティに行く為に寮を離れると、学院は静寂に包まれた。


夕暮れの美しい、静かな学院の中を三つの影が一列になって進んでいた。

私とマック、それにシンシアの三人だ。

私達は日が暮れると食料を背負って、学院の森に入った。

寮から森までの道を歩きながら、マックは意気揚々と語った。

「シェルン州じゃ、お祝いの日の食事は野外料理と決まってるんだよ！」

「じゃあ、シェルン式の卒業パーティね」

森の中の開けた一角に荷物を下ろすと、マックが小さな焚き火を起こした。その周りを囲むように、持参した折り畳み椅子を置く。

辺りは木の葉擦れの音しかせず、学院の広い森は今、私達だけのものだ。

焚き火の上に置いた金網に、マックとシンシアは次々と食料を並べ始めた。

前もって蒸したジャガイモやウインナー、それに切ってきたピーマンや人参などだ。

食べ慣れた食材だけれど、こうして網の上に載せて焚き火で調理をすると、普段以上に美味しそうに見える。

ベーコンの周りが火に炙《あぶ》られて、香ばしい香りが漂う。肉汁は金網の下に滴り落ちて、ジュッと美味しそうな音が鳴った。こうして嗅覚にも聴覚にも訴えてくるので、早く食べたくてたまらない。

「俺のおすすめはイモだね。皮がパリッパリに焼けて、中はホクホクしてめっちゃウマイよ！」

マックはイモ番のようにジャガイモの前に陣取り、焼け具合を見張った。

日が暮れると春先の風は少し冷たく、私達はポットに入れてきた茶だけでなく、ワインも開けた。お酒は十六歳から飲めるのだが、学院の学期期間中は禁酒しなければならない為、こういう特別な夜はワインが飲めるだけで、ぐっと雰囲気が上がる。

マックは焼けたジャガイモの上から十字に切り込みを入れるとバターを載せ、更にその上からみじん切りにしたカリカリに焼けたベーコンを散らした。バターが熱で溶け、小さくなりながらジャガイモの上を滑っていく。

「うわ〜、うまそ。俺って天才」

マックが自画自賛しながら三人分を用意し、配膳しようとすると、シンシアがそれを制止した。

「まだよ、マック。サワークリームを載せなきゃ、完成じゃないわ。貴方ったら、本当にシェルン出身なの？」

「はぁ？　そんな小洒落《こじゃれ》たもん、ウチじゃ使わねぇーし！」

眉根を寄せるマックを無視して、シンシアは瓶入りのサワークリームをすくってジャガイモの隣に添えた。

そうして全人類の母親かと思うほどの慈愛に満ちた笑顔で、私に皿を手渡した。

「さぁ、シェルン郷土料理を、召し上がれ！」

フォークを刺すと、パリッと皮が割れ、蒸気が上がる。ベーコンと一緒に口に入れると、熱々のジャガイモと、サワークリームの冷たさが不思議な味わいだった。

ジャガイモの甘味と、バターやベーコンの塩気が丁度いい。

熱さをこらえながら、私は感想をまだかまだかと待つ二人に言った。

「すっごく美味しい！」

「でしょう⁉」

マックとシンシアは破顔一笑した。

私はスープ作りを担当した。

寮の台所で切ってきた野菜とコンソメを、小鍋に入れてグツグツと煮る。

私達はウインナーをツマミにワインを飲みながら、椅子に座って火を見つめこれまでの学生生活を振り返った。

シンシアは正直なところ、勉強について来れずに途中で退学する羽目になるんじゃないかと、入学時は不安だったらしい。

「無事、ここまでこられたのは、本当にリーセルのおかげよ。いつも勉強と実技を教えてくれて」

「全然、私なんて大したことしてないよ～」

「しかも、夢にまで見た憧れの王宮魔術師の切符までゲットしたじゃん！」

マックが笑いながら、シンシアの空になったカップにワインを注ぐ。

「ありがとう、マック。でもね、一個だけ、想像通りにはいかなかったことがあるの」

「何だよ、それ？」

シンシアは照れ臭そうに頭を掻《か》きながら、ポツリと言った。

「――その、……彼氏が一人も出来なかったことよ……」

その直後、マックが爆笑した。

「そっか、そうだな！」

「そんなに笑うこと⁉」

シンシアは赤くなって怒ったが、私は笑えない。

なぜなら私もこの五年間、彼氏が一人も出来なかったからだ。

マックがすぐにそれに気づき、笑いをなんとかこらえながら、私達に言った。

「まぁまぁ、二人とも。これからは華の王宮に勤めるんだから。王宮では女性がうっとりしちゃうような、素敵な男性達と出会う機会が、多分山ほどあるから」

マックはワインを自分のカップに注ぎ足しながら、「俺も可愛いお嬢様、探そ～」とニタついている。

シンシアは瓶に残ったサワークリームをスプーンで掻き出し、勿体《もったい》なさそうに食べながら言った。

「王宮に入ったからと言って、ご令嬢は簡単には捕まえられないわよ。馬上槍大会で優勝でもしない限りね」

四年に一度王都で開催される馬上槍大会の優勝者は、国王から「レイア王国の一の騎士」として讃《たた》えられ、爵位とそれに付随する領地を与えられる。何より「最も強い男」としての名誉が得難く、価値あるものだった。

そうして決まる一の騎士は、優勝後にその場で、自分にメダルを授ける乙女を選ぶ権利があった。指名されたメダルの乙女は、その後に一の騎士に嫁ぐのが伝統となっていた。

次の開催は再来年だ。

学院の授業でも馬上槍試合の授業があったが、マックは得意な方だった。

「ま、来年俺が出場して優勝したら、誰かいい奴を二人に紹介してやるから。安心してよ」

それは心強いわ〜、と私とシンシアはほぼ同時に返事をした。

おしゃべりに花を咲かせ、たっぷりと飲み食いをし、焚き火も小さくなってきた頃。

夕食は食べ終え、あとはデザートを残すのみになった。デザートはマシュマロで、火に炙って食べるのだ。

掌大のマシュマロを刺した木の枝を持つと、ふと空を見上げた。

焚き火の煙が吸い込まれるように夜空へ舞っており、輝くダイヤを散らしたような深い空が、美しい。

宴《うたげ》の終わりを噛みしめながら、白いマシュマロを火に近づける。

沈黙を破ったのは、シンシアだった。彼女は焚き火を見つめたまま、口を開いた。

「ねえ、リーセルはギディオンから卒業パーティに誘われたんでしょ？　一緒に行かなくて、本当に良かったの？」

「当たり前でしょう。嫌よ、ライバルと行くなんて。同情でダンスに誘われても切ないし」

するとシンシアは首をゆっくりと振りながら、気遣わしげな目で私を見た。

「同情で誘ったんじゃないと思う。――ギディオンはきっと、貴女のことが好きなのよ」

「何言ってるの！　だって、ありえないんだよ。そんなの」

「知ってた？　私達が図書館に行って勉強している時、彼はいつも本を手にしていたけど、ちっとも読んでいなかったわ。勉強しているフリをして、いつも貴女を見つめていたの」

「うそ！　そんなことないって」

「リーセルが体調を崩して図書館に行けなくて、私一人が図書館に行った時は、ギディオンは貴女が来ないと分かるや、さっさと寮に帰ったもの」

「そんな。じゃあ、いつも図書館で真面目に勉強なんてしてなかった奴に、私は毎回テストで負けていたって言うの！」

「リーセル、そういうことを言ってるんじゃないって分かってるでしょ。茶化したらギディオンがかわいそうよ」

茶化すしかない。

ギディオン・ランカスターがどれほどこの学院で紳士だろうが、アイリスはそう遠くない未来に聖女になるし、ランカスター家の彼は私の敵になる。

「リーセルって、貴族なのに実は俺より王族や上流貴族が嫌いだよなぁ」

マックは不思議そうに言った。表面を焦がしたマシュマロにかじりつき、熱そうに顔を歪めながらも、食べ進めている。

「そうかもね。――私、王太子とギディオンが怖いの」

マックとシンシアは少し驚いたように同時に顔をあげた。固まったような表情で幾度か瞬きをしつつ、そのまま黙っている。

今、私が何か大事なことを話すべきか迷っているのを、薄っすらと感じたのだろう。

「あのね。……私ね、実は十九歳まで生きたことがあるの」

そこまで言ってみるが、返事はこない。だが、二人が聞き耳を立てていることは分かった。焚き火に突っ込んでいるシンシアのマシュマロは、もう真っ黒だ。

「十九歳で殺されて、気がついたら時間が巻き戻って、六歳の自分からやり直しているの。だから私のこの人生って、二度目なのよね」

とうとう、言ってしまった。

しばらくの間、パチパチと火に焚き木が爆《は》ぜる音だけが、聞こえていた。

ぼとり、と音がして、枝の先のマシュマロが焦げて崩れ、火の中に落ちたことにようやく気づいたシンシアが、我に返ったように椅子から腰を上げたりキョロキョロと目を動かしている。

「――まぁ、こんな話、絶対信じられないと思うけど」

だからこそ、今まで誰にも言わなかった。たとえ家族にも。

こんなふうに話してしまうなんて、思ってもいなかった。夜の森の開放的な雰囲気に、つい口を滑らせてしまったのだ。

空気を切り替えて、学院長風に「ジャジャーン！　なーんて、全部冗談だから」と誤魔化そうとした矢先。シンシアが口を開いた。

「誰に殺されたの？」

「えっ？」

予想外の質問に動揺している私とは対照的に、意外にもシンシアはいたって冷静な表情だった。

「誰が十九歳の貴女を殺したの？」

シンシアは真っ直ぐに私を見つめていた。

焚き火を挟んで反対側にいるマックの視線も、痛いほど感じる。

私は手の中のマシュマロを見下ろして、言った。

「ユリシーズ……王太子よ」

二人が、はっと息を呑む音がした。

「死にたくないの。あんな殺され方は、もう二度と嫌なの」

「――で、俺らってそん時何してたの？」

「えっ？　その時って？」

質問の意図が分からず、目を瞬いてマックに顔を向ける。彼は少し仏頂面をしている。

「いや、リーセルが殺される時さ、俺とシンシアは何してたわけ？　黙って見てたの？」

「違うよ。前回は、私は王立魔術学院に通っていたから、二人とは出会わなかったんだよ」

するとマックは途端に安心したように表情を緩めた。なぜかシンシアもほっとしたように何度も頷いている。

「それを聞いて安心したよ。じゃあ、今回は心配すんなって。前回は俺らがいなかった。でも、今回リーセルはこれから起こることを知ってる上に、俺らがついてる」

「で、でも、こんな荒唐無稽な話を、二人とも信じてくれるの？」

「当たり前でしょ。私達友達なんだから。——そもそも普通王宮魔術師を嫌がる人なんて、いないもの。よほどの事情があるんだろうなって思っていたから。その理由なら、納得できるもの」

「そっかぁ、リーセルは人生やり直し中なのか～！」

こんなにも非現実的な話を、あっさりと信じてくれることが信じられない。むしろ私の方が、オロオロしてしまう。

するとシンシアが椅子ごと私の隣に移動してきた。

「前回の貴女には何が起きたのか、詳しく教えて。でないと、協力のしようがないわ」

遅れてマックも椅子を私の隣に引っ張ってきた。少し戯《おど》けたように、尋ねてくる。

「王宮で魔術でも暴走させて、王太子様のお宝を壊しちゃったとか？」

「バカねマック。リーセルがそんな失敗をするわけないでしょ」

……この二人になら、話しても良いだろうか？

私はマシュマロを一口齧《かじ》り、糖分を頭に回してから、ゆっくりと話し始めた。

一度目の人生について全て話し終えると、私は決意を伝えた。

「今度は、絶対に王太子の恋人になんてならないし、長生きしてみせる」

それと、二度目だからこそ、できることがある。

「未来を知っている私だからこそ、周りの為にもできることがあると思うの。例えば、本当に悲惨だった、あの歌劇場での火災が起きないように、時期が近づいたら防火設備の点検を怠らないよう、注意を促す手紙を出そうと思って」

「そうね、良い考えだわ。貴女らしい」

シンシアは賛成してくれると、ためらいがちながらも尋ねてきた。

「リーセルは、王太子様にまた会ったらどんな気持ちになるのか、怖くないの？」

今の王太子には何も関係ないことだ。それでも、もし彼と向かい合うことがあれば。

私は何をしてしまうだろう？

「そうね。なんで私を殺したのよって、殴りかかるかもしれない。もしくは、再会の喜びで抱きついてしまうかもしれない」

「どっちもヤベーな、それ。ハハ」

マックに釣られて、私の口からも力ない笑みがこぼれる。

「まぁ、さすがにそんな失敗は犯さないから、心配しないで」

私はあくまでも今のリーセルを生きている。

前回のリーセル・クロウが経験したことを全部話してしまうと、不思議なほど気が楽になった。

同時にこんな話を信じてくれる友人を持っていることに、感動してしまった。

マックとシンシアは私の話の信憑性《しんぴょうせい》をまるで疑わなかった。彼らはただ、私が死なない為にできることを、一緒に考えると言ってくれたのだ。

二人が王宮に就職してくれたことが、こうなると本当に心強い。

「私の二度目の人生の一番の大変化は、この学院に入って二人と仲良くなったことだよ」

焚き火に水をかけながらしみじみと呟くと、マックは言った。

「そうだな！　大変化にして、大正解だったな！　三人寄ればなんちゃらとも言うしな」

私達は誰からともなく、笑った。

野外パーティはお開きだった。

持ってきた荷物を鞄に詰め直しながら、私達は感傷に浸って国立魔術学院の校歌を歌い始めた。五年間を過ごした学院の校歌をこうして卒業を間近に控えて歌うと、とても感慨深い。

歌い終えると、シンシアが宙を見つめて呟いた。

「私、入学した時は自分がこんな貴族達や強い魔術持ちの人達の中でやっていけるのか、すっごく心配だったの。自信がなくて、その自信のなさが更に私の自信をなくしたのよね。でも、リーセルと仲良くなって、――貴女はちっっっとも周りなんか気にしてなくて。自分を持ってて。進むべき道を知っていて。それで考え方を変えたのよ」

「ほら、私の精神年齢って、実はもう三十歳だから！」

そう言ってみせると二人は爆笑した。

「言われてみれば！　人生経験めっちゃ豊富じゃん！」

「見た目十七歳の三十路《みそじ》なのよ、私」

そうして賑やかに後片付けをしていると、不意にマックの表情が引きつった。食器を両手に持ったまま動きを止めて、私の後ろの方を凝視している。

シンシアと私は、ほとんど同時にマックの視線を辿って後ろを振り返った。

暗い林の木々の間を、誰かが歩いてきていた。体格からしておそらく男性だろう。

「誰かしら？」

「ギディオン……？　あれ、あいつじゃないか？」

木々の上から降り注ぐ月明かりを浴びて真っ直ぐにやってくるのは、確かにギディオンだった。

首席を意味する真っ白のローブをなびかせ、確かな足取りで颯爽《さっそう》と歩いてくる。

ギディオンは私達のそばまで来ると、立ち止まった。

「突然ごめん。——野外パーティは、もうお開きなのかな？」

何を言われたのか、少しの間理解できなかった。それはマックとシンシアも同じらしく、二人とも無言でギディオンを凝視していた。

僅かな沈黙の後、マックが土の上の炭を靴裏で均《なら》しながら、答える。

「もう全部食っちゃったから。ギディオンこそ、卒業パーティはどうしたのさ。大事なダンスは？」

「踊りたくなかったから、早目に抜け出て来たんだ」

「ははは。誰が一緒に踊るかで、キャサっち達が流血モノのバトルを起こしかねないもんな！　ギディオンも大変だねぇ」

「そんなんじゃ、ないよ。――リーセル以外の子と、踊りたくなかったんだ」

は？　とマックが首を傾げる。

ギディオンは一歩私に近づいた。カサ、と踏まれた雑草の音が彼の靴の下で鳴る。

「それよりリーセル、君と話したいんだ」

どきん、と心臓が強く鼓動を打つ。

ギディオンにとって意味があるのは卒業パーティではなく、私と話すことだったということ？

困惑して棒立ちになるマックと私とは対照的に、動いたのはシンシアだった。

シンシアは持っていた椅子を地面に下ろし、マックの腕を掴むと、ぎこちない笑顔でギディオンに話しかけた。

「私とマックはちょっと外すわね。ギディオンはリーセルと二人で、この際ちゃんと話し合って」

「って、ええっ、ちょ、シンシア引っ張らないでよ！」

シンシアはうろたえるマックをズルズルと引きずり、木立の中へと消えていく。

残された私は困り果てながら、ギディオンを振り返った。

「こっちのパーティに来てくれるなんて、思わなかったわ」

ギディオンはゆっくりと歩いてくると、私の片手を取った。何をする気なのか分からず動揺する私に、彼は優しい声で言った。

「そんなに困らないで。ここで一緒に踊れとは言わないよ。――本当はリーセルが私を嫌っているのは、知っているから」

まずい。なんで、バレてた。

「き、嫌ってなんかないわ」

「本当に？」

腕を伸ばせば触れられる距離にいる彼の顔を見上げ、こくんと頷く。

ギディオンはいつもの穏やかな彼ではなく、どこか不安げで寂しそうな目をしていた。貴石のような碧の瞳が、苦しそうに揺れている。

「嫌ってるだなんて、どうしてそう思ったの？」

「クラスメイトなのに、ずっとよそよそしかったし、……試験の後は親の仇《かたき》でも見る勢いで私を睨んでいたから」

惜しい。親の仇ではなくて、私自身の仇なのだ。

でもまさかそんなことを言うわけにはいかない。

「貴方は入学以来ずっと、何をしても勝てない無敵のライバルだったからよ」

「リーセルとは――出来れば蹴落としあうライバルではなくて、ともに戦える良き友でありたいんだ。これからも、――王宮に行っても仲良くしてくれる？」

「もちろんよ」

「それを聞けてよかった」

ギディオンは私の返事に安心したのか、私を見つめたまま微笑んだ。

その微笑に胸の奥を突かれたように、ショックを受けてしまう。

ギディオンの眦《まなじり》が下がり、ゆっくりと口角が上がって、瞳が煌めく。

この笑い方には、酷く見覚えがあった。

(どうして、貴方がこの優しい笑顔を見せるの？　この表情をするの？)

かつて私が愛した王太子も、こんな風に笑う男だった。彼とそっくりな笑い方を、よりによってギディオン・ランカスターがするなんて。

私達はそうして少しの間、言葉なく見つめ合っていた。どちらかが何かを言うのを、待っているみたいな妙な時間だった。やがて彼の顔が更に近づき、硬直している私の頬に唇でそっと触れた。

それは友達同士の親愛の情を表すような、軽いキスだった。

それでもギディオン・ランカスターからのキスというのは、私には衝撃的だった。大仰にのけぞり、未だ握られていた手を振り払う。

「……ごめん」

ギディオンは木々の囁《ささや》きの中に消えてしまいそうなほど小さな声で、謝罪した。

ゆっくりと溜め息をつくと、ギディオンは私の目を覗き込みながら言った。

「学院長から聞いたかもしれないけど、私の王都魔術支部からの内定も、取り消されてしまったんだ」

「聞いたわ。――私なんて、王太子の近衛なのよ」

軽く文句を言ってやると、ギディオンは目を見張った。

同時に目の色が暗くなり、眉間にシワがよる。

「王太子殿下の、近衛……？」

純粋に驚いているというより、怒っているように見える。

「私だって、本当は嫌なの。バラルに帰りたかったんだから。それに私、殿下の近くでなんて働きたくないし」

ギディオンの碧の視線は左右に迷うように漂った後、私の目をじっと覗き込むようにして言った。

「リーセルは、王太子殿下にお会いしたことがあるの？」

「ま、まさか、ないわ。ギディオンはある？」

尋ねてみると、ギディオンは一瞬顔を強張らせた後、ぎこちなく笑った。それは随分投げやりな笑みに見えた。

「あるよ。殿下のことは、よく知っている。――子供の頃は遊び相手として王宮に頻繁に出向いたし。それにしても、どうして急にそんなことになったんだろうね」

ギディオンは私と同じく、ショックを受けているようだった。少し俯《うつむ》いたその顔は、とても青白く見える。月の明かりで顔の半分に暗い影がさし、余計に重苦しい雰囲気が醸し出されている。

木々を揺する強い風が吹いた。キンと冷たい夜の風は、尖《とが》った氷で頬を撫でるような痛みがあった。

ブルッと震えがやってきて、二の腕を自分で抱いてこすり合わせてしまう。

「さむっ」

するとギディオンはさっと顔をあげ、肩にかけていた白いローブを脱ぎ始めた。首元で結んでいる紐を解《ほど》くと、私の肩に脱いだローブをかける。

ギディオンから外套を奪うわけにはいかず、丁重に断ろうとした矢先、ローブの色に気がつく。

（白いローブだわ。私達の灰色のとは違う、白）

無意識に腕を伸ばして、その白いローブに見惚れてしまう。――首席だけが着用できる、その地位を表す憧れのローブ。

心なしか、生地までが灰色のものよりしっかりしていて、上等に思えてしまう。

「このローブ、ずっと着てみたかったの。この色をはためかせて、校舎を歩いてみたいって、一年生の時からずっと思ってた」

少し嫌味を込めた笑顔を、ギディオンに見せる。

「貴方のせいで、一度も着れなかったけど」

「そうだね。そうなるね」

ギディオンは首の後ろをかきながら、苦笑した。そうして、囁くように言った。

「君に合う色だよ。――可愛いよ、リーセル。本当に、可愛い……」

「あ、ありがとう」

聖女の腰巾着から「可愛い」と言われる日が来るなんて、想像もしなかった。物凄く複雑な気分になる。

「卒業したらもう着ることもないし、良かったらそのローブをあげるよ」

思いがけない申し出に、目を白黒させる。

白いローブは一生の勲章として、取っておくものだ。そんな図々しいことはできない。

「もらえないわ。貴方の努力と実力の証でしょう?」

「あげるよ、リーセル。——君が喜んでくれるなら」

「そんな風にくれちゃったら、何枚あっても足りないわよ。みんなこの白いローブを欲しがってるんだから」

以前、王都の質屋でとんでもない高値で売られているのを見たことがある。

ギディオンは苦笑した。

「そのローブは一枚しか支給されないんだよ」

「そうなの? 知らなかった。それじゃあ、なおさらダメよ。貴方みんなに親切過ぎるわよ」

「そんなことない。——全員に親切になんて、していないよ……」

そこまで言うと、ギディオンは珍しく口籠もった。いつも怜悧《れいり》な印象を与える碧《へき》色《しょく》の目が、今夜は随分自信なさげに見える。

「貰ったりしたら悪いわ」

「いいんだ。リーセルに持っていてほしい」

(——捨てちゃうかもしれないわよ)

私の内心の毒づきになど気づくはずもなく、ギディオンは和やかに言った。

「それよりマック達との楽しい時間を邪魔してごめん。もう寮に帰るから、二人によろしく」

ローブはどうするの、と声をかけるものの、ギディオンはヒラヒラと手を振り、寮への道を歩いていった。
卒業を目前に、私の人生は妙な方向に転がりだしていた。

王宮の章

レイア王国の王宮は、王都の真ん中に位置していた。

王宮はいくつもの棟から成る重厚な石造りで、窓枠は揃《そろ》って純白に塗られている。中庭や庭園、それに下働きのもの達が暮らす建物も含めて、王宮全体は高い城壁に囲まれていた。

春の柔らかな風に乗り、小さな薄紅色の花びらがヒラヒラと王宮前広場を舞っている。王宮で働く魔術師——王宮魔術師の制服である、濃い紫色の長いローブに花びらがいくつも貼り付き、バサバサと振って払いのける。

大きく開かれた正面城門の前に立ち、王宮を見上げて深呼吸をする。

今日から私の人生の、新しい章が始まる。

学生生活は終わり、これからの私は社会人なのだ。


城門は商人や官吏達が出入りする為に、朝から賑《にぎ》やかだった。

人の流れに乗って、久しぶりの王宮に足を踏み入れる。

王宮勤めは前回経験済みではあるが、経験の有無など関係ないくらい、全身どころか頭の中まで固くなっていた。そもそも近衛魔術師とやらが具体的に何をするのかが、よく分からない。未知のものを前にして、不安でいっぱいだ。

やっていけるだろうか――。
朝から緊張して、仕方がない。

王太子の執務室は王宮の二階にあった。

ノックをする瞬間は、心臓が口から飛び出てしまいそうだった。

震える手でノックをする。中から返された「どうぞ」という声はあまりに懐かしい響きで、扉を開けるのを僅かに躊躇《ちゅうちょ》してしまう。勇気を出し、なんとか扉を開ける。

執務室は私の実家の居間が軽々入るほど、広い。

足下の床は乳白色に輝く大理石で、一歩毎にカツカツと靴音が響く。その奥には焦げ茶色のデスクがあり、そこに見覚えある男が座っていた。

――こうしてまた会うことになるなんて、思ってもいなかった。

今度こそ、王太子には会わないつもりだったのに。

(落ち着くのよ。王太子は、とっくの昔に別れた男も同然よ。例えるなら、別れ方がかなりまずかった元カレみたいなもんよ)

そう、よくある話でしょ。別れ際にちょっとした修羅場になっただけ。

どうにか無理矢理自分を説得して、不自然に動揺しないように、落ち着かせる。

視線を上げると思わず目を細めてしまう。

(ああ、そうだ。ユリシーズだ……。彼はこんな顔をしていた)

柔らかくうねる栗色《くりいろ》の髪に、均整のとれた長身。整った顔立ち。ズキンと胸が痛む。

――レイア王国の王太子、ユリシーズ。

最期に見た光景――彼が剣を持つ姿を思い出しそうになり、記憶に慌てて蓋をする。

入り口近くで硬直した私を、侍従がグイグイと後ろから押して王太子の近くまで歩かされる。

王太子は笑顔を披露すると、立ち上がって私を迎えた。白い上下に、青いマントを掛けている。

膝まであるブーツは艶々に輝き、とても風格があって凛々《りり》しい。

「待っていた。お前がリーセルか?」

(お、『お前』? そんな呼びかけ方を、ユリシーズがするなんて……)

ちょっとした引っかかりを覚えつつも、返事をする。

「はい。リーセル・クロウと申します……」

名前を聞かれることが、切ない。

この茶色の瞳がこの上ない甘さを含んで私に向けられた日々も、あったのに。

この十一年で忘れかけていた、あのリーセルとユリシーズの日々が断片的に思い出された。あの
喜びと苦しみと、痛みが。

王太子の前まで進むと、片膝をつく。

深々と頭を下げると、王太子が声をかけてきた。

「そう固くなる必要はない。よく来てくれた。遠慮はいらないから、立ってくれ」

お言葉に甘えて、立ち上がる。

王太子は私の着てきた紫色のローブをサッと眺め回し、満足そうに頷《うなず》いた。

「護衛部で既に聞いてきただろうが、業務内容は単純かつ明快だ。お前の仕事は単純にいえば、俺のそばで身辺警護をすることだ」

王太子と関わらない人生を、と望んだのに職務内容がご無体過ぎる。

絶句して立っていると、王太子は声を落として私の右腕に触れた。

「国立魔術学院の次席だったらしいな。——王宮が魔術支部の内定を取り消したのを、怒っているか？」

「いえ、とんでもございません」

王太子は少し、いやかなり意地悪そうに顎を反らして私を睥睨《へいげい》した。

「その割にこの顔は物凄く不満そうだ」

「そんなことはございません。こ、こういう顔なんです……」

動揺を隠せず、目が泳いでしまう。

（なんだろう、この感じ。なんというか、猛烈な違和感が——！）

この茶色い瞳が、こんなに冷酷そうな色に見えたことは、あの頃ただの一度もなかった。

それに私が知るユリシーズは、嫌味を飛ばしてくるような人ではなかった。

こんな立ち居振る舞いは、少なくとも王宮にいた一年と三ヵ月で、見たことがない。

この人、本当にあのユリシーズなの？

困っている私の肩を、王太子が軽やかに叩《たた》く。

「近衛として、存分に守ってもらおう」

王太子は私に背を向け机上に手を伸ばすと、書類を一纏《ひとまと》めにして隅に寄せた。その足でカツカツと靴音を鳴らし、執務室を出ていく。

一歩遅れて慌ててついていく。

「殿下、どちらに？」

「庭園の運動場に行く。午前の執務の後は、合間に体を鍛えている。俺の毎日は分刻みで仕事が入っているから、ちゃんとついて来てくれ」

足の長い王太子が早足で歩くので、ついていくのが大変だった。


こうして私の王宮生活は幕を開けた。

王太子は私の記憶にある彼より、随分冷淡な男になっていた。

その上、今の王太子にはなぜか魔力がなかった。私が知る王太子ユリシーズは魔術持ちだったのに、今回の彼は違うのだ。まるで王太子の仮面を被った、別人みたいだ。

公務は変わらず熱心にこなしているようで、王太子の日常はとにかく激務だった。

起床後間もなく大臣や教師による、ご進講が始まる。その後は軽く運動をし、再び執務に戻る。昼食を挟むと、王宮の外に出て各種視察や見学に行く。

夕食の後は音楽や美術系の習い事があり、つまり寝る時間まで王太子には娯楽にあてられる時間はおろか、何もせず寛《くつろ》ぐような時間がほぼなかった。昼食後の軽い散歩くらいだ。

王太子担当の近衛魔術師は護衛部に数名おり、交代で任務をするはずが、王太子はほぼ毎日私を指名した。

そのおかげで、私はほとんど毎日が勤務日になった。給料日が楽しみだ。


不運にも王太子の近衛魔術師として働き始めてから、三ヵ月弱。

ようやく私にまとまった自由時間ができた。

今夜は王太子が王族達と、晩餐《ばんさん》をするのだ。

流石《さすが》に私による護衛は不要で、久しぶりの自由時間だった。

（これで、やっとシンシア達に会える！）

王族の晩餐が始まるなり、私は王宮にある職員食堂に向かった。

今夜はシンシアとマックの三人で、食事をする予定だった。

王宮の食堂は、王宮に勤めるもの達だけが利用でき、低価格で食事を提供していた。

広い食堂には次々と客が押し寄せ、注文の声や食器の音が飛び交い、雑然とした雰囲気に溢《あふ》れていた。王宮の中にあってもここだけはまるで街中の大衆食堂にいるのかと錯覚してしまう。

木の梁《はり》が渡された天井は見上げれば首が痛くなるほど高く、音がよく反響している。

机と椅子は奥まで整然とならび、私達はその隅の方の一角に座った。

注文したのは薄いパン生地の上にトマトソースを塗って、ベーコンやチーズを載せて焼いたものだった。

かじればビョーンと伸びるチーズが楽しくて、マックは一口かじってはしつこく伸ばしていた。

マックは王宮魔術庁の軍部に所属していた。軍部は魔術師で構成される軍隊組織のことだ。

「いや〜、決して希望したわけじゃないんだけどさ。ほら、俺の肉体美を見て、人事の人が軍部に入れちゃったわけよ。これで来年の馬上槍《やり》大会で優勝すれば、俺もモテモテだな」

「はいはい、そうね」

「いや、……軍部は自分で希望したんだけどさ」

「あっさり自白したわね」

「配属先は軍部の下部組織の一つの、王都保安隊なんだ。制服、すっげーカッコいいよ！」

王都保安隊は王宮正門の隣に本隊の詰め所があった。赤い屋根に石造のその建物は非常に目立つので王都の名物となっており、地方からやって来る観光客なら、必ず見に来るほどだ。

「毎朝、詰め所から制服着て出るとさ、街中の人達から羨望の眼差しで見られて、気持ちイイぜ。特に、若い女の子達のウットリした視線がたまんないね」

「よ、よかったわね。モテそうで」

「あと意外に、熟女のネットリした視線もグッとくるね」

「——貴方、なんで保安隊に入ったの⁉」

シンシアが呆《あき》れて顔をしかめる。マックは動じることなく、飄々《ひょうひょう》としていた。

「いや～、俺もさ、色々思うところがあってさ。とりあえず王都に幅をきかしとこうと思ってね。色々とリーセル経由で、未来も知ってるし」

するとシンシアがあっ、と声を上げた。

「そういうことね！　来年の夏に、レイアが同盟国に援軍を送るのを知ってるからでしょう。軍部の中でも王都保安隊にいれば、戦いに行かされないものね」

「ま、それもあるかな」

「王都保安隊も危険な時はあるんじゃない？　マック、危ない時は自分の安全を第一にしてね。私みたいに十九歳で死んだらダメだよ」

冗談半分で注意をすると、マックは引きつるように笑って頷いた。

シンシアは色とりどりの豆が入った豆サラダを口に頬張っていた。食べている様子がまるで小鳥みたいに見える。可愛くて、ついチラチラと見てしまう。

シンシアは自分の近況について話し終えると、私に水をむけた。

「リーセルは忙しそうよね」

「忙しいというか、近衛の仕事って実際にやることはそんなにないのに、拘束時間だけは長いんだよね」

魔術を使うことはほぼない。けれどある程度気だけは張っていないといけない。

ある意味、ほとんど成果の見えない仕事だ。王太子に何かあってはいけない、という仕事なのだから。何もないのが成果なのだ。

「王太子殿下の護衛はどう？　王都の警備より、ある意味面倒くさそうだな」

「護衛自体はそんなに大変じゃないよ」

マックとシンシアは顔を見合わせた。その後で、マックが私に尋ねる。

「じゃあ、何が大変？　やっぱり、過去のことを色々と思い出しちゃうとか？」

正しくは過去ではなくて、未来だ。私は言葉を選びながら、今の心境を語った。

「それが、意外とそうでもなくて。なんて言ったらいいかな。――なんかね、王太子がちっとも彼らしくないの」

「というと、つまり？」

「私の知ってるユリシーズとは、随分人格が違うのよ。人が変わっちゃったみたいに」

「私達が出会ったみたいに、全てが前と同じではないのかもしれないわね」

「ま、性格は環境や生い立ちで変わるだろうからな。色々変化があっても、おかしくはないのかもな」

そういうものだろうか。

でも、私の家族やカトリン、アーノルド達には人格の変化はなかった。

そう思って腑《ふ》に落ちない顔をしていると、マックが私の肩をバンバンと叩いた。

「んまぁ、それなら殿下に対する諦めもスパッとつくんじゃね？　結果オーライでしょ」

「そ、そうかもしれないけど」

「マック！　そんな言い方ないわ」

怒ったシンシアがスプーンをガチャリと皿の上に置き、その衝撃で豆が転がる。テーブルから落ちた豆を拾おうとシンシアは椅子を引いて屈《かが》み、目測を誤って頭をテーブルにぶつける。

「痛っ！」

マックが爆笑する。

「笑うところじゃないでしょ！」

「悪い悪い、俺が拾うからさ。こっちからの方が近いし！」

まだ笑ってる、と怒るシンシアを宥《なだ》めながら、ついマックに感心してしまった。

彼はいつでも楽観的で、よく笑う。その動じない強さが、時折とても羨ましい。


王宮に来て以来、一日の終わりには、いつもへとへとに疲れ切っている。

ローブを脱ぐ間すら惜しく、寮のベッドに横になってしまう。

（ああ、疲れた。ローブくらい、脱がなきゃ……）

仰向けで体の下に踏んでしまっているローブを、片手で引き上げながら、ぼんやりとその濃い紫色を眺める。

首を動かして狭い部屋の入り口付近にある、クロゼットを見やる。

クロゼットまでのほんの少しの距離が遠くて、しまいに行くのも面倒くさい。

溜《た》め息《いき》をつきながらも、のそのそと起き上がってクロゼットに向かい、扉を開ける。キィ、と蝶《ちょう》番《つがい》が軋《きし》む。

クロゼットの中には、白いローブも入っていた。

ギディオンに貰《もら》ったものだ。

(同じ王宮で働いているのに、ギディオンとも全然会わないな)

ギディオンや学院の他の子達は、そして先生達は今どうしているだろう。

学院で毎日顔を合わせていたのに、パッタリと会えなくなってしまうと、気になってしまう。

新生活が始まると、必死で違う環境に合わせて前を向き続けないといけなくなるけれど、こうして立ち止まって振り返ると、今までの人間関係が途絶えていることに気づいて、それをやはり寂しく感じる。

クロゼットの端に掛けてある、白いローブに手を伸ばす。

触れると指先から、色んな出来事が蘇《よみがえ》る。

ずぶ濡《ぬ》れで小川から上がってきて、私を見上げていた少年の碧《あお》の目。難しい問題を先生に出され、皆が答えられない中、スッと挙手をしてスラスラと答えを述べる姿。

手を握って、私を卒業パーティに誘ったあの少し不安そうな顔。

「――友達でいたい、なんて言っていたくせに。ちっとも会いにも来ないじゃないの」

引いていた白いローブを、奥に押し込む。

顔を上げると、扉の内側に取り付けられている小さな鏡の中の自分と目が合う。不満そうに仏頂面をした私は、まだ化粧をしたままだと気づく。

(いけない、いけない。化粧くらいは落とさないと)

マナー違反にならない程度の薄化粧しかしていないが、落とさないと肌がカチカチになってしまう。

あくびをしながらクロゼットを閉め、共有の洗面室に向かおうとしたその時。

扉が廊下からノックされた。

(こんな時間に、誰?)

不審に思いつつそっと開けると、そこにいたのはシンシアだった。

別の棟の寮にいるはずの、シンシアがなぜ。彼女もまだ、王宮魔術師のローブを着ている。

「シンシア？　どうし、」

「しっ！　そのまま急いでついてきて！　時間がないのよ」

言うなり、私の右手首を鷲掴《わしづか》みにして部屋から引き摺《ず》り出し、小走りで廊下を進む。

シンシアは灯りを何も持っていなかった。暗い廊下を抜けてそのまま寮から出ると、外にはマックがいた。

私がいる建物は女子寮なので、彼は外で待つしかなかったのだ。

「二人とも、どうしたの？　何か急用？」

するとシンシアが摑んだままの私の手首を、より一層強く握りしめた。

「私、ついに見つけたかもしれないの。謎を解く鍵を！　昼過ぎに気付いてから、もう興奮しちゃって。午後は仕事どころじゃなかったわ!!」

「鍵？　なんの話？」

「実は私、就職してからずっと付属図書館で調べていたのよ。前回の貴女の身に起きた、おかしなことを」

「そうだったの。ありがとう。――もしかして何か、分かったの？」

「気になるものを見つけたの。――とにかく、時間がないの。こっちで話しましょ」

寮の建物の周りは小さな中庭があり、倉庫が並んでいる。石組みの倉庫の隣には分厚い門があり、人気《ひとけ》がない。倉庫の陰まで移動すると、辺りは一層暗くなった。

高い倉庫の壁と門に挟まれたそこは、昼間でも日がささない為、どこかジメジメとしていて、壁には緑色の苔《こけ》が生えている。

シンシアは私に小声で言った。

「私、図書館の非公開の所蔵も職務権限で閲覧できるのよ」

そこまで言うと、倉庫の外壁に手をついて寄りかかるマックが、口を挟む。

「シンシアは考えたんだよ。この状況についてさ。誰かが、魔術で故意に時間を巻き戻したんじゃないかって」

「魔術で時間を、巻き戻す？　そんなこと、できるの？」

シンシアは神妙な面持ちで、こくりと頷いた。月明かりしかない中、顔色までは分からないが、目には熱い色が宿って見える。

シンシアは調べてくれたことを、話し始めた。

魔術の研究をしているシンシアも、時間を戻す魔術というのは、存在すら聞いたことがなかった。

そして王宮所蔵の多くの魔術書にも、一切記述がない。

「だから、アプローチを変えたのよ。もしかして古い魔術の中の一つなのかと思って。古魔術集っていうのがあってね、古《いにしえ》に失われた術式を集めた古文書があるの」

シンシアは小さな声で、説明を続けた。

古魔術集に残された魔術は、断片的にしか残されていないものが多い。術式に欠陥や不足があったりして途中で開発や研究が放棄され、現代に残らなかったものだ。実際に試みる価値がない為、魔術師達がたまに研究目的で古魔術集に目を通すだけだった。

その膨大で取り留めのない古魔術集をまとめたリストの中から、シンシアはついに時間に関する魔術を見つけたのだ。

それは魔術で時間を戻すというもので、その名も『三賢者の時乞い』だ。

「リストにあるから軽く内容は確認できるんだけど、実物の古魔術集本体を読まないと、詳細が分からないのよ。古文書は魔術庁の最奥にある、公文書保存棟に置かれているの」

一旦言葉を区切ると、シンシアはローブの内ポケットに手を入れ、私の前にサッと何かを突き出した。

金属の輪っかで括られた、鍵の束だ。

息を呑《の》む私に、マックがニッと笑った。

「だから今から三人で探しに行くぞ。三人寄れば何ちゃらだからな！」

「えええぇっ⁉」

急な話の展開に驚く私を他所《よそ》に、マックとシンシアは私の手を取って、王宮の魔術庁が入る棟に向かって走り始めた。

マックとシンシアが考えた作戦は、なかなか荒っぽかった。

公文書が保存されている棟は、魔術庁の入っている建物の更に奥にあった。棟が丸ごと王宮の古い公文書の保管庫として使われている為に、周辺は普段から人通りが少ない。

最新の公文書は部署ごとに保管するが、古くなったものは保管庫に運び込まれる。

だから古い文書を閲覧する必要がある時にしか、この棟には誰も寄り付かない。

シンシアの下調べによれば私達が目指す古魔術集は、建物の最上階から伸びる、円形の高い塔の中にあった。

「よりによって、一番高いところにあんのかよ。ハードル高いな～」と文句をいうマックをシンシアがなだめる。

建物の外階段をひたすら五階まで上がると、小さな屋上に出た。

恐々と屋上を横切り、奥にある塔に向かう。

夜の湿っぽい風が吹き、私達のローブを弄ぶ。

腰より低い位置までしかない、心もとない手すりを見てふと思い出した。

「ねぇ、ここってベンジャミンの塔じゃない？　あの、幽霊が出るって有名な」

声をかけるとマックとシンシアは大仰に振り返った。

「そ、そんな塔の話は聞いたことないわ」

「ベンジャミンって誰だよ」

「そうか。まだベンジャミンは死んでないんだわ。前回の私が就職して何ヵ月か経った頃に、王宮の塔から貴族が事故で転落死したの。それ以来、彼の幽霊が出るって噂《うわさ》だったわ」

「その塔がここなの⁉」

こわばる顔で立ち止まったシンシアを、マックが後ろから押す。

「だから今はまだベン君は死んでないから、幽霊も出ないって。そんなことより、こっちに集中しようぜ」

いろんな意味で周囲を警戒しながら、どうにか塔に繋《つな》がる小さな建物にたどり着く。シンシアが鍵をガチャガチャと探し、扉を開けて解錠すると、二人で中に入る。

マックは見張りをする為に、外に残った。

中は真っ暗で、冷んやりとしていた。

「火の小鳥よ、暗闇を照らせ」

私が小さく魔術を唱えると、雀《すずめ》ほどの赤い火がポッと現れ、中をぼんやりと明るくする。

石を組んだ壁が見え、その中にあるのは掃除道具とデスクが一つだけだった。

入ってすぐの右手に、塔を上がる石の螺旋《らせん》階段があった。階段の入り口は、施錠された格子戸で塞がれている。

「風の魔術で鍵を開けるから、待ってて」

格子戸の鍵穴の前に膝を突き、そこを覗《のぞ》き込むシンシアに驚かされる。

「ここの鍵はないの？　……これって、やって良いの？」

「鍵を借りた記録を残したくないのよ。後で面倒なことになるのも嫌だし。この塔の鍵を借りるのは、ちょっと手続きが厳しくて」

　ますますいけないことをしているようで、身構えてしまう。

「だからさっさと忍び込んで、本を見つけて読んだらすぐに退散よ」

　シンシアが魔術を使って風の針を小さな鍵穴に通していき、数分ほど経った頃。カチン！　と小気味良い音が穴の中から響いた。

　シンシアは得意げな顔で、私を見上げる。

「どう？　風の魔術も、結構使えるでしょ」

「うん。斬新な使い方で、目から鱗《うろこ》だよ……」

　くすくすと小声で笑いながら立ち上がったシンシアが、ノブを回して扉を開ける。

「行きましょう！」

　二人で石の階段を、上り始める。

　火の雀は飛びながら、私達の少し先を上がっていく。

　上の階は窓があり、月の明かりのお陰で真っ暗ではなかった。壁沿いに天井までの高さのある棚が作りつけられ、中央には陳列台が置かれていた。

　埃《ほこり》っぽくて、コホコホと咳《せき》が出る。下にあった掃除道具を最後に使ったのは、いつなのだろう。

　思わず鼻をローブの端で覆う。

「リストによれば、古魔術集は二の棚の、三十一番にあるはずなの」

シンシアが棚上部に書かれた番号を確かめつつ、移動していく。火の雀が彼女と一緒に、横に動く。二と書かれた棚にたどり着くと、私達はほぼ同時に三十一番の棚に手を伸ばした。

古魔術集は、とても分厚かった。借りていきたいが、そうもいかない。

窓際に移動して本を開き、月明かりに照らして目を凝らす。

そのミミズがのたうつような字体を見て、少々焦る。昔の字体なのだ。

読みにくい上に、掠《かす》れている。どうにか二人で『三賢者の時乞い』のページを探す。

本は黄ばんでいて、紙が脆《もろ》そうだったが、気遣うゆとりもなく急いでページをめくっていく。

「あった！」

私達はほぼ同時に叫んだ。

震える手でページを押さえ、読み進める。字体が古いだけでなく、言葉自体も分かりにくい。

学院の古典の授業を思い出してしまう。辞書がないと意味の分からない単語や言い回しが、やたら出てくるのだ。

「辞書がないと、意味が正確には汲《く》み取れないね」

「任せて。古典は得意なの」

恥ずかしながら、解読はシンシアに任せる方が安心だろう。

シンシアはゆっくりと訳しながら音読をしてくれた。

「『三賢者の時乞い』は、」

――この魔術を行うには、三人の偉大なる魔術師が力を合わせなければならなかった。

一人目は「発議者」、二人目は「発動者」、三人目は「起爆者」としての役割を担う。

この術を管理し、取り仕切るのは一人目の「発議者」だ。

「発議者」はまず、己の全ての魔力を「発動者」に与える。全ての魔力を貰った「発動者」は「起爆者」たる魔術師の心臓を一発で仕留め、その命が散る力を利用して、時を戻す。

戻せる時間は三人の魔力に比例し、最短で一年、最長で「発議者」の年齢の分だけ、と言われているが、どのくらい戻せるかは調整ができない。そこがこの魔術の大きな欠点であり、使えない魔術として忘れ去られた理由の一つでもあった。

シンシアは異様に目を見開いて、私を覗き込んだ。

「どこかで聞いたような話じゃない？　発議者が誰だったのかは分からないけど、――貴女は……時間が巻き戻る前に、剣で王太子様に胸を刺されたのよね？」

「そうだけど……」

寒くもないのに、全身に鳥肌が立つ。

一度目のリーセルの最期の瞬間が、脳裏に蘇る。

私の腕を、シンシアがギュッと摑んだ。かなりの力だったが、興奮し過ぎて加減がない。

「王太子様はこの魔術を使ったんじゃない？　王太子様は『発動者』だったのよ」

「私の命を利用して、王太子が誰か他の魔術師と時間を戻した、ということ？」

シンシアは大きく首を縦に振り、ぎらつく目で言った。

「ここを読んで、リーセル。――『起爆者』は誰でも良いわけじゃない。その『発動者』が利用する命には、条件があるんだわ。『発動者』は、【この世で最も愛する者の命】を奪わないといけないんですって。まぁ、なんて酷い魔術かしら。後世に伝わらなくて、当然ね」

シンシアが言わんとすることが、分からない。彼女はインクの掠れかけた字を指先で辿《たど》りながら、畳みかけた。

「目の前で最も愛する者が死ぬ光景を見て、『発動者』の心が砕けるんですって。術の発動には、その力も欠かせないんだわ」

最も愛する者？

シンシアと顔をくっつけるようにして、字を追う。

「術の完成はまだよ。心を砕いた『発動者』は、最後に自分の命も散らすのよ。そうして、時戻しが発動する。――ということは……、多分リーセル、貴女が亡くなった直後に、王太子様も自分の心臓を貫いたんじゃないかしら」

ゾッとした。あの光景を、思い出して。

あの時、最後にユリシーズは息絶えた私の上で、係官から奪い返した剣を振り上げていた。

私はもう一度刺されるのだと思った。でも、そうじゃなくて彼は、あの後自分自身を剣で突き刺したということ？

「時間は意味もなく偶然戻ったり、ましてや神様の悪戯で戻ったりしないのよ。十一年前に、失われた魔術で故意に戻されたんだわ。――前回の貴女は捨てられたんじゃなかったのよ」

シンシアが両手で私の肩を掴んで前後に揺すり、私の目が熱くなる。

それはあの時、一番知りたかったこと。

ユリシーズは聖女を選んで、私は捨てられたのだと、そう思っていた。

でも、違った？　私は、ちゃんと愛されていた？

「王太子様は、リーセルを助ける為に、時間を巻き戻したのよ！　戦場から大急ぎで戻ったばかりの彼には、きっともう――、執行が直前過ぎて、処刑を止めることが不可能だったんじゃないかしら」

閉じていた記憶の蓋を開けると、民衆の怒号が耳に蘇る。

彼らは、「犯人」を引きずり出し、罰を与えることを熱望していた。皆の中では、聖女こそが可哀想な被害者だった。彼らの心ない罵詈雑言《ばりぞうごん》の一つ一つと狂気が、私を処刑場に追い詰めた。

「分からない……」

「当時の王太子様には、それが貴女を救う唯一の方法だったんだわ」

私は両手で顔を覆った。

「今更、それが分かっても。もう……殿下は完全に別人で、私を忘れているし」

私の警護対象である、かつてとは別人のような王太子を、思い出す。

シンシアはページをめくった。

再び本に顔を近づけて、読み進める。

「まだ続きがあるわ。――時間が巻き戻っても、この一連の魔術を取り仕切る『発議者』と『発動者』にだけは記憶が残るんですって」

　王太子が覚えているようには、ちっとも見えない。そもそも彼は別人にしか見えない。

「おかしいわ。本当は私には記憶が残らないはずだったってこと？　ただ巻き戻るだけの」

　それなのに、なぜ私には記憶があるのだろう。古い魔術は綻びがあるものだから？

　あの時、何が起きたのだろう。必死に思い出そうとして、はっと胸元を押さえた。

　胸を刺される時に、剣はまず私のペンダントを貫いたのだ。祖父がくれたお守りの石だ。

　散った思い出のかけらが、私の魂を追いかけたのかもしれない。

「もしかしたら、私のおじい様が守ってくれたのかもしれない」

　だがシンシアはそれには答えず、首を捻《ひね》って何やら唸《うな》っている。

　開いた本のページを押したり、紐《ひも》の綴《と》じ部分を必死に覗き込んでいる。

「……変ね。文章はここで終わっているようだけど。なんだか纏まりがない気がする。それに、見て！　綴《つづ》り紐全体に、微かに隙間があるわ。――ここ、ページが破り取られたんじゃないかしら」

　私も覗き込むが、よく分からない。

「そうかな？　ページ数は飛んでいないけど」

「だからこそ、一見分からないのよ。でも古魔術集は追補が多いの」

　追補とは、後で挿入するページのことだ。通常、全体のページ数は変えず、例えば35ページ目の後に足す場合は追加分のみ35－1、35－2といった風に末尾に数を足していく。

「誰かが、追補分をバレないように取り去ったということ？」

何者かがそこを見られないよう、ページごと奪ったのだ。

失われた箇所に、何か重要なことが書いてあったのかもしれない。

「誰が、いつこんなことをしたのかしら?」

「状況からすれば、『発議者』か『発動者』だと考えるのが妥当よね。その人物はかつてこの王宮で書物庫に入り、時戻しの魔術を知った。そして何らかの理由で、見られたくないページを破り捨てたんじゃないかしら」

私が出した火の雀の明かりが少し弱くなり、塔の中が暗くなる。

「そろそろ戻りましょう。いずれにしても、読みたいものは、読めたわ」

古魔術集を棚に戻すと、階段を下り始める。頭の中は混乱でめちゃくちゃになっていた。

読めなかった部分には、何が記載されていたんだろう。

それに、――王太子が私の為に、魔術で時間を戻した?

しかも、誰か他の魔術師の手を借りて。

全てを覚えていて、時戻しに関わったその誰かは、どこにいる?


扉を開けて五階の屋上に戻ると、なんとマックがいなかった。

見張り番をしていたはずなのに。

「なんでいないの!?」

何かあったのだろうかとシンシアと二人でビクビクしながら屋上を横切る。棟を下りる外階段の近くまで歩いてくると、下からマックが上ってきた。

「どこに行ってたの⁉　心臓が止まるかと思ったわよ」

「ごめんごめん！　さっき屋上に酔っぱらった男がフラフラ上ってきたんだよ。自殺しに来たらしくって。焦ったぜ」

「えっ、何それ」

「ベンジャミン・トレバーっていう奴」

奇妙な沈黙が流れた。

思わず呟《つぶや》く。

「ベンジャミン？」

「恋人に振られて悲しくて、この上から飛び降りようと思ったらしいぜ。まったく、迷惑な奴だよな、ベンジャミン」

シンシアが口をへの字にし、奇妙そうな表情で呟く。

「――ベンジャミン？」

「なんでも子供の頃からの婚約者を見捨てて、婚約破棄をしてまで結ばれようとした恋人だったらしいぜ。全く、自業自得だよな、ベンジャミン。振られた恋人の家が見えるからって、ここを選んだんだってよ。王宮の塔で投身自殺なんて、怖いもの知らずだよな」

私達は思わず手すりから王都の街並みを見渡した。

夜の闇に目を凝らしていたシンシアが、何気なく呟く。

「こんなに暗くてもここから見えるのは、あの辺の大きなお屋敷群くらいね。――あの一際大きなお屋敷って、ギディオンの家のランカスター邸じゃない？　クラスのみんなが、『ほぼどっかの国の城』って言ってたわよね。だとするとお隣の大きいお屋敷は……ゼファーム邸かしら？」

「暗過ぎてどの家の灯りが見えているかなんて、俺にはさっぱり分かんねーけど」

塔の周りにベンジャミンらしき人物はもう、見当たらない。気になってマックに続きを尋ねる。

「で、マックはその人をどうしたの？」

マックは目をグルリと回してから、肩をヒョイとすくめた。

「バカなことはやめろって叱りつけたら、泣き始めちゃってさ。結構イケメンなのに、全く困った奴だよ、ベンジャミン。仕方ないから話を聞いて落ち着かせながら、肩を貸して急いで衛兵の詰所まで送ってきたよ。驚かせてごめん」

そこまで話をすると、私達は一斉に大きな声で笑い出した。

起きたことが無性におかしかった。

「俺ってば、もしや人命救助しちゃった？」

ベンジャミンの塔に幽霊が出ることは、もうないだろう。

§§§§§§

侯爵邸の二階の窓から身を乗り出して、一人の少女が広い前庭を見つめていた。

ハーフアップにした長い金髪が風にふわふわとそよぎ、輝く光の筋のように美しい。薄紅色の唇は抑えきれない興奮に愛らしい弧を描き、磁器のような白い頬はほんのりと朱に染まっている。

「もうすぐ、久しぶりにギディオンに会えるわ！」

アイリスは赤ん坊の頃から、隣家の公爵家の屋敷に頻繁に遊びに行っていた。

ランカスター公爵家の次期当主、ギディオンは兄のような存在だ。

ギディオンが国立魔術学院に入学すると、滅多に会えなくなった。卒業後に王宮に勤め始めると、またしても寮住まいとなってしまい、ギディオンが大好きなアイリスとしては、本当に寂しかった。

だがいよいよギディオンが、今日は自宅の公爵邸に帰ってくるのだ。だからアイリスは今夜、公爵夫人に晩餐に誘われていた。

侍女が紅茶を運んできて、丸いテーブルの上に置く。小鳥の刺繍《ししゅう》がされた愛らしいテーブルクロスは、アイリスのお気に入りだ。

アイリスは紅茶の前に座ると、指先で小さなチョコレートを弄びながら、少しずつ食べた。甘いチョコレートには無糖の濃い紅茶がよく合う。

テーブルの隅には、数通の封筒が置かれていた。アイリスにくる手紙のほとんどは、パーティへのお誘いだった。

だがその中に一通、見慣れた形の封緘《ふうかん》を見つけて、手紙の束の中からそれを引き抜いた。

クリーム色の封筒に、六角形の封緘。

(また送ってきたのね……)

それはアイリスの友人、ミア・ジュモーからの手紙だった。

読む前から内容は分かっていたが、念の為開封し、便箋を取り出して開く。便箋は薔薇《ばら》の模様が描かれた上品なものだったが、文面は涙でインクが滲《にじ》み、内容も哀れだった。

ミアは婚約者がいたが、先月突然婚約破棄の申し出をされたのだ。婚約者は四大貴族の一つ、トレバー家の嫡男だった為、ジュモー家は強く抗議ができず、泣き寝入り状態なのだという。

ミアは長いこと、婚約者に夢中だった。彼女にとっては夢のような相手で、結婚を心待ちにしていたのだ。

「どうしてなのか分からないの。でも彼が、急に最近冷たくなって」

さめざめと泣きながらそう訴えてくるミアは、傷ついてすっかり痩せてしまっていた。

「私でよければ、いつでも話を聞くわ。手紙でもいいわ」

そう言ってやると、ミアはアイリスに慰めてもらおうと、毎週のように悲しみに満ちた手紙を寄越してきた。

言葉を尽くして優しい言葉を綴るアイリスだったが、本当のことは伝えなかった。アイリスはミアの婚約者が、なぜ婚約を破棄してきたのかを、知っていた。

ミアの婚約者は、ミア以外に好きな女性が出来てしまったのだ。

(本当に哀れだわ。婚約者を奪ったのが、この私だとちっとも気づいていないなんて)

アイリスはまだ恋を知らなかった。

だがミアが婚約者にベタ惚《ぼ》れになり、彼の話を目を輝かせて乙女心いっぱいにして話すのを見て、とても心動かされたのだ。

そんなに心奪われてしまう男性って、どんな方なのかしら、と。

しかも相手はランカスターやゼファーム家と同じ、四大貴族なのだという。人当たりも穏やかで社交的で、容姿も優れていて、社交界でも評判の男性なのだという。

(それなら、わたくしにこそふさわしいかもしれないわ)

そう思ったのがきっかけだった。

軽い気持ちで偶然を装い、貴族に人気の紅茶館でミアの婚約者に会ってみた。

少し楽しくおしゃべりをした後、紅茶館を出たところでわざと鞄《かばん》を落とし、物盗りに襲わせた。

もちろん、事前に金を払って仕込んだ偽の盗っ人だ。

怯《おび》えて彼に縋《すが》り付き、気持ちが落ち着くまでそばにいてもらった。

そして少し甘えた声で話しかけ、真っ直ぐに彼を見つめて「貴方とお話をするのが、嬉《うれ》しくて仕方がない」という仕草を徹底してみた。

すると翌日、侯爵家に薔薇が届けられた。

以後何度も紅茶館で二人きりで会うようになり、アイリスはミアの婚約者の心をあっけなく攫《さら》っていった。

(でも想像と違って、つまらない平凡な方だった。直ぐに飽きてしまったわ)

だからとうに別れを伝えていた。だが恋に敗れた彼は、落ち込んで領地に引きこもってしまい、一度破棄してしまった婚約をもとに戻すことも流石にできなかった。

（悪いのは、わたくしにあんなに夢中になってしまった、あの男の方よ）

ミアの婚約者は、期待したほど素敵な殿方ではなかった。

それもこれも、アイリスの一番近くにいる男性——隣家のギディオンが、ハイスペック過ぎるからだった。

（私はギディオンにとって、妹みたいなものなのに。ああ、彼より素晴らしい男性は、どこかにいないのかしら？）

早くもっと、上位互換の男性を見つけたかった。

もっともギディオンも子供の頃から紳士だったわけではないのだという。

アイリスは小さすぎて覚えていないのだが、侍女達が言うには小さい頃の彼は、いばりんぼうで嫌な奴だったらしい。芋虫を拾ってはアイリスに見せ、彼女が泣いて逃げるのを口の端を歪《ゆが》めて笑って追いかけるような、意地悪な子供だったとか。

今のギディオンからは、そんな子供時代は想像もできない。

だがギディオンは六歳のある朝、高熱を出して記憶喪失になったのだという。その後、彼は人が変わったように大人びた子どもになったらしい。

アイリスは居間の壁にかかる一枚の大きな肖像画を見つめた。

軍服を纏い、山の前に立つ中年男性が描かれている。男はゼファーム家の始祖であり、初代ゼファーム侯爵だった。

初代国王を助け、小さな国々の集合体に過ぎなかったこの地の権力を一つにまとめた男だ。同時に織物業で巨万の富を築き、ゼファーム家の繁栄を不動のものにした。

この絵を前に、初代当主と向かい合う時、ゼファームの血筋の者は皆、その名に恥じぬ偉業を成し遂げなければならない、と固く決意するのだ。それはもはや強迫観念に近かった。

「今日の紅茶はアリガー山の高地産の、秋摘みの茶葉でお淹《い》れしました」

侍女が誇らしげに言いながら、アイリスの飲み干したカップにまた紅茶を注ぐ。

最高級のもの。それだけが自分の周りに集まり、また近づくにふさわしい。


砦《とりで》周辺の大地は焦土と化していた。

全てが灰色に変わり、一面にススが漂う。空気は煙で濁っており、呼吸のたびに咳が出て止まらない。

自分の率いる魔術師団が敵陣を焼き払い、この地を奪い返したのだ。あと一つ、砦を落とせば国に帰れる。

（あと一つ。あと少しだ。——そうすれば勝利を収めることができ、父上もお喜びになる）

同盟国であるこの国は、防波堤のような存在だった。決壊させれば、自国に被害が及ぶのは必至だ。本来ならそれほど手こずるはずがなかったが、同盟国側のいくつかの隊が敵側に突如寝返り、

思わぬ苦戦を強いられた。

だが、もはや勝利は見えている。

レイア王国には有能な魔術師が多い。魔術の専門教育機関があり、強大な魔術師の軍隊を擁するレイアに、怖いものはない。

国の為に。いや、何より功績がこの手に欲しい。それと引き換えに、どうしても父親を説得しなければならなかった。

(リーセル。これで、私達の未来が切りひらける。君を、本当に待たせてしまった)

どれほど彼女をやきもきさせたことだろう。不安にさせてしまったことだろう。

「陛下は聖女様を王太子妃にと、お考えのようです。あの……、私は身を引いた方がよろしいですか……?」

震える声で彼女がそう尋ねてきた時。己の不甲斐《ふがい》なさを呪った。

国王に命じられ、聖女と夜会で踊るたび、そして馬での遠乗りに付き合うたび、いかにリーセルの立場を不安定にしていたかを、思い知らされた。

(この戦に勝利してリーセル、君を私の妃にする……!)

そして最後の砦に攻め込んでいた時だった。

先陣を切って砦に雪崩れ込み、敵兵達と剣を交える。

自分は魔術も使えるからと、わずかに慢心があったかもしれない。いや、功を焦ったのかもしれない。その油断が災いした。

一瞬の隙をついた敵兵が剣を振り、左腕に激痛が走った。

肘から先があらぬ方向にブラつき、ほとんど千切れそうになっている切り口から、鮮血が吹き出る。

凄まじい痛みに叫び声を上げると、その場から放り出されたように突然景色が崩れ、意識が混濁する。

あらゆる色に塗りつぶされたような、ぐちゃぐちゃの意識の中、気づけば辺りは無音だった。

馬の蹄《ひづめ》の音も、甲冑《かっちゅう》と剣がぶつかる金属音も、兵達の声もしない。

混乱しながら目を開けると、そこは静寂の中にある自分の寝室だった。

(腕は、腕はどうなった――⁉)

急いで右手で左腕の袖をまくるが、傷一つない。ただ汗だくの自分の腕があった。

(夢か。またあの夢を見たのか)

我が身が今は戦地にないことを、安堵《あんど》すべきなのか。

昼過ぎに王宮から実家のランカスター邸に帰宅したが、目が覚めると既に夕方になっていた。

カーテンの隙間から、橙色《だいだいいろ》に染まる空が見える。思ったより長く寝てしまったようだ。

中途半端な時間に昼寝をしてしまったせいか、起き上がると気分はとても悪かった。汗でべったりと張り付くシャツが気持ち悪く、ボタンを片手で外していく。

ベッドに腰掛けたまま、何度も重苦しい溜め息をついてから、乱れた髪を後ろに撫《な》で付ける。

視線を巡らせて室内を見渡せば、黄色のランカスター家の紋章が入った水色地の壁紙が目に入る。

久々に戻った実家の部屋であり、国立魔術学院の寮に入るまでを過ごした見慣れた寝室だ。だが、ギディオンはこの空間が大嫌いだった。

かつて悪夢から目覚め、新たな悪夢が始まった寝室だからだ。

片手で寝具を払い除けると、ベッドから立ち上がる。そのままゆっくりと部屋の隅にある姿見に向かった。

長方形をした銀縁の大きな鏡に、自分の全身が映る。

煌《きら》めく金色の髪に、碧の瞳。

「ギディオン・ランカスター。……なぜだ。私は、なぜ『お前』なんだ。――よりによって！」

呼吸が荒くなり、歯を食いしばる。

鏡の中から見返す自分は、間違いなく美しいといっていい顔立ちをしていたが、自分が最も憎しみを抱く男の顔でもあった。

王宮魔術師、ギディオン・ランカスター。この男はやっとのことで勝利を収めたあの戦地に彗星《すいせい》の如《ごと》く現れ、恐ろしい事態が進んでいることを、自分に教えた。

「殿下の恋人のリーセル・クロウが、裁判にかけられましたよ」

国王はこの情報が、絶対に王太子ユリシーズの陣営に伝わらないようにしていたという。だがギディオンは身の危険を冒してまで、それを知らせに来た。

「このままではもう、処刑を避けられません。時を戻し、未来を変えましょう。私はアイリスを手に入れ、殿下はリーセルを今度こそ、妃に。私達二人以外は、当然ながら時が戻れば一切を忘れます。全てがなかったことになるのです」

ギディオンは確かにそう言った。

そうして時は戻ったが、なぜか自分は別人として目覚めた。このランカスター邸で。

こんなことになるはずが、なかった。『三賢者の時乞い』は、時間を巻き戻すだけのはずだった。少なくともユリシーズは、そう認識していた。

まさか自分がギディオンになってしまうなど、想像すらしなかった。

鏡に映る己の姿を拒絶しようと、瞼《まぶた》を固く閉じればその裏に蘇るのは、黒髪の少女の顔だった。

彼女を初めて見た日のことを、よく覚えている。

王太子として生きていたあの頃。忙しく王宮の回廊を歩いていると、一羽の蝶を見つけたのだ。

水晶のように透明なのに七色に輝く、魔術の蝶だった。回廊の向こうに視線を向けると、建物の上からヒラヒラと数羽の蝶が飛び出して来ている。

（この王宮で、誰があんなものを？）

王宮では魔術は力を誇示する為に使うものだ。

舞う蝶などを作り出した魔術師は、一体なんのつもりなのだろう。ユリシーズは思わず出どころを追った。

狭く暗い倉庫の隙間を通り抜けると、そこはゴミの集積所だった。

こんな所に初めて足を踏み入れたユリシーズは、思わず鼻を塞いでしまう。

王宮中のゴミが集められるそこは、悪臭が漂っていた。

にも拘《かかわ》らず、大勢の下働きの女性や子供達がせっせと汚い桶《おけ》を洗ったり、散らばったゴミを掃いている。

絢爛《けんらん》豪華な王宮の、貴人の目には触れない陰の部分。

その一角に、妙な人だかりができていた。

大勢の笑顔の中心にいるのは、紫色のローブを着た一人の魔術師だった。その近くにいる少年が、はちきれんばかりの笑顔で強請《ねだ》る。

「ねえ、お願いだからもう一回やって。さっきの蝶々を出してよ！」

その時、魔術師が少年を振り返り、ユリシーズにもその顔が見えた。

魔術師はまだうら若い少女だった。艶のある長い黒髪に、実に印象的な紫色の瞳をしている。

魔術師は両手を広げて、掌を上に向けた。

ゆっくりと息を吸い込み、目を閉じる。魔術を操る前に、心を落ち着かせているのだろう。

そうして彼女は空中に存在する水の根源達に、呼びかけた。

「集え、水達よ。集まりてその姿を見せよ」

彼女が目を開けると、漂う湿度が水の粒となり、くるくると旋風になりながら両掌の上に集まり始める。

粒はやがてぶつかり合って、透明な蝶となっていく。

「色をつけて！　魔術師様！　透明だと、よく見えないもん」

「綺麗《きれい》な色にして～」

周囲の興奮する声に応えるように、蝶は少しずつ色付いていく。

ピンクやエメラルドグリーン、中には金色の蝶まで。

調教師にでもなった雰囲気で、魔術師が両手を高く上げる。すると百羽近い蝶達はヒラヒラと羽ばたいて、暗く湿ったゴミ集積所に広がった。

色とりどりの蝶達が、時折その身を半透明に輝かせながら舞う。

「お見事です、魔術師様！　本当に綺麗……」

皆が感激したように胸元を押さえ、蝶達を見上げている。

ユリシーズはいつの間にか、塞いだ鼻から手を離していた。倉庫の陰から、蝶を見上げていた。

羽ばたく蝶達は、万華鏡にも見えた。輝く王宮の最も薄汚れた、隠された暗部のような場所に、七色に舞う蝶が夢のような景色を与えている。

これほど美しいものを、初めて見たと思った。

ユリシーズは翌日も、同じ時間にゴミ集積所に行ってしまった。

魔術師が毎日こんな所で、仕事の合間に（時間を考えれば、おそらく彼女は昼食時間を削ってここに来ていた）魔術を披露しているのかが気になったのだ。

予想通り、魔術師は毎日来ていた。

魔術など見たこともない下働きの者達に、せがまれるまま自分の魔術を見せ、喜ばせていた。

いつしかユリシーズはそれを見るのを楽しみにしていた。彼女の魔術ではなく、彼女自身を見るのを。

そしてあの、夜会を抜け出した夜。

庭園の木を相手に、ダンスをする彼女と出会ってしまった。

愚かしいことに、ユリシーズはその木になりたいと思った。

だから思わず彼女に声をかけ、言葉を交わし、名を尋ねて……。

王宮の片隅で、名もなき者達に小さな喜びを与えていた少女は、ユリシーズの最愛の人になった。

「リーセル……」

彼女を妃にする為に隣国で戦ったはずだったのに、この国は彼女を処刑場に送り込んだ。

だからユリシーズは、彼女の命を守る為に時を戻した。

未来を変えたかった。

だが目が覚めると、ユリシーズはこの水色の壁紙の部屋にいたのだ。

ランカスター公爵の嫡男の少年として。

驚いた彼は、遊び相手として連れて行かれた王宮で、かつての自分の姿をしたギディオンに詰め寄った。

だが、『発議者』であるはずの彼は言った。

「何を言ってるのか、さっぱり分からない。お前は頭がオカシイんじゃないか？」

六歳の少年が、「僕は本当は王太子だ」などと主張しても、誰も耳を貸すはずもない。

もう一度、人生をやり直したかった。――だが、まさか別人として生まれ変わってしまうなんて。

もしかしたらこれは時を戻そうなどと考えた、愚かな自分への神の罰なのかもしれない。

こうしてこの日から、全く別の少年の人生を歩まねばならなくなった。

見知らぬ屋敷と、突然両親となった公爵夫妻。初めて見る侍女達。右も左も分からない。

今の自分からはリーセルがあまりに、遠かった。

十代になると、自分の両親が婚約者候補を選び始めた。そして当時その最有力候補が、隣家のアイリスだった。

耐えきれず、急いでバラル州に向かった。

魔術を繰り出し、森の中で水の鳥を飛ばすリーセルの姿を見た。手の中には、「魔術学院模擬試験」と書かれた参考書を抱えていた。もうじき、彼女は魔術学院を受験するのだ。

だから無理矢理出会いを演出し、リーセルと知り合った。

進学先を聞き出し、距離のあった自分達の人生が重なるようにした。クラスメイトの一人として、リーセルと交流を深め、あわよくば恋人になりたかった。

この顔の男とリーセルが結ばれるのは、抵抗があるが。

ところが、だ。

魔術学院でのリーセルは、まるで兎《うさぎ》が鷹《たか》にでも出くわしたかのように、自分を避けた。

成績表が張り出された廊下で、「二位：リーセル・クロウ」の文字を彼女が見つけた時は、特に酷《ひど》かった。部屋の隅にわいた害虫でも見るような目で、自分を睨《にら》むのだ。

一度「あんな奴に負けた。あの憎たらしいギディオンに」と口走っているのを聞いてしまったことさえある。聞き間違えたかと思った。

槍の授業での初めてのジョストでは、対戦する時にリーセルから「殺意」すら感じた。

卒業パーティに誘った自分を見つめるリーセルの顔ときたら。「困惑」どころか、「迷惑」と額に書いてあるようだった。

マックとシンシアが気を利かせて自分とリーセルを二人きりにしてくれた時。頬に思わずキスをしてしまったが、彼女の反応は予想以上に悪かった。あからさまな嫌悪に満ちた顔で、仰《の》け反《ぞ》って避《よ》けられた。

その上、ギディオンが握った手を、リーセルは困惑しきりで振り払った。その瞬間、自分の心まで も振り払われた思いがした。

他の人達と同じように、リーセルに前回の人生の記憶はないはずだ。

自分の右手には、剣でリーセルの胸を貫いた感触が、今も生々しく残っていた。

見上げた紫色の瞳が、驚愕《きょうがく》と絶望に見開かれる様も。

王太子に刺されて死んだ記憶があるなんて、考えるだけで恐ろし過ぎる。

できるだけリーセルに嫌われないように、そして彼女が大切だと伝わるように接してきたつもりだった。それなのに、全て裏目に出てしまっている。

槍試合の授業では盾が破れようが、槍が折れようが、落馬するまで試合を続けなければならない。

手加減していては、リーセルを何度も槍で突き、痛めつけてしまう。

だからこそ、一発で落馬させようと、本気で突いた。

それがいけなかったらしく、力の差を見せつけたことでリーセルに余計に嫌われることになった。

本当は槍の先を向けることすら、したくない。華奢《きゃしゃ》な彼女が重い防具を着るのすら、見たくないのに。

だが他の男が相手をすれば、リーセルに怪我させてしまうかもしれない。槍には怪我がつきものだからだ。

そして、事態は急展開した。

国立魔術学院の就職規定が権力によって変えられた時に、疑惑は確信に変わった。

――発議者だったかつてのギディオンに記憶がないというのは、嘘《うそ》だ。

挙げ句にリーセルが近衛魔術師に任ぜられてしまった。

子どもに過ぎなかった今のギディオン・ランカスターが、魔術師二人分の力を手にして、魔術学院で名を上げていくに連れ、王太子の中にいるギディオンは心配になってきたのだ。

だから人事を利用して、暗に伝えてきたのだ。下手な真似《まね》はするな、リーセルの生命は、自分が握っているのだ、と。

「君を、守れなかった」

ギディオンは、鏡の前で呻《うめ》いた。

「君の髪の色が好きだよ」

そう言って褒めた時、自分に向けられた彼女の紫色の瞳が嬉しげに輝いていたのを覚えている。

可愛らしい頬を、上気させていたことも。

「私は、殿下の優しい栗色の髪が大好きです」

栗色の髪が好きなのだと、何度も言っていた。

髪の色すらも、今の自分がリーセルに愛されることはない。

そう思うと、激情を止められなかった。

「なぜ、なぜなんだ！　どうしてこうなった⁉」

握りしめた拳が、目の前の金色の髪の男に振り下ろされ、ガシャン、という音とともに男が粉々に散る。

指輪に当たった破片が四方に飛び、頬を熱とともに掠めた。

生ぬるい血が頬を滴り落ちる。

「ギディオン！　何してるのっ‼」

誰かが部屋に飛び込んできて、黄色い叫び声を上げたのは、その直後のことだった。

柔らかなアイリスの体がぶつかってきて、ギディオンの右手を必死に押さえる。

ギディオンの顔を見上げたアイリスの蜂蜜色の瞳が驚愕に見開かれ、彼女は再度叫んだ。

「お顔が、お顔にお怪我を！」

「大丈夫だから、騒がないで」

だが美貌のギディオンが顔に傷を負うなど、アイリスには絶対に認められない。

「いや、こんなの、イヤっ！」

アイリスは混乱と焦りで震えた。

どうにか治さなければ。

ギディオンの傷を、元の通りにしなければ。

アイリスはどくどくと脈打つ全身の血が、熱くなるのを感じた。ギディオンの手から溢れる血を拭い、ガラスの破片を取り除きながら、神に縋るような思いで心の底から、全身で祈った。

「ギディオンの傷を、治したいの！」

その瞬間、ギディオンがはっと息を呑んだ。直後、「やめるんだ、アイリス」と彼は叫んだ。だが遅かった。

アイリスは少なくとも今まで魔術を学んだことはなかったし、魔力は持っていないと思っていた。魔術書など、読んだこともない。けれど頭の奥にその術式が隠されていて、傷の治し方を知っている気がした。

理屈抜きに本能のまま、アイリスは体の奥底に感じ取れたそれを必死に探し、辿って引き出した。

体全体があたたかくなり、指先から柔らかな黄色い光が揺れて出るのを、アイリスは不思議な気持ちで見た。光はギディオンの手の傷にまとわりつき、なぞるように明るく埋めていく。その光が収束していくと、傷は何事もなかったかのように塞がっていた。

「傷が……？」

アイリスは傷のあったギディオンの手の甲に触れ、そっと擦ってみた。そこにあるのは血の痕だけで、肌はもと通り滑らかになっている。

騒ぎを聞きつけたのか、周囲には侍女達が集まっていた。

「――アイリス様が、治癒術を?」

「奇跡よ……」

「これは……、まさか」

聖女の出現よ、と侍女達が口々に囁《ささや》く。その光景を疎ましげに見上げるのは、ギディオンだった。その頬にまだ残る傷をどうにかしなければ、とアイリスが手を伸ばす。

二度目は簡単だった。

アイリスの指先からほとばしる淡い光が、ギディオンの傷を塞いでいく。

慈悲の光だわ、と侍女の一人が感激の声を漏らす。

レイア王国に百年ぶりに登場した、聖女発見の瞬間だった。

§§§§§§

時間を巻き戻したのは、貴方なの?

そんな疑問を抱えながら王太子を観察するも、日々を追うごとに記憶の中のユリシーズと、今目の前にいる王太子はどんどんかけ離れていった。

今の王太子は、絵に描いたような俺様だ。私によく話しかけ、近衛として近くに置いておこうとする。かといって好意を感じるわけではない。

王太子は、私を監視したいように思えた。

切り取られた古魔術集のページと、変わってしまった王太子。

この違和感を、なんともできない。

気がつくと、王宮魔術師として働き始めてから三ヵ月が過ぎていた。

そして、ついにあの日が来たのだった。


抜けるような晴天の朝だった。

庭園の芝の照り返しすら眩《まぶ》し過ぎて目に痛い、いかにも夏らしい一日の始まりの七月の朝。王宮はゼファーム邸からもたらされた情報を受け、騒然としていた。

寮のある建物を出て、ローブをなびかせながら広い廊下を歩いていると、すれ違う女官達の噂話が聞こえて来た。

「受け入れの準備が整い次第、王宮にいらっしゃるんですって」

「国王陛下は、大興奮されたみたい」

(何が起きたの?)

——私がこの王宮に来て、まだ三ヵ月だ。少し早いが、まさか?

朝日で明るい王太子の執務室に入ると、彼は挨拶もせずに開口一番に言った。

「聖女が現れたそうだ」

(やっぱり! ついに来たわね。予想より早かったけど……)

動揺して上擦る声で、尋ねる。

「聖女って、癒しの魔術を使える人のことですよね？」

「そうだ。昨夜、魔術庁長官が正式に聖女と認定したそうだ」

大理石の床にカツカツと靴音を響かせ、王太子が目の前に来る。

「聖女と認定されたのが、誰か知っているか？」

「いいえ。――どういう方なんですか？」

知らないことを装う為、食いつくように尋ね返す。必死の名演技だ。

王太子は口の片端をニヤリと持ち上げ、囁くように言った。

「侯爵家の令嬢、アイリスだそうだ。まさか四大貴族から、聖女が出るとはな」

「あのアイリスが……」

王太子は私を覗き込みながら、正面から隣へゆっくりと移動した。全身をくまなく、観察されている気分だ。

「あまり驚いていないようじゃないか。皆、もっと顔色を変えて驚いたものだぞ。何せ百年ぶりの聖女だからな」

「驚いています。驚きすぎて、実感がないだけです――。だって、魔術学院の年末の演奏会で、アイリスに会ったことがあるんです。物凄く綺麗なご令嬢だったので、よく覚えています。男子生徒達が蟻《あり》みたいにゾロゾロあとをつけて。まさか、あの彼女が！」

王太子の疑問を受け流そうと、壁際の黒板に注目する。執務室の黒板には、彼の今日の予定が書かれている。

分刻みでびっしりと書き込まれた昼過ぎの予定は、一部が変更になっていた。

聖女が王宮にやって来る為、王太子が彼女を王宮の入り口で出迎えることになったのだ。

王太子は私の隣に立ち、黒板を同じく見上げて感慨深げに言った。

「周辺諸国にも、既に知らせたそうだ」

「同盟国からは、祝いの書簡の嵐になるでしょうね」

王太子はフンと鼻で笑った。

「そうだろうが、本心ではどうかな？　歯軋《はぎし》りして悔しがっているだろうよ」

「殿下は聖女様とお会いになったことは、ありますか？」

「会釈程度ならあるが、近くで言葉を交わしたことはなかった。十七歳になる来月からは、夜会にせっせとゼファーム侯爵夫人が連れ歩く予定だったらしいが。それももう、必要ないだろうな」

そうして彼は視線を宙にさまよわせ、どこか艶然とした表情で呟いた。

「アイリス・ゼファーム。この手で聖女の手を取り、ついにこの私が王宮に迎えるのだ」

ついに？

まるで長く待ち望んだその時を、ようやく迎えられるような言い方だ。

（アイリスの手を、ずっと取りたかったの……？）

その時を思い浮かべるかのように右手を少しだけ宙に伸ばす王太子は、とても嬉しそうだった。

王宮の広大な前庭に、強い日差しが照りつける。

よく刈られた緑の芝はいきいきと輝き、池の噴水は全開で水を出して涼を演出していた。

アイリスは今日から王宮の一角にある、黄金離宮に居を移すことになっていた。

過去の聖女は皆平民だったが王宮に迎えられ、最終的には領地と屋敷を与えられていた。

聖女を迎える為に、王宮の前庭には官吏や貴族達が勢揃《せいぞろ》いしていた。

やがて国王も前庭に現れ、杖《つえ》を突きながらゆっくりと王太子の隣まで歩いてきた。

わずか四歳で即位した国王は王太子と似たところがなく、一国を背負う重責からか眼光が大変鋭く、いつも険しい表情をしていた。国王は髪の毛ばかりか鼻の下の髭《ひげ》も白かった。

私のことは常に眼中にないらしく、王太子のすぐそばにいても視線すら向けられない。

ガラガラ、と馬車の車輪の音が遠くから聞こえてくると、近衛騎士団の音楽隊が演奏を始める。

その音につられたのか、前庭に集まる貴族達が一斉に背筋を伸ばして姿勢を正す。

白馬が引く鳥の羽や花々で飾り立てられた馬車が視界に入り、心臓がうるさく鼓動する。

(この光景を、また見ることになるなんて。しかも王太子のすぐ近くで……！)

深紅のリボンが掛けられた馬車の扉が開くと、中から出てきたのは純白のドレスを纏ったアイリスだった。

デコルテが見えるデザインで、ドレスの胸周りに小さなクリスタルでもちりばめられているのか、キラキラと光り輝いている。

表面は総レースになっていて、少しの動きや風で柔らかくそよぎ、縁に刺された薄紅の小花の刺繍が動いて目にも楽しい。

「アイリス・ゼファーム侯爵令嬢。――いや、レイアの聖女よ。よく来てくれた」

国王は聖女の正面に立つと、長年仕える者達すら見たこともないほどの満面の笑みを浮かべた。

片膝を折って挨拶をする聖女に王太子が右手を差し出し、彼女を真っ直ぐに立たせる。

「聖女アイリス。お迎えできて王太子として光栄だ」

「わたくしの方こそ、殿下とこうして聖女としてお会いできて、大変光栄ですわ」

「これから貴女の住まいになる、黄金離宮にご案内しましょう」

「ありがとうございます。殿下にご案内していただけるなんて……！」

聖女が頬を赤らめ、王太子を見上げる。衛兵達に囲まれ、緋色《ひいろ》のマントを肩に掛け、王者然とした堂々たるその出で立ちを前に、彼女は気圧されたようにゆっくりと蜂蜜色の瞳を瞬かせた。

王太子が聖女の手を取ったまま、王宮の建物群の方向へ歩き出す。二人が近くを通ると、出迎えに揃っていた貴族達は胸に手を当て、低頭していく。

王太子は今、王宮の最も輝く場所に立っていて、この世界は彼のものなのだ。

聖女は王太子をうっとりと見上げていた。

王太子は主要な棟を紹介していき、歩きながらも二人の会話は止まることがなかった。

「お会いするのが初めてとは思えませんわ、殿下！」

弾《はじ》けるように聖女が笑い、王太子がその背に手を当て、王宮の廊下を進む。

後ろから見ていても、二人がどんどんお互いを気に入っていくのが、手に取るように分かった。

やがて広大な王宮庭園に出ると、王太子と聖女は完全に二人の世界を作り上げていた。

その少し後ろを、近衛魔術師の私が追う。同じく付き従っている衛兵達も、目のやり場に困った様子で、苦笑したり首の後ろをやたらにボリボリと掻《か》いている。

(罰ゲームを受けているみたいだわ……)

王太子と聖女が着実に恋に落ちていくさまを、目の前で見せつけられるなんて。

本音を言えば、今の王太子ユリシーズには、なんの魅力も感じない。ただの傲慢な俺様王子だ。

こんな男だったなら、お断りだった。でも、それでも。

(なんか、砂吐きそう。——早く、この場から消えたい!)

何百回もそう思った。


聖女が王宮に来た夜。

王宮では彼女を歓迎する為に、王宮貴族が招かれる小規模な夜会が開かれることになった。

ひと月後には、国中の上級貴族が集められる、大夜会が予定されているのだという。聖女の降臨を国中に伝える為だ。

大きかろうが小さかろうが、夜会には出たことがなかったが、今の私は幸か不幸か、王太子の近衛魔術師なのだ。彼の付き添いとして、今夜は夜会に顔を出せることになった。

もちろん、紫色のローブを着て王太子の警護をする為だけだけれど。

王太子は着替えの為の部屋で夜会の衣装を着込み、最終仕上げを行っていた。

「袖周りをもう少し、小さく致します」

仕立て屋が王太子の袖を測り直し、何やら助手に命じている。

王太子は私が見つめていることに気がつくと、自信に満ちた笑みを見せ、どうだとばかりに両腕を広げ、片足の爪先を上に向けて私の正面を向いた。

「直させたが、これでおかしな所はないか？」

「……ありません。殿下、完璧です」

一流の容姿を持つ男が、一流の正装を纏っているのだ。素敵でないはずがない。

でもかつて恋した男が、聖女の為に身なりに精を出す姿は、見ていて楽しいものではない。

「今夜の夜会は菓子がたくさん振る舞われるらしいぞ。今日は聖ドヌムの日だからな」

「ああ、言われてみれば、今日は聖ドヌムの日でしたね」

すっかり忘れていた。

聖ドヌムの日は、身近にいる女性に菓子を贈る日なのだ。

バラルの実家にいた頃は、毎年アーノルドや祖父が、カトリンや私に焼き菓子を大きな缶いっぱいにプレゼントしてくれた。その日だけは、朝からカトリンが朝食にシフォンケーキを出してくれたっけ。

私が五歳だった頃、朝からケーキを食べられると期待して食堂に行き、けれどカトリンが聖ドヌムの日であることを忘れていた。テーブルにケーキがなかったことに気づいた私は、大泣きをしてカトリンを困らせたのだという。それ以来、カトリンは聖ドヌムの日の朝のシフォンケーキを、絶対に欠かさなかった。

故郷を懐かしく思い出していると、部屋の隅の整理棚までカツカツと靴音を鳴らして歩いて行った王太子が、私の目の前に戻ってきた。一度咳払いをした後、何やら薄紫色の長方形の箱を目の前に突き出してきた。

「これを、やる」

「えっ？　これ、なんですか？」

「チョコレートだ」

まさかこの忙しい王太子が、菓子を用意してくれていたとは。丁寧にお辞儀をして受け取る。

「殿下から頂けるなんて、思ってもいませんでした」

「うまそうだから、買ってみただけだ」

驚いて目を見開いて王太子を見上げると、彼はフンとそっぽを向いた。

「それがあれば、今夜の夜会で仕事そっちのけで大広間の菓子にガッつかなくて済むだろう？」

なんて言い草だ。

「――ありがとうございます」

余計な一言が気に食わないが礼を言うと、王太子は不思議そうに首を傾けた。

「女はなぜ甘いものを喜ぶんだろうな」

「食べると幸せな気分になるからですよ」

すると王太子は珍しく愉快そうに小さく笑った。

そんなものか？　と呟いたきり、彼は何も言わなかった。


生まれて初めての王宮の夜会は、息切れしてしまうほど私を終始驚嘆させた。

大広間の両側の壁は全て鏡張りになっていて、広い大広間を更に大きく見せた。

天井にはぶら下げられた数多《あまた》のシャンデリアと黄金の装飾品が輝き、王国中の調理人をかき集めたのかと思えるほどの大量の料理が提供され、着飾った貴婦人や彼女達をエスコートする貴公子達を迎えた。

国中の贅沢《ぜいたく》を凝縮したような空間に、目眩《めまい》を覚える。

もうすぐ王太子が入場する為、不審な動きをするものがここにいないか目を光らせなければいけないのだが、あまりにも人が多いので、とても見切れない。とりあえず、魔術を誰かが使おうとすれば検知できる結界はこの大広間に張ってある。

けたたましくトランペットが吹き鳴らされると、集った客達は一斉におしゃべりをやめ、大広間の正面入り口に向き直った。音楽隊の演奏もピタリとやむ。

大きく開け放たれたそこから登場したのは、聖女の腕を引く王太子だった。

おろしたての青いジャケットに身を包んだ王太子が、白いドレスの聖女と並んで歩いてくる。

王宮の中を王太子に案内してもらった聖女は、彼とすっかり打ち解けた様子だ。

二人が大広間の中央まで進むと、奥の玉座に座っていた国王が立ち上がり、来場者に声をかけた。

「我が国に神がお与えくださった恵そのものの、聖女がこの王宮に来てくれた。この喜びを、皆で分かち合おう」

それを受けて、聖女が「もったいないお言葉ですわ」と返答をする。彼女は国王から遠い位置にいたが、その澄んだよく通る声は、国王にも届いたに違いない。

音楽が再び始まると、王太子は聖女に向かい合い、膝を折った。二人の姿は童話の絵本の表紙を飾れそうなほど、美しい。

「私と最初の一曲を、踊ってもらえるか？」

聖女は甘い蜂蜜色の双眸《そうぼう》をひたと王太子に向け、はにかみつつも頷いた。

「ええ。勿論《もちろん》ですわ、殿下」

手に手を取り合って、二人はダンスを始めた。

私はそれと同時に、彼らから距離をとって大広間の壁際に移動する。何も張り付いている必要はないし、邪魔になってしまう。

大広間のカップル達は、くるくるとよく回って踊った。

その様子を見ていると、徐々に目が回ってくる。

テーブルには美味しそうな料理や飲み物が並べられているし、菓子専用のテーブルもあった。

聖ドヌムの日だからか、菓子のコーナーは飾り付けも力が入っていて、リボンや花々でテーブルが装飾され、皿に敷くナプキンも色鮮やかで可愛らしい。

焼き菓子から生菓子、ナッツ類まで種類も実に豊富だ。

視線が吸い寄せられるのをこらえ、ローブの中のポケットを探る。長方形の箱を取り出すと、こっそりと開ける。

中は仕切りが五つあり、縦に六粒のチョコレートが入っていた。

（綺麗。宝石箱みたい）

粉砂糖が振りかけられた球体のもの、赤いドライフルーツの粒がまぶされたハート型のものなど。じっくり見たいが、今は仕事中だ。

急いで一粒選んで、さっと口の中に放る。

（お、美味しいっ！）

チョコレートは口の中に入るなり、繊細に溶けていった。カカオの芳醇《ほうじゅん》な香りが鼻腔《びこう》を抜け、中からナッツとキャラメルが出てくる。

甘さは控えめで、味わいを邪魔しない。

流石は王太子の下賜品だ。

たまらず箱の中を覗いていると、突然真横から声をかけられた。

「リーセル、やっぱり来ていたんだね」

ハッと顔を上げると、そこにいたのはギディオンだった。赤色の正装を着込んでいる。

王宮魔術師としてここにいるのではなく、招待客の一人として小夜会に来ているのだ。

「久しぶり、ギディオン。卒業以来だね」

ギディオンは私の手の中のチョコレートの箱を見た。

「——それはピアランのチョコレートだね」

「ぴあらん……って何？」

「知らなかった？　王都で一番、老舗の菓子店だよ」

知らなかった。

そんな有名店のチョコレートだったなんて。

ちょっぴり感謝を込めて王太子を探すと、彼はまだ聖女とダンスをしている。

玉座の上からは国王が、若いその二人を見ている。顎鬚《あごひげ》をゆっくりと撫でながら幾度も頷き、実に満足そうだ。

王太子が聖女の腰を支え、彼女を持ち上げてヒラリと回す。聖女の白いタフタ生地のドレスの裾が蝶のように広がり、溜め息が出るほど美しい。

見たくないのに見惚《みと》れる私の耳元で、ギディオンが凄く低い声で言った。

「殿下と聖女が気になる？」

そう言うとギディオンは、私の正面に立った。

ジャケットの内ポケットから取り出した小さな箱を、私の手の中に押し付けてくる。ピアランの箱を戻してそれを受け取ると、革張りの箱なのか表面がツルツルしている。

「受け取って。――聖ドヌムの贈り物だよ」

まさかこんな所で、ギディオンからもらえるとは思っていなかった。

学院時代、彼は小さなチョコレートを男女の別なく、クラス全員にあげていたっけ。

（どこにいても、気配りを忘れないのね。こういうところに、ファンクラブの子達は惹《ひ》かれるんでしょうね……）

箱を受け取り、小さな銀色の掛け金を跳ね上げて箱を開けると、中にあったのはチョコレートではなかった。一瞬、自分の目を疑う。

ビロード張りの箱の中にあったのは、紫色のブローチだった。

箱の蓋の裏には、銀糸で店の名前が刺繍されていた。見覚えのある名前だ。

（ここ、王族御用達のアクセサリー店じゃない！）

少し前に王太子がカフスを注文していたので、記憶に新しい。

貴石を使わないシンプルな銀のカフスだったけど、びっくりするほど高かったっけ。

（いくらするのよ、このブローチ……⁉）

「こんな凄いもの、貰えないわ」

手が震えてしまう。

「アメジストはリーセルの瞳の色に合わせたんだ」

（特注品だってこと⁉）

楕円《だえん》の大きなアメジストの周りには、透明な石がいくつも飾られている。まさかこれが全部、ダイヤモンドだったりして。怖くて、とても聞けない。

「ギディオン……、これはドヌムの贈り物の域を、軽く超えているわ」

「チョコレートだと思って、受け取って」

「いや、どう考えても無理があるでしょ。お菓子と同列にはとても扱えないわ」

「気にせず受け取って」

どうしてだろう。

ギディオンは優しいのに、時々私にだけは無性に強引だ。

「本当に、貰っていいの？　お礼のしようがないわ」

箱を持つ私の手に、ギディオンがそっと触れる。

その温もりに心拍数が上がっていく。

「お礼をしてくれる気持ちがあるなら……、来月の大夜会に、私と出て欲しい」

予想もしない提案に、言葉を失う。ギディオンと大夜会に出る？

「私のエスコートがあれば、招待状がなくても参加できるから」

そういう問題じゃない。そもそも夜会の相手は恋人を連れて行くものだし。

（相変わらず、意味の分からないことをしてくるんだから……）

「でも貴方は他に誘わないといけない女性がいるんじゃないの？」

「リーセル、それと同じようなことを卒業パーティに誘った時も、言っていたね。私もまた同じことを言うよ。だから誘いたい女性を、こうして誘っているんだ」

けれど私達はもう、気楽な魔術学院の生徒という立場ではない。夜会に誘うというのは、あの頃よりももっと色んな意味を持つ。

小箱をぐっと握りしめ、目の前のギディオンを見上げる。

「どうして公爵家の貴方が、私なんかを誘ってくれるの？」

ギディオンの手が、私から離れる。

澄み切った南海の碧の瞳が、少し辛《つら》そうに俯《うつむ》き加減になる。

「どうして、かって……？」

ブローチとギディオンを、交互に見つめる。

前回は私の処刑を聖女と一緒に喜んだはずの貴方が、どうして？

「ギディオン、まさかとは思うけど……。おかしなことを聞くようだけど、念の為聞いてみてもいいかしら。貴方もしかして……、私のことが好きなの……？」

沈黙が続いた後で、彼はぎこちなく微笑を浮かべた。

「それ以外に、何があると思う？」

質問で返され、返事に困ってしまう。碧の目をかげらせ、ギディオンは投げやりに言った。

「リーセルを一番大切な卒業パーティのダンスに誘ったのも、読みたい本もないのに図書館にいつも行っていたのも。わざわざ槍の授業を専攻したのも、理由は一つしかなかったよ」

浴びせられる出来事が、次々と私の胸に刺さる。

――本当は分かっていた。私は、気付きたくなかったから、分かっていないふりをしたのだ。

「そうよね、そうね……」

「一枚しかない、五年間の勲章の証《あかし》である白いローブを、なぜリーセルにあげたと思う?」

ギディオンは苦しげに溜め息をついた。

「ずっと——学院で君のことしか、見ていなかったよ。五年間、本当に……」

言葉が胸に深く、重く響く。

ああ、どうしよう。

分かっている。本当はもう、とっくに私は分かってしまっている。

ギディオンの気持ちも、彼が本当に良い人だっていうことも。

私は一度目のギディオンに引き摺られ、今のギディオンを直視しようとしなかったのだ。

むしろあの記憶さえなければ、私はごく自然にギディオンを好きになっていたかもしれない。そしてきっとここで私は、とても喜んだはず。

手の中の小箱の表面を親指でなぞり、滑らかな革の手触りを確かめながら考えた。

ギディオンは人が変わった。王太子の性格が前回とは違うのと、同じように。

(むしろ、言動だけを考えれば、今のギディオンの方が、かつてのユリシーズに似ているわ……。

これは、何が起きてるの?)

考え込んでいると、ギディオンは私の肩にそっと手を落とし、ぎこちなく微笑んだ。

「大夜会に、一緒に来てほしい。一夜だけ、恋人のフリをしてくれるだけでいいんだ」

「フリ?」

驚いて素っ頓狂な声で聞き直してしまう。対するギディオンの目は、どこか悲しげだった。

「夜会で君と踊れるのなら、その夜だけ恋人の……フリだけでも、嬉しいから。私と踊っても、友達以上には考えられないなら、もう私もそれ以上になりたいとは今後思わないから、安心して」

それはあまりに切ない告白だった。

ひたむきに向けられるその目に、嘘があるとは思えない。

「でも、その日も私は勤務日なの。休暇がなかなか取れないのよ……」

「休暇は魔術庁で全ての魔術師に、認められている権利だよ。それに、私からも殿下にお願いしてみるから」

ギディオンは視線を下ろし、私の手の中のブローチを辛そうに見つめた。

「あの時のことを、とても後悔しているんだ」

「あのとき？　卒業パーティに行ったこと？」

ギディオンは答えなかった。

マック達とのシェルン式野外パーティを思い出す。

あの中に混じるギディオン……？

木の枝に挿したマシュマロを、口の周りをベタベタにして食べる、ギディオン？

それはちょっと、想像が難しい……。

「公爵家の貴方が、卒業パーティに出ないわけにはいかなかったと思うわ。謝辞もあったし。でも、その気持ちが嬉しいわ。ありがとう」

私は手を上げて、肩に落とされているギディオンの手の甲にそっと触れた。碧色《へきしょく》の双眸がゆっくりと持ち上がり、私を捉える。

こんなに不安そうで一生懸命な万年首席のお誘いを、断るほど意地悪にはなれない。

「ありがとう、ギディオン。——貴方が迷惑でないのなら、来月の大夜会に私を連れて行って」

「本当に？」

ギディオンがその甘い碧の瞳を、驚いたように少し見開く。

「言っておくけど、大夜会の夜だけよ？」

「分かっているよ」

ギディオンは滲むように笑った。眦《まなじり》が下がり、ゆっくりと口角が優しげに上がる。

その笑い方が、ユリシーズにそっくりに思えて、きゅっと胸の奥が痛む。私が大好きだった、あの笑顔だ。

混乱して、目を逸らしてしまった。


ダンスが終わり、歓談が始まると私は王太子のもとに戻った。

聖女は父親であるゼファーム侯爵に連れられ、大広間の中で貴婦人達と歓談を始めていた。

王太子は近くに寄った私を一瞥《いちべつ》すると、眉根を寄せた。

「どこに行ってたんだ。近衛魔術師のくせに」

「お近くにおりますと、皆様のダンスのお邪魔になりますから。壁際に控えておりました」

「チョコレートは食べてみたか?」

「はい。とても美味しかったです!」

「ピアランだからな。うまくて当然だ。——壁際でギディオンと妙な様子だったな。何を話していた?」

するとト王太子の横からギディオンが現れ、会話に割り込んだ。

「殿下、来月の大夜会もお招きいただき、ありがとうございます」

王太子は近くを通りかかった給仕からグラスを取ると、ワインを喉に流し込んだ。

「ランカスター家を招くのは当然のことだ。それにお前がいる方が、夜会も華やかになる。醜男《ぶおとこ》ばかりでは、レイアの王宮の名が廃るからな」

「大夜会のことで、一つお願いしたいことがございます」

「なんだ?」

「殿下の近衛のリーセルを、大夜会の間だけお貸しいただきたいのです」

「なぜだ? お前に護衛は必要ないだろう。魔術学院を首席で卒業したのだから」

王太子が不可解そうに首を傾《かし》げる。

「リーセルをエスコートしたいのです。大夜会は、彼女と参加致します」

王太子はすぐに眉間にシワを寄せた。どこか嘲りを含んだ声で、吐き捨てる。

「私の近衛は、なんと幸運なんだ。ランカスター公爵家の跡取りで貴婦人の憧れの的が、初めて夜会に連れて行く女性に選ばれるとは!」

「どうなさったの、殿下？」

微妙に私に失礼な反応をする王太子の後ろから、聖女が歩いてきた。父親との挨拶回りが終わったのだろう。

ギディオンが膝を折って聖女にお辞儀をすると、聖女は彼に気づくなり顔を綻ばせた。

「ギディオン！　来てたのね。私にそんなお辞儀はいらないのにぃ。貴方は特別よ」

聖女は無邪気な笑顔を浮かべて、ギディオンの腕に両手を絡ませた。王太子が表情を強張らせる。

「その特別なギディオンは、来月の大夜会にこの近衛魔術師を誘ったようだ」

王太子が口を歪めて私を顎で差すと、聖女の蜂蜜色の瞳が私に向かう。愛らしい口元に浮かべた笑みはそのままだが、目の奥には私を値踏みするような冷たさがあった。

「それは本当なの？　――こちらは、どなた？」

（いや、私、昨日からずっと王太子の近くにおりましたけど）

どうも聖女の視界には入っていなかったらしい。魔術学院でも一度、会っているのだが。

アイリスの目の中には、付き合う価値のないものは通さない、特殊なレンズでも入っているのだろう。

心の中で苦笑いしつつ、膝を折る。

「リーセル・クロウと申します。今年国立魔術学院を卒業しました」

「まぁ、優秀な魔術師なのね！　ギディオンは今まで誰もエスコートしたことがなかったのよ。――私も含めて」

可愛い笑顔でそう言うと、聖女はふと小首を傾げた。天井のシャンデリアの明かりに合わせて、金色の髪が煌く。

聖女は私の紫色のローブに視線を走らせ、可愛らしい口元に華奢な白い手を当てた。

仕草の一つ一つが可愛くて、憎さ倍増だ。

「そのローブで参加なさるのかしら？」

なんだろう、その質問は。

もしや私がローブしかまともな服を持ってない、と思われているのかもしれない。

「いいえ。一応実家から一枚だけドレスを持ってきておりますので、それを着ます」

念の為持ってきただけのドレスだが、まさか王宮の大夜会に着ることになるとは、思いもしなかった。

私が学院の卒業パーティに参加しなかったことを知った祖父が、慌てて作らせたドレスだ。

一応バラル州の一番有名なデザイナーに祖父が注文したもので、王宮の貴族が着ているものと、なんの遜色もないと自負している。

「そう、そうなの。安心したわ。――ギディオンを、よろしくね」

ふわりと微笑むと、聖女は王太子とお喋《しゃべ》りを始め、私には以後全く話しかけてこなかった。また視界に入らなくなったのだろう。

聖女は名実ともに、今夜の夜会の主役だった。

大広間の豪華な装飾も、集う貴婦人達も皆、聖女の引き立て役でしかない。

黄金の髪が流れ落ちる首筋も、扇子を持つ手も白く輝き、ひとたび真珠のように綺麗な白い歯を見せて微笑めば、花々が一斉に満開に咲いたように、美しい。

その甘い蜂蜜色の瞳を向けられて澄んだ愛らしい声をかけられた者達は、男女の別なく聖女の虜《とりこ》だった。

王太子は聖女に礼儀を尽くして接し、聖女もまた自信溢れる王太子に惹かれているようだった。

（中身は全くの別人なのに、アイリスはまた、王太子に惹かれるのね）

夜会の人の多さにいくらかうんざりした頃。

不意に私は全身を固くした。

興奮と気怠さの支配する大広間の中に、何か異質な空気が――敵意が微かに混ざっている。

――気のせいではない。どこからか、攻撃的な悪意が放たれているのを感じる。

近衛魔術師としての自覚を忘れてはいない。

社交に夢中の人々に代わって、不埒《ふらち》なものがいないか警戒するのが、私の今の任務だ。

大広間には私が結界を張ってある。強過ぎる悪意は、魔術師の結界の中に入ると分かるのだ。

人々の喧騒《けんそう》を耳から遮断し、鋭利な空気を読むことに意識を集中する。

やがて私は人々の足元をユラユラと進む、悪意を見つけた。

それはうっすらと漂う黒い煙のように切れ切れに床を這《は》い、何処かへと向かっていた。

（見えるほど強い悪意っていうのは、ほとんど殺意みたいなものよ。――一体、誰が誰に向けているの？）

煙の発生源を見つけようと、ごった返す人々を縫うように避けながら、ゆっくりと辿る。

ついに大広間のバルコニーに出ると、煙はより大きく見えた。私が張っていた結界はそこまでなので煙は一旦途切れてしまっていたが、それ以上辿る必要はなかった。

バルコニーにいたのは、一人だけだったからだ。

顔を上げて、息を呑んだ。

薄暗いバルコニーに立って大広間の中を険しい顔で睨んでいるのは、魔術学院時代の級友・キャサリンナだった。キャサリンナは王宮魔術師として採用されなかった為、就職はしなかったと聞いた。ゆくゆくはジュモー家の長女として、どこかの良家に嫁ぐのだろう。

再会を懐かしむゆとりはなかった。

キャサリンナは右手を腰の辺りで握りしめ、一点を見つめて何やら口を動かしていたのだ。

この仕草には見覚えがある。学院で魔術を行う時、彼女はいつもこんな感じに詠唱していたから。

キャサリンナの右手の指先に、赤いものがチラつくのが見えた。

素早く歩み寄り、その右手首を掴む。

「その火の剣で何をするつもり？」

キャサリンナはピクリと震えてから、私を見上げた。術を行っている最中に急に声をかけられたことと、それが私だという事実に驚き、見開かれた目が揺れる。

頰をひきつらせながら、私の手を振り払う。

「何の話!? 何もしてないわよ。貴女が、どうしてここに……」

「私、近衛魔術師なのよ。――こんな所で魔術を使えば、大変なことになるわよ」

ひと目につかないように、キャサリンナをバルコニーの隅の方に追い詰める。

「何をしようとしていたの？　理由によっては、見逃せない」

内容によっては見逃してもいい、とほのめかす。

卒業してから久しぶりに見るキャサリンナは、随分やつれていた。頬がこけ、ウエストが折れそうなほどだ。

着ている紫色のドレスは美しかったが、キャサリンナの顔色を更に悪く見せている。

キャサリンナはパッと私に背を向け、声を震わせた。

「そ、そんなに怖い顔をしないでよ。怖いじゃないの。私はただ、ある人を少し懲らしめようとしただけよ」

「誰を？」

バルコニーの手すりに手をついて顔を歪めるキャサリンナを、覗き込む。

キャサリンナは不安そうに言った。

「――正直に話したら、見逃してくれる？」

「内容次第よ。でも話さなかったら、今すぐ衛兵に突き出すわ」

途端にキャサリンナは肩を震わせた。手すりにしがみつくようにつかまり、顔を真っ赤にしている。

「私は悪くないわ。妹が、自殺未遂をしたのよ！　婚約破棄をされて！　相手は四大貴族のトレバー家の嫡男だったのよ。両親は何も言えないし、妹は憔悴《しょうすい》していたの」

えっ、と声を上げそうになる。

婚約破棄とトレバー家。

そんな話を、つい最近どこかで聞いた気がする。

記憶を懸命にたどると、いつかの夜の、屋上での出来事が思い出された。

「ま、まさかそれって、ベンジャミン・トレバー？」

「上流貴族に疎い貴女でも、流石に彼のことは知っているのね」

「ベンジャミンを攻撃するつもりだったの？」

「彼はここにいないわ。トレバー侯爵の髪の毛を焼いてやろうと思ったのよ」

「なんで髪の毛を。じゃなくて、どうして侯爵を？」

「侯爵は息子と私の妹との婚約破棄をうちに伝えに来た時に、言ったのよ。『ミア嬢にも原因があるんじゃないか』って。ミアには何の責任もないのに！　こんな勝手な婚約破棄は、許せないわ。親友だったアイリスも聖女様になって、妹は最近では相談相手もなくして」

「その話、詳しく聞かせて」

「い、いやよ……。いつからゴシップ好きになったのよ」

「事実かどうかを知りたいのよ。――話してくれたら、貴女を見逃してあげるから」

キャサリンナは少しの間迷ったが、衛兵に突き出されるのを恐れたのか、素直に話しだした。

キャサリンナの妹の婚約者は、四大貴族のベンジャミン・トレバーだった。彼に婚約破棄をされたのは、彼女の妹のミアだったのだ。

ミアは睡眠薬を大量に飲み、いまだに目覚めないらしい。

あの夜の塔での出来事と、婚約破棄。

点でしか繋がらないこの話が、妙に気になる。何かが、この二つの出来事の中心にいる。

「妹さんの婚約者を奪ったのは、どんな女性だったの？」

「知らないわ。でもベンジャミンはあっという間に熱を上げたそうよ……。ミアは私に似て、才色兼備だというのに！」

才？　色？　と戸惑って首を傾げてしまいそうな引っかかりを、なんとかやり過ごす。

「本当はその女をハゲにしてやりたいくらいなのよ！」

泣き出して鼻水まで流すキャサリンナに、ハンカチを渡す。キャサリンナは私のハンカチで盛大に鼻をかんだ。

「うっ、うっ……後で、ヒック、シルクの、もっと上等なのを贈るから、ゆるじで」

涙が次々に溢れて止まらないので、キャサリンナはついに私のローブで涙を拭き始めた。

ベンジャミンも既に恋人に振られ、酒浸りになっていることを伝えると、彼女は少しだけ怒りを収めてくれた。

念入りに化粧をすると、部屋のクロゼットから、赤いドレスを出す。

生地をふんだんに使い、細かな刺繍があちこちに施されている為、持つと結構な重量感があった。

祖父がバラル州で作らせたものだ。

コルセットをギュッと締め付け、何とか体に凹凸をつける。

ドレスに肩を通すと、その柔らかな肌触りに、夢心地になった。

鏡の前に行き、自分のドレス姿を確認する。

「そこそこ似合ってるよね……？」

スカートをつまみ、広げてみる。

上品な光沢のある生地が控えめに輝き、思わず口元が綻ぶ。

ドレスってこんなに女性をうきうきさせるんだ、と実感する。

王宮に勤めるもの達が与えられる寮は一部屋が狭く、ドレスの裾がベッドと机に当たってしまっているが、頭の中にはひと月前に見た大広間の映像が広がる。

大夜会は正直気が引けているが、ドレスを着れば日常とは違う、別の世界に自分を連れて行ってくれる気がして、図らずも心が躍る。

今夜私は、王宮で仕事を黙々とする魔術師ではなく、ひとりの女性だ。

大夜会の時間が迫っていた。

窓の外を見ると、中庭を歩いてくる人物が目に入った。

どきんと、胸が熱くなる。

薄暗く狭い道を歩いていようとも、ガラス窓越しに見ていようとも、十三歳から毎日見ていたその姿は、上からの角度であっても私には一目で誰か見極められる。

精悍《せいかん》な出で立ちで寮に向かってくるのは、私を迎えに来たギディオンだった。身だしなみをいつも以上に整えている。

（ギディオン、すっごく正装が似合ってる。いやだ、素敵……）

ギディオンを見て、不覚にもドキドキしてしまう。

興奮して吸い込みすぎた息を、胸の中からそっと吐く。

落ち着くよう自分に言い聞かせつつ、寮の正面玄関まで向かう。

寮の玄関を出てきた私を見るや、ギディオンは少し驚いた様子で近寄ってきた。

ギディオンはぱりっとした光沢のあるグレーのジャケットを纏い、艶のある金髪を綺麗に後ろに整えている。

「あの、このドレス、おかしくないかな……？　いつもローブばかりだから、似合ってないかも」

照れ笑いをしながらそう問うと、ギディオンは首を高速で左右に振った。

「そんなことない。リーセルがドレスを着たところを初めて見たから、びっくりしたよ。凄く綺麗だよ、リーセル」

褒められて更に照れてしまう私の手をギディオンが取ると、寮の建物を離れて王宮の建物群の中心部に向かって歩いていく。

ギディオンは王宮の一番大きな建物に入り、中を抜けてまたすぐに回廊に出てしまった。

このまま進むと、大広間に行けない。

大広間はこの建物の中にあるのに。足を止めてギディオンに注意を促す。

「こっちじゃないわ。さっきの角を曲がらないといけなかったのよ」

「いや、こっちだよ。――ついてきて、リーセル」

違う、回廊を進んだら大広間にはどうひっくり返っても行けない。それなのに、ギディオンは私の手をしっかりと握ったまま、強引に歩き続ける。

(な、何？　どこに行こうっていうの？)

私達は外に出ると小道を進み、やがて庭園に出た。

花壇や芝の絨毯《じゅうたん》を突っ切り、どんどん進んでいく。

「大広間から離れているわ。――大夜会が始まっちゃうわよ、ギディオン！」

大きい声で抗議をすると、庭園の端近くの木立の前でやっと彼は立ち止まり、手を離した。

「ここで、君と踊りたいんだ」

「ここで？」

思わず辺りを見回す。

庭園の向こうに、大広間とバルコニーが見えた。大広間は人でごった返し、明らかに小夜会の時よりも人口密度が高くなっていた。シャンデリアの光の下で宝石のような男女達が集い、煌々《こうこう》とした明かりはバルコニーの先まで伸びている。

バルコニーの外にも椅子やテーブルが並べられ、仮設の舞台で音楽隊が弦楽器を鳴らし始めている。調弦をしているのだろう。

「ギディオン。どうしてあっちに行かないの？」

訳が分からず尋ねると、彼は右手を私に差し出した。

「どうしても、ここで踊りたいんだ。少し小さいけれど、演奏も一応聴こえる」

耳をすませば、丁度ワルツが始まるところだった。

——ああ、そんな……。これは、「青いライヒ川」だ。

懐かしい思い出の曲に、胸が締め付けられる。しかもよりによって、この場所で。動揺を見られたくなくて、視線が上げられない。

一度目の人生を生きていた私がダンスの相手をさせようと抱きついた木が、きっと近くにある。

「ほら、こっちを見て」

ギディオンは私の両手を掴むと、強引に体を引き寄せた。腰を押さえられ、右手を繋がされる。

(何するのよ、ギディオンのくせに……！)

抵抗の間も無く、ギディオンは大きくステップを踏み始めた。たいしてダンスが得意ではない私は、なんとか追いつこうと懸命に足を動かした。地面は所々盛り上がっているし、芝が敷かれているので靴のヒールが引っかかって動きにくい。

見上げると星空を背負うギディオンの顔が、ごく間近に見えて、その近さに平静ではいられない。

近過ぎる距離のせいで、心臓が跳ね上がる。

冷たかったはずのその碧の瞳で、私をそんなに愛しげに見つめないでほしい。

やがてワルツの演奏が終わる頃。ギディオンが急に立ち止まった。

「うわっ！」

ギディオンの足に躓《つまず》きそうになる。抗議をしようと顔を上げると、彼は不意に両手を私の背中の後ろで絡め、私を抱き寄せた。

ギディオンの胸に顔が勢いよくぶつかり、慌ててのけぞる。私の化粧が、高そうな彼の服についてしまう――！

だがギディオンはそんなことに構う様子もなく、首を傾けて頬を私の頬に押し付けてきた。そのまま頬擦りを始めるので、びっくりし過ぎて息が止まる。

（な、なに⁉　恋人のフリだけで、ここまでする――？）

夜風に吹かれて冷んやりしていたお互いの頬が、すぐに熱くなっていく。もう、自分の心臓の音が聞こえてしまうくらい、ドキドキしている。

「ぎ、ギディオン！　ちょっと、」

「リーセル、いつか本当の恋人になって」

頬を押し付けあったまま、耳元で囁かれる。

見上げた視界に入る木々の黒い枝葉と月のない夜空は、寒々しい景色だったが、胸の中にはギディオンと密着する体を通して、熱い激流が流れ込んでくる。

ギディオンは頬を離し、両手で私の顔を挟んでじっと私を見つめた。

愛おしげに注がれるその視線に、胸が苦しくなる。

――心が、震える。

これ以上私に、踏み込んでこないでほしい。

どうにか憎しみを抱いたまま、貴方を避けたいと思っている私の強がりを、萎えさせないでほしいから。

そんな目で見つめられたら、恨み続けることができなくなってしまう。

月の雫《しずく》のように輝く金の髪が、夜風に揺れている。彫像のように整ったその顔は、かつて聖女の隣で悪意を持って私に向けられ、容赦なく地下牢《ちかろう》へと追い込んだ。

そのはずなのに。

「ギディオン、私達は……」

だがそんな記憶を覆い隠すように、魔術学院の煉瓦《れんが》の建物の前を颯爽《さっそう》と歩く、白いローブの少年の姿が私の脳裏に蘇る。

いつも学院の中心にいて、みんなを引っ張っていた少年。

何回私が邪険にしても、袖にしても、その姿勢は折れなかった。

このリーセルが出会ったギディオンには、何の罪もない。それどころか、こんなにも素敵で、私の胸をときめかせる。――いや、違う。ときめいてなんて、いない。ときめいて良いはずが、ない。

ギディオンは額を私の額に押し当てた。近過ぎて目を背けたいのに、目を逸らせない。まるで何かの魔術にやられてしまったみたいに。彼はそうして囁くように尋ねてきた。

「キスしてもいい?」

心臓が暴れすぎて、言葉を声に出せない。

(断らなきゃ。だって……)

キスなんてすべきじゃない。でも。

私達に別の過去があったとしても、今は十三歳からの全く新しい関係を築いてきていたし、それは無視できないほど大きかった。

今だけ、この夜会の魔術にかけられたと思ってしまいたい。今夜だけは、一度目のギディオンに、目をつぶろう。

「リーセル?」

少し震える声で返事を促され、言葉ではどうしても答えられなくて、代わりに小さく首を縦に振る。

ギディオンは両手で私の頬をしっかりと挟み、くっつけていた額を離すと首を傾けて私の唇に視線を落とした。

そのままギディオンの顔が更に近づき――、私はそっと目を閉じた。

熱く優しい口づけを期待していた私は、いつまでも降ってこないキスを待ちぼうけ、やがて薄目を開けた。

(ギディオン? どうしたの?)

私達の唇が触れ合う寸前で、ギディオンの動きが止まっていた。碧色の瞳は何度も瞬いて、やがて彼は辛そうに眉根を寄せた。そうして、呻くように漏らした。

「この顔で、君とキスをしたくない……」

何を言っているのだろう。

苦しげに顔を逸らし、横顔を見せるギディオンを宥める。

「どうしたの？　この顔で、って――いつもと変わらない、かっこいいギディオンよ？」

するとギディオンは急に私の額にキスを浴びせた。まるで食べられてしまいそうなその勢いにたじろいで数歩、後ずさってしまう。

キスの嵐が終わると、彼は私を強く抱き寄せた。あまりに力が込められていて、背骨が折れてしまいそうなほど、強く胸の中に抱き込められる。

「ギディオン、痛い」

「我慢して」

（えぇっ!?　が、がまん？）

身じろいでみても、全く力を緩めてくれない。

（貴方は、誰なの？　本当にあのランカスター家のギディオンなの？）

戸惑う私に、ギディオンは懇願するように囁いた。

「今夜だけでいいから。一度でいいから。……リーセルも私に腕を回して」

私の中の死んだリーセルが、絶叫する。

強引にそれをねじ伏せ、頭の隅に追いやり、震える両手をギディオンの背に回す。

抱きつくと心臓が更に早鐘を打ち、頭の中が焼け切れそうになる。同時に、信じられないくらい

心の中が満たされていく。

ギディオンの気持ちに応えては駄目なんだ、嫌だ、いけないんだという思いが、勢いよく押し流されていってしまう。

（ああどうしよう……！　私……）

抱き合うと、途方もない幸福感に満たされた。

まるで、あの夜のようだった。飛んでいけそうなほどの、高揚感。

目を閉じて抱き合うと胸の高鳴りと、それに相反する不思議な安心感に包まれる。

一度目の私達の関係に目を瞑《つぶ》ってしまうと、残ったのはギディオンを肯定する感情だけだった。

ずっと、前回のリーセルが私の気持ちに蓋をしていたのだ。

――本当は、ちっとも嫌じゃない。私はこのギディオンが好きだ。

ずっと気づかないフリをしていたけど。

自分の気持ちに混乱してしまう。

一体、いつからだろう？　彼がクリスタルに制服のスカートを買ってあげた時から？

それとも、魔術学院の三年生の実技試験で、私の傷を気遣ってくれた時から？

――違う。

私は彼がギディオンだからこそ、ずっと彼を気にして、見ていた。彼ばかり見ていたのは、私も同じだった。

ギディオンの優しさが、いつの間にか私の怒りで凍てついた心を、溶かしてしまっていた。

つい尋ねてしまう。

「ギディオンは、いつから私が好きなの？」

「君とバラルの森の中で会った時から、好きだよ」

「そんなに昔から？　ちょっと嘘くさいわよ」

くすりと思わず笑ってしまうと、ギディオンは抱き寄せる腕を緩め、私を見つめた。

「本当だよ。いかにも面倒そうに、川まで走ってきてくれた君が、可愛かった」

「それって、可愛いの？」

「もちろん。不満そうにしながら、一緒に馬を探し回ってくれたのも、凄く可愛かった」

「うぅん……独特の感性ね」

「信じられない？　こうして、いつまでもリーセルを見ていられるのに」

そんなことを真正面から言われて、恥ずかしくなってしまう。

「あの時、小川で本当に溺れていたの？」

「そうだよ。どうして？」

「あの泥だまりを、『沼』だなんて言ったのは貴方くらいなのよ？」

「それは妙だね」

「妙なのは、魔術持ちの貴方が、私に助けを求めたことよ。本当にあの時困っていたの？」

「嘘をついていいなら、答えるけど」

「なんなの、それ！」

苦笑しながら視線をギディオンから離すと、庭園を挟んで夜会の大広間が目に映る。

「……向こうでは踊らないの？」

「ここに、二人でいよう」

「もしかして、私を連れて行ったら、面倒なことになる？　私なんて、公爵様はよく思わないでしょうし」

思い切って聞いてみると、ギディオンは私の顎先にそっと指先で触れた。

「違うよ。正直言うと、着飾ったリーセルを他の男に見せたくない。私は、君に関しては絶望的なまでにくだらない、嫉妬深い男になってしまうんだ」

「また、そんなこと言って……」

ギディオンは芝の上に腰を下ろした。そうして摑んだままの手を引き寄せ、私を隣に座らせる。

「ここで今夜は過ごすつもり？」

冗談半分で問いかけると、ギディオンは臆面もなく頷いた。

夜露を含んだ芝の上に座り込んでしまうのは、せっかくのドレスがもったいないけれど、こうして過ごすのもいいかもしれない。

そんな風に思ってしまう自分がどうしようもなくて、心の中で溜め息をつく。

こうして私とギディオンは夜空の下で、学院時代の懐かしい話を続けた。

私達はついに大広間には行かず、ずっと二人で庭園で過ごしてしまった。

大夜会に姿を現さなかったギディオンは、後日父親からこっぴどく叱られたのだという。

大夜会が終わると、私は気持ちを持て余して、シンシアの寮を訪ねた。

ギディオンに惹かれていくのを、どうしても止められない。そして彼を知れば知るほど、ある疑問がどんどん膨らんでいく。私はこれを、一人で抱え切れなかった。

夜遅くにも拘らず、嫌な顔一つせず私を部屋に入れてくれたシンシアは、寝る直前だったのか寝間着姿だった。

「急にごめんね。どうしても、相談したいことがあって」

部屋にはベッドとデスクセット、それに本棚が置かれていて、内装は私の寮の部屋とほとんど変わらない。本棚が書籍でいっぱいなのが、いかにもシンシアらしい。

お茶でもどうかと淹れてくれようとするシンシアを慌てて止めて、夜も遅いのでとりあえず直ぐに本題に入らせてもらう。

二人で備え付けのシングルベッドに腰を下ろすと、古いマットレスが深く沈みこんだ。少し黄ばんだ白い壁に、寄りかかる。

落ち着こうとゆっくりと深呼吸をしてから、切り出す。

「今の王太子が前回とはまるで別人だと、前に話したよね？」

「ええ、覚えてるわ。前回とは人格が違うのよね？」

「実は、奇妙だなと思うことがあって。もう一人、明らかに前とすっかり変わっちゃった人がいるの」

シンシアは長い髪を軽く後ろで束ねながら、続きを促した。

「それは誰？」

「ギディオンよ。貴女もよく知っている」

「ギディオンって、あのギディオン・ランカスター？　えっ、どういうこと？　彼ってどんな人だったの」

かつてのギディオンが私とは敵対する立ち位置にいて、冷徹な性格をしていたことを話すと、シンシアは信じられなそうに聞いていたが、やがて腕を組んで難しい顔をし始めた。

「それってまるで二人の以前の性格が、そっくりそのまま入れ替わったみたいに聞こえるわね」

そうなのだ。私はここのところずっと考えていたことを、シンシアに伝えることにした。

「覚えてる？　一年生の頃、学院で先生達によく注意されたよね。魔力の『上限点』を超えると魂が抜けるぞ、って」

あれは、ただの脅しだと思っていた。スイカの種を飲むとお腹からスイカの木が生えてくるぞ、と親が子どもに言うようなな。

けれど、どこかに真実があったんじゃないだろうか。

「過ぎた魔術を使うと、本当に魂が抜けちゃうのかもしれない。もしかしたら、時戻しの魔術を使って——、二人は上限点を超えて、王太子の魂が『発議者』と入れ替わったんじゃないかな？」

今の王太子の性格は、かつてのギディオンの評判と一致する。

「そんなことって、……やっぱり、あり得ないかな？」

私がそこまで話すと、シンシアはゆっくりと顔を上げて、姿勢を崩してベッドの上にあぐらをかいた。

そうして考えをまとめながら話すように、落ち着いた口調で切り出した。

「あながち、あり得なくもないかもしれないわ。昔は魔術の研究がまだ未熟で、水風火の三つの根源の操り方の基礎も確立されていなかったのよ。だから、何百年も前の戦争では、魔術師達が兵器のように使われて、バタバタと倒れたらしいわ」

たしかに、学院の歴史の授業ではそのように習った。学び舎を懐かしく思い出しながら、うんうんと頷く。

「歴史書や戦記によるとね、昏睡《こんすい》状態から目覚めた従軍魔術師の中には、記憶喪失になったり、人格が変わってしまった人達がいたらしいの」

「それって、もしかして……」

「己の持つ魔術の『上限点』を超えると、体から魂魄《こんぱく》が遊離して、間違えて別の体に入ってしまうことが、もしかしたらあるのかもしれないわね」

私達は見つめ合った。お互い推理しているだけで、何の確信もない。

だがひょっとしたら、入れ替わりが起きた可能性はゼロではないのかもしれない。

そこまで考えると、例のことが気になった。

「古魔術集の破られたページには、入れ替わる可能性について書いてあったのかも」

「そうね。そうかもしれない。――もし、貴女の推理が当たっているとしたら、王太子とあのギディオンの中身が入れ替わっているということよね？」

「そういうことになるんだよね」

「つじつまは合うわね。だからギディオンは貴女をあんなに好きだったのね」

「それが真実なら、三賢者の時乞いの『発議者』はかつてのギディオンだったのよね。だとすれば、彼は何がしたかったのかな？」

これには誰も答えを持ち合わせてはいなかった。

シンシアも首を捻って、黙り込んでしまった。そうして手を伸ばし、私の膝に乗せた。

「今の横柄な王太子には、くれぐれも気をつけてね。何を考えているのか、分からないわ」

「うん。ありがとう」

何かが解決したわけじゃない。

でもこうして話を聞いてくれて、一緒に考えてくれる友達がいて、本当によかった。

そう伝えると、シンシアは笑いながら私を肘で小突いた。

「友達じゃなくて、親友でしょ」と。


聖女は王宮にやってくると、日々を忙しく過ごした。

国王や王太子の公務に同行し、その地に病や怪我を負った貴族達がいれば、治癒術で彼らを治した。

聖女の活躍は瞬く間に人々の間で話題になり、レイア国中に広まっていく。

国中の注目を浴びたのは、聖女の持つ能力の類い稀《まれ》さだけではない。

並んで公務に努める王太子と聖女は、その美貌だけでも十分目立った。

もともと王太子の妃は四大貴族から選ばれることが、多い。やがて人々は口々に言うようになった。

「聖女アイリス様は将来、王太子妃になるのだろう」と。

王宮では聖女の派閥ができあがり、多くの貴族達がその一員になった。

朝になれば取り巻きの彼らが聖女の住まいである黄金離宮に向かい、彼女を迎えに行く。そうして王宮の広い廊下を聖女の護衛のように付き従い、集団で歩くのだ。

廊下いっぱいに広がって、邪魔くさいったらありゃしない。

(この光景は、前回とほとんど同じだわ)

ただ一つ違うのは、その派閥の中にギディオンがいないことだった。


ギディオンと私は仕事中に顔を合わせることはほとんどなかったが、勤務終了後にたびたび会うようになった。

私の勤務時間は王太子の公務に合わせているので毎日バラバラだったが、ギディオンは寮の隣にある寂れた中庭で、週末は必ず私が仕事から上がるのを待っていてくれた。

こうして私達は週の終わりに仕事の愚痴や、日々のしがないあれこれを話す友人になっていた。

秋も深まると、日当たりの悪い中庭は寒い。

仕事が終わってすっかり暗くなった帰り道を、私はいつも急いだ。

王宮の奥にある私の寮の建物には、既にポッポッと明かりがつき、冷たい風が吹いていた。

寮とその周りの建物に囲まれた中庭は、小さな花壇とベンチが置かれている簡素なもので、高い建物の影に入ってしまっていて、寒々しい。

ギディオンはベンチに座り、私の帰りを待っていた。

「遅くなってごめんなさい。寒かったでしょう?」

慌てて駆けつけると、ギディオンは顔を上げて微笑んだ。

「来たばかりだよ。――リーセルこそ、遅くまで大変だね」

ベンチの隣に腰掛けると、手を伸ばしてギディオンの手に触れる。彼の手は氷のようにすっかり冷たくなっていた。

「来たばかりなんて、嘘でしょ。手が冷え切ってるわ」

指摘するとギディオンは両腕を広げて私を抱きしめた。彼のローブの中にすっぽりと収まる。彼の服から、清潔な石鹸《せっけん》の香りが漂う。

「こうすれば暖かいよ」

暖かいけれど、恥ずかしい。こんなところを帰宅する他の寮生に見られでもしたら。

ギディオンは私に顔を寄せて囁いた。

「お帰り、リーセル」

ギディオンの顔が私に近づき、その唇がこめかみにそっと触れる。

心臓がどうしようもなく暴れ、平静を装うのが精一杯だ。

こめかみから離れた唇は、今度は反対側のこめかみに触れた。その柔らかさに、たまらず目を閉じてしまう。

どきどきと心臓が早鐘を打ち、その音が至近距離にいるギディオンの耳にも、届いてしまいそうだ。

ギディオンが私の瞼にキスをする。

「……ちょっと、ギディオン……」

抱きしめられているので、距離が取れない。今度はまた額に、キスをされてしまう。

ドキドキと心臓が暴れ、顔が真っ赤になっていくのが自分でも分かる。

顔じゅうが、猛烈に熱い。

「キスしすぎよ、ギディオン。挨拶のキスっていうのは、出会い頭にほっぺたにするものでしょ」

「それは知らなかったな」

「じ、じゃあ、知っておいて」

知らないはず、ないでしょう。

「頬にならら、怒らない？」

答えを待つことなく、ギディオンは私の頬に長いキスをした。

頭の後ろに彼の手が回り、動きが制限されているので、キスが終わるのをじっと待つ。

（な、長い。長いよ、ギディオン！　こんなに長いキスをする友達なんて、絶対いないでしょ！）

猛烈に恥ずかしいけれど、抵抗する気は、実はない。

頭の中では大騒ぎをしてしまうけど、本当のところちっとも嫌じゃない……。

胸は痛いくらいドキドキしているのに、徐々に頭の中はとろけそうにうっとりとしてくる。

何も考えられない。

ギディオンはやっと唇を離すと、私を見下ろした。

「リーセルは、今はもう私のことをライバルだとは思っていない？」

「そうね、思ってないわ。貴方は――大事な友達よ」

「……友達、か」

「あのね、ギディオン。友達は抱き合っておしゃべりをしないと思うの……」

背中に回された腕をぎこちなく払おうとすると、逆に力を込められる。

「私達は、する。それでいいじゃないか」

ベンチの上で彼の腕の中に引き寄せられ、一層頭の中がふわふわとして、本当に何も考えられなくなる。

ギディオンはふと思い出したかのように言った。

「そういえば、一昨日マックに会ったよ」

ギディオンによれば、マックは就職してから随分友好的になったのだという。

「王都保安隊の黒と銀の制服が、似合っていたよ。あと、保安隊の中で鍛えているからか、すっかり体格が変わっていたな」

「マックはもともと体を動かすのが大好きだもんね」

私はギディオンと体を寄せ合って、彼の話を聞いていた。

私はギディオンの話に相槌《あいづち》を打ちながら、一つのことをずっと考えていた。

(貴方は、もしかしてあのユリシーズなの？　本当はギディオンの中に、今いるの？)

「ユリシーズ」と呼びかけてみたい。でも、そんなことをしたら頭がおかしいと思われてしまうかもしれない。

でももし『発動者』のユリシーズが今のギディオンの中にいるのなら、古魔術集に書いてあることが事実なら、今も全てを覚えているはず。

(どんな気持ちで、私と今ここにいるの？　――あんなに冷たくして、私を嫌いにならなかった？)

ギディオンは私に記憶があると思っていない。呼びかけてしまえば、私が王太子に剣で刺されて死んだのを覚えている、とバレてしまう。

そんなことは、とてもできない。

何より怖いのは、今のリーセルとギディオンが十三歳から築き上げてきた関係が、全部壊れてしまうことだ。

口にしてしまえば、修復不可能な亀裂ができてしまう。

（私達はバラル州で初めて出会って、国立魔術学院で共に学んだただのリーセルとギディオンでいたい）

二度目の私達は、以前とあまりに違った。

学院でいつも皆を助けてくれたギディオン。

大貴族の出なのに、私に一貫して優しかったギディオン。

このリーセルは、その強さと人柄に、惹かれているのだ。

この気持ちは抑えきれないけれど、未来を知っているからこそ、好きになるのが怖い。

ギディオンはハーフアップにしている私の髪に触れ、肩まわりに流れ落ちる髪に指を絡ませた。

彼の指が私の髪先に触れるだけで、心が溶けそうになる。

燃えそうな気持ちを持て余し、ギディオンの胸にもたれかかって頬を押し付ける。

するとギディオンは小さく笑った。

「リーセルは、友達にこんなに甘えるの？」

「――そうよ。いけない？」

「そんなにくっつかれると、またキスをしたくなるよ」

「我慢して！」

そう言うとギディオンは苦笑した。私はこれ以上、先に進むのも戻るのも怖いのだ。

冬の乾燥した風がレイア王国に吹き始めた頃。

各地からくる貴族や有力者達に治癒を施すのに忙しかった聖女も、彼らが健康を取り戻すと黄金離宮で一日を過ごすことが増えた。

連日聖女の報道ばかりしていた新聞も、鮮度が落ちたのかその話題を扱わなくなった。

聖女の取り巻き達の数も目に見えて徐々に減っていき、聖女発見以来、騒がしかった王宮が落ち着きを取り戻した頃。

王都にある、大きな歌劇場で火事が起きた。

これは一度目の私の時も、起きた事件だった。当時、防火の為の貯水槽に水が張ってあったものの、夜の寒さに凍りつき、使い物にならずに消火が遅れたのだ。

だから私は今回、水が夜でも凍らないよう、定期的に水面を叩くように手紙を送って注意を促していた。それが少しは功を奏したのか、今回、水は消火に役立った。

その上、王都保安隊が素早く駆けつけ、水の竜を使って大掛かりな消火作業を行い、火が広範囲に広がらないうちに、鎮火することができた。

作業にあたった数名の人達が軽い火傷を負ったものの、他には被害が出なかった。

この知らせを聞いた時、私は思わず心の中でガッツポーズを取った。

前回は歌劇場の火災によって発生した大被害が、回避されたのだ。

その晩、私はシンシアとマックに会い、寮の中庭で皆で喜んだ。

暗い夜の中庭で、お互いの目を爛々と輝かせながら。

「俺達、凄くない？　これで大勢の命を救ったよね。二股のベンジャミン一人どころじゃないぜ」

「そうよ！　私、知らせを聞いて心の中で『よっしゃあぁぁ！』って叫んじゃった」

シンシアでも「よっしゃあ」と言うことが意外でおかしくなってきて、マックと目が合うと二人でクスクス笑ってしまう。

「マック、今回こんなにも鎮火が早かったのは、本当に王都保安隊のお陰だよ！」

「俺、なんだかさ……密かに凄い英雄になった気分だよ。俺達、たくさんの人を救えたんだよね」

「英雄だよ。二人は私にとって、無二の英雄だから！」

「無二の二人って、おかしいわよ！　それどっちなの〜」

シンシアが目尻の涙を拭いながら、笑う。そして彼女は噛《か》み締めるように言った。

「未来は変わったのよ、リーセル。貴女が王太子の恋人ではないように、裁判にかけられる未来も、もう絶対に来ないわ」

「うん。二人とも、本当にありがとう」

六歳からの努力は、無駄じゃなかった。頑張った甲斐があったのだ。


それでもやはり、どうしても変えられない流れもあった。東に位置する同盟国のミクノフ王国と、その隣国サーベル王国の関係が、急速に悪化していた。

国家間の不穏な空気までも私達が変えることは、できない。

ミクノフとサーベルはもともと、仲が悪かった。

サーベルは大きな国で、領土を広げるのが代々の国王の趣味なのか、何かと難癖をつけては戦争を周辺国にしかける困った国だった。そのせいで、毎年多くの避難民がレイアに流れ込んでいた。

ミクノフは王の権力がどうにもこうにも弱い国で、長い歴史の中で常にサーベルに付け入られては、細々と領土を割譲して生きながらえていた。


私が王宮に来てから、もうすぐ一年が経とうとしていた。

ミクノフでの駐在を終える大使が引き継ぎの為に帰国すると、王宮では対ミクノフの今後を巡り、軍務大臣も参加して大きな会議が開かれた。そこには聖女も参加し、なぜか彼女の取り巻きの貴族達もご意見番のように会議に列席していた。

当然ながら私は王太子の近衛として廊下で衛兵達と立って待っているだけだったが、会議は紛糾したのかなかなか終わらなかった。

やがて会議が終わると、王太子が中から最初に出てきた。

私が駆け寄ると、王太子は簡潔に報告してきた。

「我が国は、同盟国ミクノフに援軍を差し向けることにしたぞ」

「この会議で、もうそんなことが決まったんですか？」

驚きを隠せない。

私が知る限り、サーベルがミクノフに侵攻を始めるのはまだ先だし、当然我が国レイアが同盟国に援軍を送るのも、その後だった。王太子ユリシーズが甲冑を纏って軍隊を率い、王宮を出て行ったのは六月のことだった。

まだ三月だ。

「サーベルは軍隊をミクノフ国境に集めている。進軍も近い。待っていれば、手遅れになる」

違う。たぶん、そうじゃない。

王太子は――いや、今の王太子の中にいる時戻しの首謀者だった「かつてのギディオン」には、記憶があるのだ。間違いない。彼はサーベルが侵略を開始することを、確信している。

それも、どの村から入り、どんな作戦を取るのかも知っているのだ。予め準備ができて、更に作戦を読めてしまっている今の王太子は、早めに備えるつもりなのだ。

何しろ前回の派兵では、ミクノフ側の将校や地方領主達の意外な寝返りにあい、苦戦を強いられたのだから。

会議室から次々と出てくる大臣や官僚達を一瞥してから、王太子は私に言った。

「通常の軍隊に加え、我が国からは魔術兵も派兵することになった」

王宮魔術庁の軍部に直属する魔術兵は、魔術で武力行使をする。また、彼らの作る結界は、鋼鉄の盾より防衛力が高いので、武力衝突の際には、いつも重宝された。

私がそうですかと相槌を打つと、王太子は酷薄そうな瞳をこちらに向けたまま、腕を組んだ。

「魔術兵団の団長は、ギディオン・ランカスターだ」

「どうして、ギディオンが⁉」

ギディオンは魔術庁の軍部ではなく、王宮警備局に所属しているのだ。

前回のギディオンだって、聖女の隣に金魚の糞《ふん》のようにくっついていただけで、戦争になんて行っていない。

王太子は口の端を歪め、面白そうに言った。

「団長は名門の魔術師でなければ。ランカスター家ならば不足はない。それにギディオンの大きな魔力は国家の為に、こういう時こそ使うべきだ」

勝手なことを。

自分は前回、王宮で聖女のスカートの裾を持ってついて回っていただけのくせに。

混乱と怒りで震えると同時に、頭の中が冷えていく。

(何を企んでいるの？　何がしたいの？)

「そんな目で俺を睨むな。これはギディオンも事前に承諾済みなんだ。あいつは武功を立てて、お前との仲をランカスター公爵に認めさせる気らしい」

「えっ……」

驚く私に王太子は意味ありげな視線を送った。

「今回も武功を立てて、恋人を手に入れようとしているのが健気《けなげ》だな」

「今回も――、と仰いますと？」

聞き返すと、王太子はハハハと笑った。

「これは、失言だったな。そうだな、お前は何も知らない。いやいや、あいつも掌中の珠を守る為に、必死で戦ってくるだろうよ」

「ギディオンを行かせるなんて、わたくしも反対ですわ、殿下」

柔らかな声がして、はっと振り返る。

私と王太子の後ろに立っているのは、聖女だった。

純白のドレスを着て、肩に同じ色のレースのショールをかけている。聖女は愛らしい顔を辛そうに曇らせていた。

「ミクノフでギディオンに何かあったら、と心配だわ。わたくしも聖女として従軍すると申し上げたのに。陛下は乗り気でいらしたのに、殿下が反対なさるから……」

一度目の国王は、聖女を王宮にとどめた。王太子との結婚の準備をさせる為だった。今回は、私という障害物がないから、それほど急いでおらず、従軍を認める方が得策と考えたのだろう。

すると王太子は聖女の腕に優しく触れた。さっきまでとは打って変わり、実に優しそうな表情を浮かべている。

「聖女を戦に連れて行けば、神の怒りに触れてしまうかもしれない。いや、それ以上に俺は貴女を行かせたくない」

「わたくしは、ただ純粋にギディオンが心配なのです」

「心配いらない、アイリス。ギディオンは強い。かすり傷一つ、負わずに帰ってくるさ」

「でも、ランカスター公爵夫人も、きっとご心配なさるわ」

「そうか？　ランカスター公爵は、これ以上名誉なことはない、と喜んでいたぞ」

「それはきっと、父親と母親の感じ方が違うからですわ……」

アイリスはふとその目を私に向けた。

そしてその白く細い手を差し出し、私の手に触れた。

「ギディオンと貴女は、お親しいのでしょう？」

「はい、学院以来の友人ですから」

「友人？　以前、ギディオンは貴女を大夜会に誘っていたけれど。恋人ではないの？」

魔術学院に遊びに来ていた時の様子だと、アイリスはギディオンにも好意を寄せているように見えた。お気に入りの男性に、自分以外の女の影がチラつくのは許せないのだろう。

この聖女は自分が誰も彼もから、『一番』と慕われる存在でないと納得できない、非常に面倒くさい女なのだ。

「違います。それに大夜会には結局、出なかったので……」

すると聖女はどこかほっとしたような表情を見せた。

薄紅色の唇が、ほんの少し弧を描く。

「公爵様が、ご心配されていたの。もしや身分に釣り合わない恋人ができたのではないかって」

それってまさか私のことだろうか。

言ってくれるじゃないの。

「ギディオンは私にとって、幼馴染《おさななじ》みであり本当の兄のような人なの。幸せになってほしいの。それは、貴女もお友達として同じでしょう？　――公爵様を悲しませるようなことを、しないで頂けるわね？」

　私がギディオンの恋人になると、公爵が悲しむと言いたいのだろう。

（公爵の為に、なんて言い方をするのが、ズルいったらありゃしない）

　答えに窮していると、いつのまにか聖女の後ろに集まっていた取り巻きの貴公子達が、口を挟む。

「君、聖女様がお尋ねしているんだぞ。早く答えないか！」

　今は私が無力で、何も考えていないと思わせる方が安全だ。

　俯き加減で「わきまえております」と聖女に答えると、彼女は花のように満開の笑顔を見せた。

　その笑顔に、取り巻き達が魅せられたように恍惚《こうこつ》とした視線を釘付《くぎづ》けにする。

　聖女は私の手を離すと、安心したように自分の胸に手を当てた。

「ご理解してくださって、ありがとう。――殿下の護衛を、よろしくお願いするわね」

　ゾロゾロと集団を引き連れて去っていく聖女。

　その後ろ姿を見る王太子は、意外にも面白くなさそうな顔をしていた。

　聖女がギディオンの心配をするのが、心外なのかもしれない。

　王太子の中の本当のギディオンに、心の中で話しかける。

（貴方は、アイリスが好きだったのね。彼女は貴方にとって、ただの幼馴染みじゃなかった）

　ふと気がついた。

　もしかして、その為に彼は『三賢者の時乞い』の発議者になったんだろうか。

　そうして、アイリスを今度こそ、手に入れようとしている……？

遠ざかる聖女の背中を、愛しげに見つめる王太子の横顔に、答えを見つけた気がした。


ミクノフにレイアの軍隊が向かうことが決まった週末。

ギディオンはいつものように、寮の隣の中庭に来てくれた。

この夜は珍しくギディオンの方が私を待たせた。――きっと派兵の支度で日々、忙しいのだ。

「待たせた？　ごめん」

ギディオンはそう言うなり、私の肩を抱いて頰にキスをした。

唇が離されると、ギディオンの両腕を摑んで彼を見上げる。

「ミクノフに行かされるって聞いたわ」

「私も打診を受けた時は、驚いたよ。まさか自分に魔術兵団長なんていう役回りが回ってくるとは、想像もしていなかったから」

「断れないの？　危ないわ」

ギディオンは首を左右に振り、なぜか少し微笑んだ。

「心配してくれて嬉しいよ。でも、魔術兵は風の盾や火の竜を駆使した、後方支援しかしないから。前線に出る普通の兵達に比べれば、遥《はる》かに安全だよ」

それでも、何があるかは分からない。どうにか無事でいてほしい。

私は持参した自作のお守りをギディオンに渡した。

「これ、持っていって。お守りよ」

ギディオンは掌の中にすっぽりおさまる、小さな巾着の中身を見た。

「水晶？　花の形をしていて綺麗だね」

「違うの。魔術の花なのよ。私のおじい様に作り方を教わったの。このお守りが壊れたりしない限り貴方も無事だと、離れていても分かるの」

「大事にするよ。肌身離さず持つよ」

ギディオンは巾着をジャケットの胸ポケットの中にしまうと、私の両手を握った。

「リーセル、よく聞いて。万が一、このお守りが壊れてしまって、私が王宮に戻れないようなことがあったら、アイリスに注意してほしい。――あの子は、何をするか分からないんだ」

戻れないなんて何を言うの、と大きな声で咎《とが》めようとすると、ギディオンは私の口元に人差し指を当て、静かにするよう言った。

そうして一層小さな声で、話を続けた。

「ここの居心地が悪くなったら、の話だよ。多分、その時は殿下も君を手放してくれるだろう。それと、寮の裏手にある門の奇数日の門番は、買収してある。裏門を出たら、大通り入り口に時計屋があるのを知ってるね？」

「ええ、知ってるけど」

「時計屋の花壇の中に、大きな缶を埋めてある。そこにかなりの額のお金を入れておいた」

「なんの話をしてるの？」

「殿下が君を近衛魔術師にすることに拘ったのは、……私のせいなんだ」

「ギディオン。分かるようにちゃんと話して」

「——もしもの話だよ。バラルまでの駅馬車のチケットも入れておいたから」

ギディオンは何かが起こると、感じているみたいだ。

「さっき戦場でも安全だと言ったじゃない！　絶対に帰ってこないと、怒っちゃうわよ」

こどもっぽいことを言ってしまう。ギディオンだって、志願したわけではないのに。

直後に後悔するが、ギディオン相手だとつい甘えが出てしまうのだ。

ギディオンは私に両手を伸ばすと、優しく抱きしめてきた。

「万一の話だよ」

その温もりに縋りたくて、私もギディオンの背に両腕を回して必死に抱きついてしまう。

怖いのだ。

個人のちっぽけな力では、到底抗えないような大きな時代のうねりに巻き込まれて、私達の脆い関係が崩されてしまうような気がして。

「万一じゃなくて、絶対にないって言って」

「ないよ。大丈夫」

ギディオンは私を落ち着かせるように、ゆっくりと肩を摩《さす》ってくれた。それは私のざわつく気持ちを鎮めるには、十分じゃなかった。

（そうじゃない。……キスしてくれれば、もっと落ち着けるのに）

そんな考えが頭をよぎり、自分でも愕然としてしまう。

嫌だと思っていたはずなのに、いつの間に私はこんなにギディオンに関して、欲張りになってしまったのか。

「私、貴方と離れるのが怖いの」

「リーセル、どうしたの？　そんなに派兵を怖がる必要はないんだよ。余計なことを言い過ぎたかな……。怖がらせたなら、ごめん」

「十三歳から貴方を知ってるからこそ、怖いの。戦場では、みんなの為に前に出たりしないで。授業じゃなくて、これは国家間の戦争なんだから」

「心配ないよ。魔術兵団の役割はさっき言ったように、後方支援だから。安心して」

ギディオンは回した腕に力を込め、ぎゅっと私を抱き締めてくれた。

目を閉じて、彼の胸に顔を埋《うず》める。

「どうか戦争で手柄なんて、考えないで」

「手柄は……どうしても欲しい」

「いらないのよ。それよりもっと自分の安全を確保して。お願いだからみんなの英雄になんかなろうとしないで。——貴方は私にとってはもう十分、英雄なんだから」

ギディオンは背に回していた手を上げ、私の両頬を手で挟んだ。目が合うと、不安な私とは対照的に、彼は蕩《とろ》けるように笑った。

「リーセル、なんて可愛いことを言うんだ」

手が離れ、頬にギディオンが何度も唇を押しつけてくる。その快感と満足感に、頭の芯まで夢心地になる。私は、なんて単純なんだろう……。

頬へのキスが止《や》み、体を離すとギディオンは明るい笑顔を見せた。

「ミクノフから戻ったら、君を父上に紹介したい」

「公爵様に？　それは……ええっと。友達として？」

思わず戯《おど》けてしまった。だがギディオンは笑顔を収めて、今度は真っすぐな目を私に向けた。

「好きな人としてだよ。――いい？」

握られた手を、握り返す。

そして少し恥ずかしくて、俯いてしまう。それでもしっかりと目を上げて、頷く。

「うん。別に、それでもいいよ」

なんだか上から目線な返事になってしまった。でもどう答えるのが正解なのか、分からなかった。


ミクノフとサーベルの国境で両軍の小競り合いが起きると、レイアはすぐに動いた。

同盟国に対する援軍がすぐに組織され、大挙してミクノフに向かったのだ。

ミクノフ・レイア連合軍対サーベル軍の衝突が始まると、連日王宮は落ち着かなかった。

官吏や侍女達の区別なく、彼らはどこからか仕入れた情報を伝え合った。まるで自分は情報通だと誇示するかのように、そして誰が最も大きなニュースを持っているのかを、競い合うように。

「レイア軍はサーベルの動きを読めたみたいに、先回りして待ち伏せしたんですって」

「ほら見なさい、レイアの軍人は賢いのよ！」

「魔術兵団が大活躍したらしいわ」

「さすが、王太子殿下の采配ね」

「寝返りかけたミクノフの将校達が、ランカスター魔術兵団長の火竜の威力を目の当たりにして、尻尾を巻いて戻っていたそうよ」

「魔術兵団はミクノフの民間人が戦争の被害に巻き込まれるのを防いで、現地でも名を上げているんですって」

ミクノフとレイアの連合軍は順調に勝利を収め、サーベルをミクノフ国境の外へと追いやろうとしていた。攻撃にも防御にも、ギディオン率いる魔術兵団が大活躍をし、彼はまさに連合軍に勝利をもたらした立て役者だという。

王宮はどこもかしこも、魔術兵団の活躍談で持ちきりだった。

そんな快進撃に、王宮中が安堵の雰囲気に包まれていた矢先。

とんでもない事件が起きた。

王都にある舞踏会場で、大火災が発生したのだ。

その一報が入った時、私は王太子と一緒にいて、彼の執務室の結界を張り直していた。

新しい術に挑戦しようと、魔術本を片手にもう片方の手を上にかざし、詠唱を始めていた。

廊下でバタバタと数人の足音がして、にわかに騒がしくなる。

術に集中できず、何事かと廊下に出ると、女官達が仕事を放り出してバルコニーに集まっていた。

何やらバルコニーの手すりに身を乗り出して、叫びながら遠くの空を指さしている。

どうしたのか不思議に思って後に続くと、日が暮れた紺色の空の下で、局地的に大きな橙色の炎が上がっていた。白く濃い、雲のような煙を撒《ま》き散らしながら、どこかで火事――それも間違いなく、大きな火事が起きている。

「火事よ！　大変だわ、あの辺りは中心街のはずよ！」

女官達が騒ぎ、やがて王太子の執務室にも、侍従がそれを知らせる為に走ってくる。

侍従は王太子を見つけるなり、上ずる声で報告した。

「王都の舞踏会場が、燃えています！　建物全体が火に包まれているそうです！」

その一報を聞いた時、立ち眩《くら》みがした。こんな火事は知らない。

（だって、あの歌劇場での大火は、防いだはずだったのに！　なのにどうして今度は舞踏会場が燃えるの⁉）

これは、私が防いだと思った火事だった。

それなのに、火事は起こらないといけないかのように、起きたというのか。

まるで神様が、必要な犠牲なのだとでも言うかのように。

舞踏会場は歴史ある建物で、クリーム色の石造りの大きな建物だった。

王都の人々の社交の場で、貴族だけでなく着飾った庶民達も遊びに行って踊るものだった。

丁度今頃は、舞踏会場の繁忙時間だったはずだ。建物の中には、たくさんの人々がいたに違いない。

火があまりに激しい為、国王は情報収集に腐心し、消火作業の邪魔にならないよう、現場に行こうとはしなかった。それは現場の状況に配慮した、懸命な判断だった。

だが、「すぐに怪我人を助けなければ！」と主張したのは、聖女だった。

もちろん、単独で現場に行かせるわけにはいかない。

急いで救援隊が組織されたが、聖女はそれすら待ちきれず、侍女を連れて現場へ向かおうとした。

慌てて衛兵が護衛の為に聖女を追ったが、王太子は私にも彼女を助けに行くよう、命じた。衛兵が火から彼女を守れるとは思えないからだ。

聖女の乗った馬を、私は馬で追った。

白馬に乗って、夜の街を駆ける聖女。純白のドレスの長い裾がたなびき、巨匠が描いた絵画のように、絵になる一コマだった。

厩舎《きゅうしゃ》の中にいたのはほとんどが栗毛馬だったろうに、この非常時に白馬をわざわざ選んだのが小憎らしい。自己演出の一つなのだろう。

王宮を出て王都の中心街に近づくにつれ、煙が辺りに充満し始めた。有害な毒を含むであろうその煙から聖女や衛兵を守る為、馬上で術を編み出し、風の盾で煙を防ぐ。

聖女は急いでいた。何かにせきたてられるように馬を疾走させ、そして危ないと気がついた時は、すでに遅かった。見通しの悪い夜道の、急なカーブを曲がった頃。

聖女の馬が道の向こうから走ってきた荷馬車にぶつかりそうになり、激しくいなないた。手綱に摑まった彼女は落馬を免れたが、荷馬車の方は避けきれずに横転してしまった。

衛兵達は急いで馬から降り、駆け寄って聖女に怪我はないかを確認している。

私は馬から降りて、横転した荷馬車のそばに行った。

(大変‼ なんてこと)

荷馬車を操縦していた初老の男は、道の上に放り出され、横転した車体と地面に挟まってしまっていた。額からも血を出し、苦しげに呻いている。

体の上に載る荷馬車を、なんとか持ち上げて助け出そうとするが、重すぎてびくともしない。

「こっちに手を……」

手を貸して、と聖女と衛兵達に言おうと顔を上げ、見たものが信じられなかった。

聖女はドレスを整えて馬に座り直すと、髪の毛を手櫛《てぐし》でとき、整えている。

(今、それ必要⁉)

挙げ句に荷馬車を見ることなく、今しも駆けだそうとしている。

「聖女様から離れるな！」

衛兵も慌てて騎乗し、鞭《むち》を持ち直して出発直前といった様子だ。

「お待ち下さい、ここに怪我人がいます！」

注意を引こうと訴えるが、聖女は私と男を一瞥しただけで、動こうとしない。

ちらりとこちらを見たその蜂蜜色の目には、なんの感情も浮かんでいなかった。まるでその辺に転がる石でも見るような目だった。ゾッとした。

「わたくしを大舞台が待っているわ。早く行かないと」

聖女はそう言うと、前を向いた。

「どうか、お待ちを」

慌てて駆け寄り、駆け出そうとする聖女を止めようと、その手綱を押さえる。驚いた馬が驚き、高く足踏みをし、聖女が顔を顰《しか》めた。

「コラ、近衛魔術師！　危ない真似をするな！」

衛兵が私を咎める声がした後、聖女は手にしていた鞭で私の肩を叩いた。

「邪魔をしないで！」

ビリッと肩に鋭い痛みが走るが、それに構う暇はない。

私の手が手綱から離れた隙に、聖女の馬が走り出す。それに慌てて衛兵が続く。

「待って！」

（どうして？　ほんの少し、手を差し伸べてあげれば聖女なら助けられるのに！）

荷馬車に戻り、屈んで荷台の縁に肩を入れ、なんとか車体を浮かせようと力を入れる。だが荷台に家具が積んであり、あまりの重さに僅かも動かない。早くしないと、圧死してしまう！

「重いっ……！　お願い、上がって！」

歯を食いしばって渾身《こんしん》の力を入れるも、やはりまるで動かない。

こうなっては魔術を使うしかない。目を瞑って意識を風に集中させる。

頻に感じる風をたぐり寄せ、爆風に変えて荷馬車にぶつけるしかない。

気が急いているせいで、声が震える。

「風の波よ、荷馬車を飛ばして！」

土埃《つちぼこり》を巻き上げる突風が吹きつけ、目を手で庇《かば》う。

次の瞬間、肩の上にのしかかっていた重さが消え、目を開けると荷馬車は完全に逆さまになって、少し離れた所に落ちている。風が押し倒したのだ。木屑《きくず》が舞っており、積まれていた家具は壊れただろうが、それどころじゃない。

「大丈夫⁉」

車体の下からあらわになった男性のそばに膝を突き、肩を揺する。

足が明後日の方向に曲がり、見たことがないほど大量の血が出て地面に染み込み始めている。

どうしていいか分からず、肩に乗せた手が震えだす。

微かに震えている男性の唇が、動く。

「た、すけ、」

「待って、今、医者を……」

そう言いかけるが、医者がどこにいるのか。病院はもう、閉まっている時間だ。

そうこうしている間にも、朦朧《もうろう》としているその瞳が光を失い、閉じていく。

「おじいさん、だめ。しっかりして」

声を掛けるも、唇はもう全く動いていなかった。

「ああ、そんな。どうしよう」

男性の肩から手を離すと、両手は血まみれになっていた。

過呼吸になりそうなほど、息が上がる。

(死んじゃった……！　何もできなかった！)

「ごめんなさい。――ごめんなさい」

手を合わせて男性に詫《わ》びる。

救えなかったショックで震えながら顔を上げると、聖女達の馬はかなり遠くまで行ってしまい、後ろ姿も見えない。ただ衛兵が持つ松明の明かりが、微かに揺らいで道の先に見える。

その先にあるのは、大火だ。

聖女は引き連れる衛兵達の安全など、全く考えていないのだろう。

断腸の思いで男性に背を向け、乗ってきた馬の背に上がる。

全速力で馬を走らせながら、頭の中で何度も叫んだ。

(アイリス、貴女にとって、彼は助ける価値がなかったの？　自分自身にとって意味のない人助けは、しないということ?)

許せない。

自分の地位や立場を存分に利用するのに、弱い者に一切の慈悲も抱かず、平然と蹴落とす聖女を。

皆同じ生きている人間で、同じように痛みを感じるということが、どうして分からないのだろう。

乾き切った手の血が、訴える。荷馬車に家具を積んで、どこかに急いでいた彼にも、大切な人がいたはずだ。

あの荷馬車を横転させたのは、聖女なのに。せめてほんの僅かでも、罪悪感を持って欲しかった。

聖女が言った、「大舞台」という言葉が、許せない。治癒術は、アイリスにとって見せ物なのか。

怒りで震える手で手綱を握り、歯を食いしばった。


現場が近づくにつれ、空気は非常に悪くなった。

火はようやく鎮火に向かっているようだが、舞踏会場の建物からはまだ白い煙が上がっている。

荘厳だった建物は見る影もなく、一部は完全に黒こげの骨格だけになっていた。剝き出しの梁が消火に使われた水でずぶ濡れになり、地面に水をボタボタと垂らしている。

この日朝から吹いていた強風が災いし、火のまわりは速かった。

王都保安隊は既に到着しており、精鋭の魔術師達が水竜を呼び、まだ燻《くすぶ》る炎に大量の水をかけていた。

息苦しいほどにススが舞う濁った空気の中で、身内や友人の無残な姿を発見し、泣き喚くたくさんの人々を前に、呆然としてしまう。

(こんな火事は、前回のリーセルの時は起こらなかった。本当は王都の歌劇場で起こるはずのもので、すでにボヤ騒ぎで防いだはずなのに！)

聖女と衛兵達のすぐ後ろで馬を走らせながら、私の頭の中は焦りと後悔でいっぱいだった。

未来はもう、あまりに変わってしまって、私の手の届くところにあるように思えない。

満員の舞踏会場から逃げ遅れた人々は多く、甚大な被害が出た。

舞踏会場の前には、おびただしい遺体が並べられた。救助作業はいまだ懸命に続けられており、まるで、戦場だった。

救助には王都保安隊も携わっており、その中にマックもいた。

王都保安隊の制服は黒い。その上更に顔や手にススが付着し、全身が真っ黒になっていた。

マックは目を血走らせながら、鬼気迫る形相で必死の救助をしていた。

足を引きずる男性を外に連れ出し、救護スペースに座らせるや否や、休む間もなく瓦礫《がれき》の中に飛び込む。

現場の近くは灰と泥と水で溢れ酷い状況だったが、聖女は馬から降りるなり、まだ煙を吐く舞踏会場へまっすぐに走った。

夜を迎え、暗く騒然とした現場に、聖女の白いドレスが蝶のように舞う。

舞踏会場の周りには王都中の医師が駆けつけ、たくさんの怪我人を診察していた。

聖女は地面に横たわる怪我人達に駆け寄ると、そのかたわらに膝をつき、手を差し伸べた。

聖女の手から、淡い黄色の光が溢れ、怪我人の胸元を包んでいく。

「傷が、火傷が治っていきます！」

集まった人々が驚きの声を上げる。

それはまさに奇跡だった。

数え切れないほど並べられた怪我人達が、聖女の差し伸べる光によって治癒していく。

聖女の祈りは、神々しいほどに尊かった。

この阿鼻叫喚《あびきょうかん》の地獄のような災害現場で、唯一の希望の光のようだった。

「ああ、聖女様！　本当にありがとうございます！」

起き上がれるようになったお腹の大きい女性に、夫らしき男性が縋り付きながら、礼をいう。

「聖女様！　私の夫も、お願いいたします！」

「友達の顔が、焼けただれて大変なんです！　彼女もお願いいたします！」

あちらこちらで聖女に救いを求める声があがり、その後に称賛の声が続く。

聖女は休みなく動いた。

だが聖女の力も無尽蔵ではない。明らかに治癒の速度が落ちてきた頃、彼女は護衛の為にそばにいる私に、囁いた。

「貴女の魔力を、わたくしに分けて。魔術学院の次席だったと聞いたわ」

私の名は憶えていないのに、次席だったということは憶えているらしい。

聖女は私の右手を取ると、両手で握った。

「直接受け取るわ。わたくしの手に魔力を流し込んでみて」

目を閉じて、体の中の魔力を呼び集める。

三つの元素の力を小刻みに呼び、絶え間なく聖女に送る。

水、風、火、と魔術を器用に切り替えて、聖女に押し流す。

周囲の喧騒の中、極度に高い集中が必要なこの作業は、もの凄く大変だった。

「いいわ。その調子よ。もっと、もっとわたくしには必要よ」

聖女がギュッと私の手を握る。薄目を開けるとくらりと眩暈《めまい》がして、景色が一瞬傾く。

「わたくしの代わりはいないのよ。王都保安隊の魔術師は、水術を使いすぎて、貴女と同じことがもうできないわ。三元素を平等に、力を上手くくれるのは、貴女しかいない」

そうは言われても、私の中の魔力にも限界がある。

周囲からは水の気配を感じられなくなってきたし、探し出す力が消耗してきている。

やがて手先に痺《しび》れを感じ始めた。

体の末端に血流が届かなくなったような、感覚が失われていくような。にもかかわらず、体の芯だけは熱くなっていく。

(これ以上は、無理。もう限界)

——いや、そうでもないかもしれない。

無理をすれば、もっと出せるかもしれない。けれど、その先を超えてしまうと、自分ではコントロールできないような、力の暴発が起きそうに感じられる。

ハッと目を見開いた。

今まで学院で学んできたことが、その一瞬で押し寄せて私の頭の中に警告音を鳴らす。

これは、『上限点』だ。

学院長がしょっちゅう言っていたお決まりのセリフが、脳裏に木霊する。

「上限点にだけは、気をつけなさい。さもないと、君達の可愛い魂が、どっかに飛んで行っちゃうからね！」

なおも魔力をねだる聖女の手を強引に振り解くと、平衡感覚がおかしくなっていてフラフラと地面に倒れ込んでしまう。両手を投げ出して上半身を支える。

「リーセル！　どうしたの？」

駆け寄ってきて力が入らない私の腕を引き、体を起こしてくれたのはマックだった。後ろから同じ黒色の制服を着た、上官らしき青年もついてきている。二人とも煙を吸わないように、布で口と鼻の周りを覆っている。

「煙を吸ったみたいで、倒れてしまったの」

正面にいる聖女が、なぜか白々しい嘘をついている。

「聖女様！　救護所の怪我人の手当てを、どうか！」

救護スペースから、人々が聖女を呼ぶ声がする。その声に反応し、聖女がパッと顔を上げると、白いドレスの裾をはためかせて、怪我人達が並べられているその場所へ駆け出していった。

「君、ローブが真っ赤じゃないか。どこか怪我を？」

マックの腕に摑まって眩暈が去るのを待つ私に、彼の上官が尋ねてくる。長い黒髪を後ろで束ね、鍛え上げられた逞《たくま》しいその体型が、いかにも王都保安隊の隊員らしい。

「いいえ。別の怪我人の血です。私に怪我はありません」

「大丈夫か？　私も伊達《だて》に王都保安隊長をしているわけではない。魔術を使い過ぎたのだろう？

少し座って休みなさい」

どうやらこの若さで、王都保安隊長らしい。さぞ優秀なのだろう。

その直後、救護スペースから歓声が上がった。

聖女が差し出す手から、また目に突き刺さらんばかりの眩《まばゆ》い黄色の光が溢れ、横たわる怪我人達の怪我を次々と治していく。

王都保安隊長は微かに首を傾げた。

「妙だね。尽きかけていた聖女様のお力が、突然元に戻ったようじゃないか。まるでこの数分間で、魔力を急速補充でもなさったかのようだ」

それを受けて、マックがギラつく青い瞳を私に向けた。

「バカだな、リーセル。いいように使われたんだろ」

「うん、でも実際私には治癒術ができないから……」

悔しいが、アイリスはたった一人の聖女なのだ。

「手柄は聖女一人のものかよ」

マックがチッ、と舌打ちをした。


王宮から王太子の一行が到着したのは、火災の一報があってから数時間後で、この頃には火は完全に鎮火されていた。

最初はうろたえ、聖女の心配ばかりしていた王太子も、やがて建物から怪我人を引き摺り出すのを手伝ったり、怪我人を洗う水を運んだり、自分ができることに懸命に取り組んだ。なんとか体力が回復した私も、必死でそれを手伝う。

聖女の真っ白なドレスはすぐに灰色に汚れた。

肩にかけていた純白のショールは、どこかに落としたのだろう。どこにも見当たらない。

あちこちに手をついた彼女の手は、いつの間にか擦り切れて血が滲んでいた。

「アイリス様、少しご休憩を！　お手から血が」

聖女の侍女が必死に止めるが、彼女は治療を中断しようとはしなかった。

たおやかに首を左右に振り、集まった侍女や彼女の身を心配する王太子をなだめる。

「わたくしの手の傷など、医療を待つ皆の傷に比べれば、本当に些細《ささい》なものですわ。皆を、助けなければ」

なんて心優しい、清らかな聖女様。現場に集まったもの達は胸打たれ、涙を浮かべた。

こうして聖女は一心不乱に聖なる魔術を続けた。

残念ながら聖女が駆けつける前に息を引き取った被害者もたくさんいたが、彼女はそれを上回る人数の怪我人を、重軽傷者の別なく、救ったのだった。

最後の怪我人の火傷を治し終えると、辺りは明るくなっていた。

いつの間にか夜が明けていた。

私ちは皆、灰で汚れて、全身が真っ黒だった。

だが朝日を浴びて、聖女だけは神々しく白み、金色の髪は灰だらけになってもなお美しく輝き、まるで光の中にいるように見えた。

「レイアの光」

と人々が囁く声が聞こえた。

瓦礫と焼けた木の屑が散乱する地面を慎重に進み、王太子が聖女の手を取る。

「貴女は皆を救った。さあ、王宮に戻ろう。――貴女はレイアの光。いや、私の光だ」

「殿下……」

柔らかく微笑むと、聖女は崩れるように倒れた。その体を王太子が必死に抱きとめて支える。

「聖女様をすぐに馬車に！」

侍従達が素早く駆けつけ、王太子が聖女を馬車に運びこむのを助ける。

倒れるまで怪我人を救うことに尽力した聖女を、集まった民衆が心配そうに見守る中、聖女を乗せた馬車は現場を離れていった。

美しい光景だね、と言う声がして後ろを振り向くと、マックが遠ざかる馬車を見つめていた。

「この火事が美しい？」と聞き返すと、彼は鼻で笑った。

「この美談が、実に美しいよ。出来過ぎなほどね」

「これは本当は、起こらなかったはずの火事よ」

「うん。そうだね。それでも、起きた。おかしいじゃないか」

私達はどちらからともなく、視線を交わした。

揺れる互いの瞳が、ある可能性をそれぞれ思いついたことを、言外に語っている。

「もしかして、これは誰かが故意に起こしたの？　まさか、誰かが火を？」

マックは怒りが滲む声で、呟いた。

「それを調べるのが、俺達王都保安隊さ。さぁ、この火事で得をしたのは、一体誰かな？」

まさか。――だが今や、今回の聖女もどれほど性悪かを、私は骨身に染みて知っていた。


王宮に戻ると、聖女は盛大に迎えられた。

国王が不自由な足を引き摺り、杖をついて王宮の前を急ぐ。

国王はわざわざ馬車を待ち構え、馬車が止まるなりその扉を開けた。

扉が開かれ、国王が差し伸べた手につかまって出てくると、聖女は地面に膝をついた。

困惑する国王に、聖女は両手を胸の前で組んで言った。

「陛下、わたくしをどうかお許しくださいませ」

「聖女？　一体何を許せと言うのだ。そなたは皆の賞賛を浴びているというのに」

聖女は馬車の横で跪《ひざまず》いたまま、国王に向かって首をふるふると振った。

「いいえ、わたくしはこのレイアで最も偉大なお方のお怪我の治療を、忘れておりましたわ」

訳が分からず、静まり返る王宮前広場で、聖女は国王の膝に手を伸ばした。

――ここから先を、私は知っていた。

聖女は国王の膝を治すのだ。

そうして、彼女は国王をも、虜にする。

追放の章

レイアとミクノフ連合軍がサーベル軍を追い払い、国境の死守に成功したのは五月のことだった。

すぐにミクノフ王国から早馬に乗った使者が放たれ、レイアの王宮にやってきた。

国王は朝の謁見の最中で、謁見の間には朝の挨拶をする為に、多くの貴族達が列をなしていた。

使者は謁見の間に駆け込み、玉座の前に膝を突くなり「我が国の軍隊が大勝利」を収めたことを奏上した。

その瞬間、謁見の間はどよめいた。近くにいた大臣達と、国王が抱き合う。

聖女は王太子の前まで進み出て片膝を折ると、微笑の手本のように控えめで清楚《せいそ》な笑顔を見せ、ベタベタの砂糖のように甘い声で言った。

「さすがですわ。殿下がサーベル軍の動きを的確に推測されたからこその、勝利です」

「貴女とこの国の未来を守る為に、当然の仕事をしたまでだ」

実際に戦地で戦い、勝利したのはこの王宮にいるもの達ではない。けれど聖女は、まるで王太子が一番の功労者だとでも言いたげに、うっとりとその蜂蜜色の目で彼を見つめていた。

レイア軍が凱旋《がいせん》帰国をしたのは、六月に入ってからだった。

王都の沿道は民衆でごった返し、軍隊はその勇姿を見せつけながら、王宮へ向かった。

薄灰色の軍服を着た兵達の少し後ろに登場したのは、濃い紫色のローブを纏《まと》った魔術兵団だった。

ミクノフでの活躍は既に王都まで届いており、彼らは沿道の人々から拍手喝采を浴びたという。

こうして王宮に戻った将校達は戦勝報告をする為に、王宮の中で最も重要な場面で使われる広い会議室に集まった。

縦列に五十人は座れるほどの長く大きなテーブルを挟み、国王と王太子、それに大臣達が彼らを迎える。

聖女は会議室の奥に設《しつら》えられた、一段高くなっている席に座った。

長い旅程を終えたばかりだからか、将校達が会議室に入ってくると、微かに土埃《つちぼこり》の匂いが漂った。

国王との謁見の為に髭《ひげ》は剃《そ》られ、髪の毛も整えられてはいたが、彼らの顔はよく焼けており皮膚が所々乾燥で剝け、戦いの厳しさの片鱗《へんりん》を覗《のぞ》かせていた。

まずは意気揚々と一通りの戦況の事後報告がされ、国王がそれを讃《たた》えた。それが終わると、王太子は皆の顔を見渡して、尋ねた。

「魔術兵の活躍は目覚ましかったと聞いている。兵団長のギディオンはなぜこの場にいない？」

レイア軍を率いていた総司令官は、一転して鎮痛な面持ちになった。

「申し上げます。魔術兵団長、ランカスター公爵家の次期当主、ギディオン・ランカスターは帰郷を目前にして……残念ながら」

ざわつく人々を国王が片手を持ち上げることですぐに黙らせ、両眉を寄せて総司令官に続きを促す。

「サーベル軍が撤退した直ぐ後のことでした。深夜にサーベルの残党どもが野営地に乗り込んできて、ランカスター団長の天幕に火と油を放ったのです。本当に一瞬のことで……」

「それで、ギディオンは今、どこにいる？」

そう尋ねた王太子の声は淡々としてはいたが、どこか抑えきれない興奮が滲《にじ》んでいる。

総司令官は目を閉じてから、とても低い声で答えた。

「兵団長は間もなく、王宮に。――ご遺体を現在、王宮に向けて運ばせております」

いやあぁぁぁぁぁぁあっ!! と悲痛な叫び声をあげたのはアイリスだった。

椅子から崩れ落ちる勢いで、両手で顔を覆い大粒の涙を流している。

「あのギディオンが。わたくしの兄のような、あの人がっ!!」

王太子が後方にいる聖女を気にしつつも、低く抑えた声で将校に尋ねる。

「それで、遺体がギディオン・ランカスターだと誰が確認したのだ？」

「……燃え跡から見つかったご遺体は、損傷が激しかったのです」

王太子は一瞬、ピクリと顔を引き攣《つ》らせた。

ゆっくりと一度瞬きをすると、静かな声で質問を重ねる。

「それでは、ギディオンだったと確かではないだろう。生死は断言できないのでは？」

総司令官は狼狽《ろうばい》した様子で、首を横に振った。

「否定なさりたいお気持ちは分かります。ですが、状況から考えれば、残念ですが……」

取り乱して嘆く聖女を前に、私の感情は行き場を失い、逆に冷静になった。

魔術学院を万年首席だったギディオンが、そんな残党の不意打ちなんかで、死ぬはずがない。きっと身の危険を察して、どこかに上手く身を隠したのだ。

私は誰より、ギディオンが偉大な魔術師だと知っている。無事でないはずがない。

何より、私があげたお守りを持っていたはずなのだ。

(もしお守りが燃えたなら、術者の私に衝撃がくるはず。でもそれが、何もないんだもの)

お守りは今も無傷なのだ。

ギディオンが夜中に天幕ごと燃えたはずが、ない。そして彼も私が間違えたりしないと、分かっているはずだ。これは希望的観測ではなく、確信だった。


ミクノフ戦で功績をあげた兵達には、国王から勲章が授けられることになった。

選ばれたのは、兵士だけではない。

聖女はミクノフから帰国した負傷兵の治癒も行った為、彼女も式典で勲章を授与される一人になっていた。

ギディオンも受章者に選ばれたのだが、当然出席は叶《かな》わない。そこで代わりに父である公爵が受け取ることになったのだという。

　王太子は悲しむ聖女を慰めていたが、私にはどこか彼が喜んでいるように見えた。彼は物思いに耽《ふけ》る私のことも、ショックを受けて無口になったと思っているらしく、妙な労《ねぎら》いの言葉をかけてきた。

「リーセル。人生はままならないことが、実に多い。かわいそうにな」

　王太子は私の肩をぽん、と叩《たた》いた。まるで無駄に強がる私を慰めでもしているかのように。

　たしかに、それが人生かもしれない。でも、前回の貴方達は、人を踏みつけてまで、高みを目指そうとしたじゃないの。

　無理やり消してきた自分の心の中の炉に、火がついているのを感じる。それは我慢して来た年月に比例するように、私の中で着実に燃え広がっていく。

（今回は思い通りになんてさせない。世界はあなた達の為だけの、都合のいい舞台なんかじゃない）

　二度目の人生は、ただ流れに呑まれるわけにはいかない。

　今度こそ聖女の思い通りにはさせないし、私は王太子に殺されるつもりもない。

　深夜にシンシアの部屋に集まると、女子寮に忍び込む為に被った長髪のカツラを外しもせず、マックは毅然《きぜん》と言った。

「ギディオンは、寝込みを襲われて死ぬような奴じゃない。絶対、どこかに隠れてるのさ」

「そうよ、リーセル。すっかり自分の天下だと思っている王太子に、一矢報いるなら今しかないわ」

「うん。これ以上、王太子や聖女に好き勝手はさせない」

シンシアのベッドに腰掛け、私は頷《うなず》いた。シンシアが私とマックにお茶を差し出してくれながら、遠慮がちに言う。

「王太子はギディオンを思い通りに動かす為に、リーセルをそばに置いたんじゃないかしら」

「そうね。——記憶があるとバレれば、私は消されるのかも……」

思わずそう呟《つぶや》くと、シンシアとマックはしばし黙り込んだ。否定する言葉が見つからなかったかのように。

私は構わず、マックに真面目な話を続ける。

「王都保安隊は舞踏会場の火事を捜査してるのよね？　だったらその前に起きた歌劇場のボヤ騒ぎも、調べてほしいの」

「あれも？」

「うん。当時働いていた人で、急に羽振りが良くなったり、もしくは姿を消した人がいるかもしれない」

マックは宙に目をやったまま、ゆっくりと数回頷いた。

「なぁーるほど。言いたいことが、分かったよ。式典に間に合うよう、急ぐよ」

「聖女の罪を明らかにするなら、大舞台ほど効果的だし、相応しいと思うんだ」

私がそう言うと、シンシアが感慨深げに頷く。

「あの聖女を断罪するなら、一発で完璧に駆逐しないと。——勝負の授与式典になるわね」

「式典が行われる七月の日曜日は、リーセルが殺されたまさにその日だぜ。どうせ中身偽者殿下が、日取りを決めたんだろ。わざわざこの日を選ぶなんて、奴も思い入れがあるんだな」

いつもは穏やかな口調のシンシアが、珍しく力みながら言う。

「逆に言えば、この日を過ぎれば、全てが変わるわ。本当の意味で新しい日が、始まるっていうことよ」

前回の私が迎えられなかった、新しい日。

その日を乗り越える為に、これまで頑張ってきたのだ。

「王都保安隊長も、腹を決めてくれたよ」

「よかった。私は明日、キャサリンナの家に行こうと思うの。彼女にも、力を貸してもらうつもり」

私がそう言うと、二人は力強く頷いた。シンシアは膝の上で、握り拳を作った。

「運命をひっくり返そうじゃないの」

「そうだね。リーセルの六歳からの努力を、結実させる日だよ。みんなで聖女の罪を暴くぞ！」

生きるか、死ぬか。

私の起死回生のあの正午が、再びやってくる。


勲章授与式の日は、朝から夕立のような土砂降りだった。

空は夕暮れのように暗く、地面から跳ね返るほどの大粒の雨が降り、王宮に馬車で次々と到着する参加者達の服を濡《ぬ》らす。

広い謁見の間は、タペストリーや色とりどりの盾で飾り立てられた。

たくさんの椅子が玉座と向かい合わせに並べられ、式に招待された貴族や高官達で埋まっていく。皆、場にふさわしい晴れ着を着ており、謁見の間が一層華やかになる。

ギディオンの父親であるランカスター公爵も来ていた。

公爵はずいぶん痩せていて、顔色が悪いようだ。跡取りの愛息子の戦死を伝えられ、食事は喉を通らないのかもしれない。

受章者達が揃《そろ》うと、謁見の間に軍務大臣の声が朗々と響いた。受章者一人一人の功績が読み上げられ、そのたびに割れんばかりの拍手が続く。

全員分が読み上げられると、玉座に座っていた国王がいよいよ動いた。

玉座から立ち上がり、滑らかな動作で深紅の絨毯《じゅうたん》の上を歩く。聖女に足を治してもらった国王は、もう杖《つえ》を使っていない。

国王が受章者達の前までやってくると、名を呼ばれた兵士達が一人ずつ、前に進み出た。

彼らの氏名が読み上げられていき、順番に国王が勲章を授けていく。雪の結晶のような形をした銀色の勲章を胸に、受章者達は皆、誇らしげに顔を紅潮させる。

ギディオンの名前が呼ばれると、ランカスター公爵が国王の前に立った。戦地で功績をあげた魔術兵団長の代わりに、勲章を受け取る為に頭を下げる。

玉座から少し離れた所に立っていた王太子は、公爵の動きを目で静かに追っていた。

王太子は斜め後ろに控える私の視線に気がつくと、小声で言った。

「ギディオンをミクノフに送った俺を憎んでいるか？　俺の護衛など、したくないか？」

「私情は挟みません。これは仕事ですから」

「見上げた勤務態度だな」

王太子は小さく笑い、肩を竦《すく》めた。

公爵の後に名前を呼ばれたのは、聖女だった。会場中の視線が聖女に集まる。

聖女は白いドレスの裾をなびかせながらしずしずと進み出て、国王と向かい合った。

国王が他の受章者達と同じ、銀色の勲章を聖女に授ける。

だが今回はそこで終わらなかった。

侍従が国王の隣に恭しくやってきて、布張りのトレイを差し出したのだ。その上には、銀色に煌《きら》めくティアラが載っていた。

国王が両手でティアラを持ち聖女の前に掲げると、会場はさざなみのようなざわめきに包まれた。

「聖女アイリス。余はそなたをレイアの王太子の婚約者として、ここに宣言する」

誰もが息を呑《の》んだ。

感激したのか、聖女は両手で胸元を押さえ、顔を紅潮させた。ゆっくりと膝を折り、頭《こうべ》を垂れる。

国王が聖女の黄金色の髪の上に、ティアラを載せた。

「余は王太子妃のティアラを、聖女に授けた」

国王がそう宣言し終えるや否や、大きな声が響き渡った。

「お待ちを‼」

謁見の間は騒然とした。誰がそんなことを叫んだのか、と皆が視線をさまよわせ、声の主を探す。

進み出たのは、一人の中年の男だった。

紺色のジャケットの上には数々の勲章をつけ、身なりも非常に良い。最前列にいたことから、その地位の高さも分かる。

国王は予期せぬ妨害に怒りで顔をしかめ、怒鳴った。

「待てとはどういうことだ、トレバー侯爵！」

聖女が王太子妃の婚約者となることに異議を唱えたのは、四大貴族の一人、トレバー侯爵だった。

トレバー侯爵は聖女の隣まで大股で歩くと、国王に言った。

「聖女アイリスは、陛下が思われるような、清楚な女性ではありません。この女は、悪女です」

「何を申すか！　無礼な！」

周囲の者達も、トレバー侯爵を煙たそうに見つめる。

侯爵殿はご乱心か？　との声があちこちから上がる。

だが侯爵は毅然と続けた。

「この女は、聖女に選ばれる直前まで私の息子のベンジャミン・トレバーを弄んだのです。親友の婚約者だったにも拘《かかわ》らず籠絡し、挙げ句に婚約破棄をさせておきながら、突然息子を捨てました。まるで珍しい玩具に飽きたように」

「嘘《うそ》を申すな！」

怒る国王の前に、転がるように一人の中年女性が進み出た。

今度は何事かと、皆が目を白黒させている。

女性はぶるぶると震える手を胸の前で組み、国王を見上げると緊張からか裏返る声で話し出した。

「嘘ではありません、陛下。ベンジャミンに婚約破棄をされたのは、私の娘のミアにございます。絶望して睡眠薬を大量に飲み、今も昏睡《こんすい》状態から目覚めません！」

その場の空気が、明らかに変わった。

困惑した面持ちで皆がミアの母と、トレバー侯爵を交互に見つめる。

だが国王は強気な態度を崩さなかった。彼は二人を怒鳴りつけた。

「トレバー侯爵、これは競合する聖女の実家のゼファーム侯爵家を陥れる策謀だな？　ただの言いがかりにすぎぬ」

ミアの母に続いて、彼女の隣に進み出たのは、キャサリンナだ。

震える足を踏み出し、国王に向かって膝を突く。

一斉に向けられる注目を痛いほど感じながら、キャサリンナが緊張で上下に揺れる右手で、二通の便箋を取り出す。

「証拠なら、ここにございます。これを陛下に提出いたします」

侍従がやってきて、キャサリンナが捧《ささ》げ持つ便箋を取り上げると、国王に手渡す。

国王は便箋を広げて読み始めるや、明らかに顔色を変えた。

無理もない。

一通はキャサリンナが、妹の部屋から探し出した手紙なのだ。ミアがアイリスから貰《もら》った、彼女を慰める手紙だ。

もう一通はベンジャミンにアイリスが送った、熱い愛が綴《つづ》られた手紙だ。こちらはベンジャミンと親しくなったマックが取り寄せたものだ。

どちらも同じ筆跡だった。

読み終えた国王は、便箋をグシャリと握り潰した。

「これが何だと言うのだ。若かりし時は、このような恋に落ちるものだ。誰しも青春のあやまちを持つもの。ただの恋の駆け引きではないか」

ざわめきがその一言で、無理矢理おさめられようとしていた矢先。

謁見の間の扉がバタン、と乱暴に開かれ、二人の男がつかつかと中に入ってきた。

黒と銀のかっちりとしたその制服は、王都保安隊のもの。

登場したのは、上司を連れたマックだった。

二人は皆の困惑をものともせず、堂々とした足取りで謁見の間の奥まで進み、国王の前で膝を突いた。

「王都保安隊長⁉　何用だ！」

「急ぎ、ご報告申し上げたいことがございます。先日の王都の舞踏会場の火災が、出入りの掃除人による放火だと発覚しました」

謁見の間がざわつく。

保安隊長がパチンと手を鳴らすと、数人の保安隊員が一人の痩せた若い女を連行してきた。引き摺《ず》るように国王の前まで連れてくるや、彼女を跪《ひざまず》かせる。

「この掃除人が白状しました。聖女様の侍女に金で頼まれて、放火をしたと」

その場に居合わせた人々が、驚愕《きょうがく》に目を見開いてどよめく。次に発せられた国王の声は、酷《ひど》く低い。

「その侍女とやらは、どこにいる？」

「火事の翌日から、行方知れずになっておりました。捜索しましたところ、王都の井戸の中から身元不明の女性の遺体が出てきました。大方、被害の大きさを目の当たりにし、騒いだ為に口封じに殺されたのでしょう。その侍女は『聖女様に頼まれて、取り返しのつかないことをしてしまった』とだけ家族に告げていたそうです」

嘘よ！　と聖女が叫ぶ。王太子が駆け寄り、聖女を庇《かば》うように抱きしめる。

国王は王都保安隊長に険のある瞳を向けた。

「何が言いたい？　聖女を傷つける者は、死罪と昔から決まっている。このような大胆な陰謀をするとは、覚悟はできているのだろうな？」

掃除人を連れた王都保安隊員が動揺し、マックが身構える。

もう、我慢ならなかった。この国王は本気で聖女が無実だと思っている。だから、始末が悪い。

私は謁見の間の隅からゆっくりと歩いて、国王の近くに行った。今度はなんだ、と言いたげに国

王の視線が私に向く。

「あの火事の夜、聖女様は荷馬車と衝突する事故を起こしました。車体に男性が挟まれましたが、介抱もせず私の制止を振り切って、火事現場に向かわれたのです」

「陛下、この者の戯言《たわごと》です！　わたくしがそんなことをするはずがないではありませんか！」

王太子にしがみついて、聖女が黄金の頭を振る。

涙に濡れる蜂蜜色の瞳を、国王が同情を込めた眼差しで見つめている。眉を釣り上げると、国王は私に向き直った。

「無礼者！　そんなことを、誰が信じると思うのだ。聖女の神聖な力を、愚弄するか」

そこへ王都保安隊長が割り込む。

「陛下。あの夜の聖女様の治癒術の半分は、そこにいる黒髪の魔術師の手柄です。彼女はあの時魔力の大半を、聖女様に渡したのです。上限点に達する寸前まで渡し、しばらく立っていられないほどでした」

「聖女の人の好さにつけ込んで、嘘を申す気か！」

私は気がつくと、声を立てて笑っていた。

国王は自分にとっての善人は、全ての人にとっても善人だと思っている。

私の小さな笑い声に、窓ガラスすら割れそうなほどの緊張がその場に走る。

国王は私に怒りの眼差しを向けた。

「何がおかしい！」

「おかしいです、陛下。可憐《かれん》な仮面の下の、真っ黒い本性にまだ気づかれませんか?」

「何を申すか。聖女はそのような感情を持たぬ、清廉な女性だ!」

「黒い感情を持たない人間など、おりません。いるように見えるとしたら、それはその者がうまく隠しているか、表に出していないだけです」

「お信じにならないで下さいませ、陛下。この魔術師はわたくしを陥れようとしているのです!」

そこへマックが進み出た。燃えるような赤い髪をなびかせ、聖女を指差す。

「悪事はそれにとどまらない。舞踏会場だけでなく、その前の歌劇場火災も、裏で聖女様が糸を引いていました」

バカな、と震える国王を無視し、マックは言い募る。

「当時の歌劇場の防火責任者は、今は辞職してゼファーム侯爵領内で優雅に暮らしています」

「——それは、まことか?」

一番前列にいた、聖女の父であるゼファーム侯爵を、国王がギロリと睨《にら》む。侯爵は震え上がるように首を左右に振った。

「そんな者は、知りません」

「派手な暮らしぶりで、近隣の住民は皆知っておりました。今からの転入の証拠隠滅は、なかなか難しいと思いますよ?」

マックの代わりに王都保安隊長が釘《くぎ》を刺すように言い足すと、侯爵は尚も反論した。

「それだけで、その防火責任者とアイリスをどう結びつける? 言いがかりだ!」

私とマックは視線を交わした。侯爵は私達が用意した最後の追及材料に、手を掛けたのだ。

言い逃れは許さない。ここで追い込み、一気に決着をつけなければならない。

マックは国王を真っ直ぐに見つめ、毅然と言った。

「防火責任者は、ある見返りと引き換えに、歌劇場に放火しました。——彼には、不治の病を患っていた一人息子がおりました。どの医者も匙《さじ》を投げた難病でした」

マックが一旦言葉を区切ると、「それがどうした？」と国王が怪訝《けげん》そうに問う。

マックはニヤリと笑い、肩を竦めた。

「なんと不思議なことでしょう。今、その息子の病はなぜか完治しているそうです」

ひと呼吸置いてから、そこへ私が畳み掛ける。

「それこそ、奇跡です。まさに、聖女の治癒術のような」

大勢が詰めかけた広い謁見の間が、静まり返る。

国王は時間をかけて視線を聖女に移した。

「その者の不治の病を治したのは、そなたか？」

聖女は顔をそのドレスのように真っ白にさせ、首を振った。

「違います！　全て、嘘ですわ。わたくしは、聖女よ！　こんな、こんな……」

「アイリスがそんなことをするはずがありません！　父上、戯言に惑わされないで下さい」

王太子が必死の弁護をする。

私は国王にしっかりと目を合わせると、聖女を指差した。

「なぜ聖女が放火をしたかを教えて差し上げます。一つには、聖女としての地位を、早く王太子妃にふさわしいところまで上げる為です。でももっと大きかったのは、一度国中の注目を浴び、煌びやかな舞台に立って活躍した彼女は、その舞台に立ち続けたかったのです。大舞台が中毒になったのです。被害者を出して、大きな事件にすればするほど、そして自分がそこでたくさんの怪我人を救えば救うほど、降り注ぐ注目と賛辞が快感になったのです。その為には、民の犠牲や痛みなど出ようが構わなかったんです」

大陸に唯一無二の聖女。稀有《けう》な存在。

それは、アイリスの自己顕示欲をこれ以上はないほど、満たしたのだ。

謁見の間は静まり返った。目を閉じれば、まるで誰もいないのかと思えるほどに。

そこへ聖女のか弱い声が上がる。

「わたくしは、何もしていないわ」

「――では、そなたは王都保安隊が、組織をあげてでっち上げをしていると？」

今や国王の声にははっきりと冷たさがあった。

まだすぐ近くに並んで立っていた他の受章者達が、白い目で聖女を見つめながら、少しずつ後ずさって彼女と距離を取る。

その場の流れが変わった。

私は全員に聞こえるように、大きな声で言った。

これは殺された私が、かつて何度も訴えたこと。でも、誰一人、信じてくれなかったこと。

あの時の可哀想なリーセルが、私の中に今もいるのを、たしかに感じる。

人生二回分の主張を込める。

「悪女なんて可愛いものではありません。このアイリス・ゼファームは、稀代の犯罪者です‼」

静まり返ったその場に、どんどん同意する声が上がりだす。

私は聖女の前に立つと、その理不尽に愛らしい顔を引っ叩いてやる代わりに、一番言ってやりたかったことを、怒鳴ってやった。

「あんたが聖女だなんて、ちゃんちゃら可笑しいのよ！　この性格どクズアイリスが‼」

言ってやった。口汚くも、言ってしまった。

周囲は恐ろしいほど静まり返っていた。聖女も彫像のように固まっている。

それを受けて、王都保安隊長が動く。

「どクズな犯罪者は、王太子妃になれませんな」

王都保安隊長の指示でマックが聖女の手首を取り、有無を言わせず後ろに捻《ひね》り上げた。

「何するの！」

「保安隊の詰め所にご同行願います、性悪聖女様」

マックは同僚の手を借りて聖女を後ろ手で縛り上げながら、私をチラリと見た。

微かに笑みを見せると、すぐに真顔に戻る。

卒業パーティの夜に私が過去の話をした時。マックは火事が怪しいと、睨んでいたのだ。そして王都保安隊を希望し、大火災に備えたのだ。

聖女は体をくの字に曲げながらも、顔を真っ赤にして必死に訴えた。

「王太子殿下、助けて！」

綺麗《きれい》に結い上げられていた聖女の髪は、既にぐちゃぐちゃに乱れていた。鼻水が垂れるが、両手を拘束されていて拭うことは叶わない。

王太子は蒼白《そうはく》な顔で両手を聖女に差し出そうとした。だがその手を、素早く割り込んだ国王が払いのける。

国王は聖女の頭上で煌めくティアラを毟《むし》り取る勢いで奪い返し、侍従が持つトレイに戻した。

続けて国王は、張りのある声で王都保安隊に命じた。

「聖女を王立病院に軟禁し、病人の治癒に生涯当たらせよ」

そして思い出したかのように、言い足した。

「その前に聖女をジュモー家に連行し、ミア嬢の治療をさせるのだ」

キャサリンナの母が床に突っ伏し、涙声で叫ぶ。

「感謝申し上げます!!　陛下！」

キャサリンナも一緒に頭を下げ、すすり泣く。興奮で首筋まで真っ赤になっている。

「いやっ、そんなのおかしいわ！　わたくしは聖女よ！」

皆の前を、泣き喚く聖女が強制退場させられていく。

黄金の髪を振り乱し、涙に濡れるその蜂蜜色の日を、今や誰もが憎悪の眼差しで見ていた。

燃え落ちた舞踏会場に居合せ、命を落とした犠牲者の多さを思えば、誰も彼女に同情などしなかった。あの治癒劇が、自作自演の茶番だったのだから。

聖女を連れたマックが謁見の間から出て行ったその瞬間、私はその場に座り込んだ。

——終わった。

ついに、聖女を断罪できた。

聖女の罪を明らかにし、野望を挫《くじ》けた。

アイリスが王宮に足を踏み入れることは、二度とないだろう。

前回の人生で出来なかったことを果たし、抜け殻のように脱力する私の腕を、誰かが背後から摑《つか》んだ。

王太子だ。

彼はこの世の地獄でも見たような、凄まじい憎しみに顔を歪《ゆが》ませ、私を睥睨《へいげい》していた。

一難去って、また一難だ。

むしろこの王太子の怒りが、何を引き起こすのか全く想像できない。

恐怖で喉が引き攣る。

私の腕をきつく摑み、力ずくで立たせると王太子は呟いた。

「やってくれたな。——リーセル・クロウ」

王太子は猛烈な力で、私を謁見の間から連れ出した。謁見の間は聖女の退場にいまだ騒然としており、私達に注意を払う者はいなかった。

廊下へ出るとバルコニーに飛び出て、私を摑んだまま外に出る。

外は相変わらず大雨が降っていて、私達はあっという間にずぶ濡れになった。

「放して！　殿下！」

王太子はバルコニーから庭園へと続く階段に向かい、私を引き摺り下ろした。足がもつれ、庭園の芝生につまずき、靴が脱げる。

芝生はすっかり雨を吸っており、たちまち靴下まで濡れそぼる。

王太子は私から手を離すと、腰にぶら下げていた剣を抜き、私に向かって振り上げた。

（殺される！）

あまりの恐怖に心臓が縮み上がる。

とっさに私は庭園の奥に向かって走りだした。

「待て！」

バシャバシャと水を蹴散らし、私を追う王太子の足音が聞こえる。

急いで走っているので、魔術を繰り出す暇もない。どうにかしなければと思っても、焦りのあまり思考がまとまらない。

（どっちに。どこに逃げる⁉）

庭園の中には黄金離宮が建っている。そこなら衛兵がたくさんいる。

黄金離宮を目指して走るも、途中の池に道を阻まれ、迂回《うかい》しようと横に駆け出したところで、右腕を王太子に摑まれて引きずり倒される。

水溜《みずたま》りの中に倒れ込み、大きく水が跳ね上がって私の全身にかかる。

私が転がるや否や、王太子は私の上に馬乗りになった。

目を彷徨《さまよ》わせて周囲を窺《うかが》うが、庭園は雨ですっかり霞《かす》み、視界がきかない。王宮からも黄金離宮からも、私達の姿は見えないに違いない。

目を上げると、王太子が振り上げた剣が真っ直ぐに私の顔目掛けて振り下ろされた。

必死に首を動かして顔を背け、その剣先から逃れる。

剣は左耳のすぐ横で鈍い音を立て、私の髪の毛を巻き込みながら芝の地面に突き刺さった。

恐怖で顔を上げることができない。とっさに振り上げていた両手は、王太子が左手で地面に縫いとめた。

降り注ぐ雨で、目も開けにくい。

静かな怒りに満ちた、低い声が頭上から降り注いだ。

「やっと分かったよ。なんてことだ。お前にも記憶があったんだな、リーセル・クロウ」

体が固まってしまって、動けない。

なんとか目を開けて、上に乗る王太子の顔を恐る恐る見上げるが、影になっていて表情がよく見えない。だが私の手首を押さえる力の強さから、怒りだけははっきりと分かる。

無理もない。私は王太子の努力を台無しにしたのだから。

「とんでもない芝居を打ってくれたな。壮大な、見事な芝居だったよ。あんなに非力だったお前が、見違えたよ。一体、いつジュモー家を味方に？　まさかお前まで全てを覚えていたとはな」

「覚えてるし、知っているわ。貴方が、ランカスター公爵家のギディオンだと。二人は時間が戻った時に、入れ替わったんでしょう？」

王太子は背をのけぞらせて笑った。

そうして剣から手を離すと私の顎を摑み、息がかかるほどの近さで、私を睨みつけた。

「全く、こざかしい。あのユリシーズもお綺麗すぎて反吐《へど》が出るほど嫌いだったが、お前ももう少し従順なら、殺さずに済んだのにな」

「貴方は、どうしてこんなことを？」

王太子の茶色の瞳が、陰った。彼に打ち付ける雨が、大きな粒となって私の上に落ちる。

あの王子が、嫌いだったよ、と彼は呟いた。

そうして遠い目で語り始めた。

時間を巻き戻す前。

ギディオンは王太子ユリシーズの遊び相手として、子どもの頃から頻繁に王宮に遊びに来ていた。

だがユリシーズのことが、実は嫌いだった。

ギディオンが侍女や女官達をぞんざいに扱ったり、意地悪をするたびに、ユリシーズは彼にそれをやめるよう言ってきた。それが、気に食わなかった。

人間は上に立つ者と、虐げられる者に分かれる。なのに、なぜ下々の者を庇う？

踏まれて当然の侍女を、踏んで何が悪いのだ。

汚い顔の馬丁を、蹴飛ばして馬糞《ばふん》の山に突っ込ませて何がいけない。

ギディオンは「正しいこと」を説くユリシーズが、大嫌いだった。

そもそも、ランカスター家の先祖は王子の一人だ。祖を同じくするのに、自分は永遠の家臣なのだ。

ギディオンも努力はした。

勉強も、剣も、魔術も。

だが魔術以外はユリシーズに敵《かな》わず、いつも悔しい思いをした。

どんなに頑張っても、皆ユリシーズが好きで、彼を慕うのだ。

光の中にいて、どこまでもそこを真っ直ぐに進むユリシーズが、妬ましい。

だが、ユリシーズも所詮ただの人だった。彼はある愚かな過ちを犯した。

小さな地方領主の娘でしかない、王宮魔術師と恋に落ちたのだ。

国王は彼女との結婚を認めず、愛人としてなら認めてやる、と吐き捨てたという。愛人という言葉に、ユリシーズは酷くショックを受けていた。

そんな頃、アイリスの父が狩りの最中に仕留めかけた大きな鹿に襲われ、瀕死《ひんし》になった。アイリスは父を治癒しようとして、聖女として目覚めたのだ。

アイリスは、ギディオンの宝物だ。

最愛の人であり、いつか妻にしたい、と思っていた。

だがアイリスは王国の聖女となり、ユリシーズにすっかり心を奪われてしまった。

ギディオンは納得するしかなかった。アイリスが幸せなら、それでいいのだと。

アイリスに嫌われたくなかった。だから彼女が王太子妃に上り詰めるのを、全力で補佐した。

アイリスや彼女の実家のゼファーム家と共謀して侍女を矢で射殺し、毒入りの紅茶を準備した。

そうしてアイリスに乞われるがまま、邪魔者だった非力な領主の娘を、暗殺犯に仕立てることに協力した。

アイリスに感謝されるたび、満足感に包まれた。

だが、アイリスが特別な笑顔を向けてくれるのは、ほんのひと時だけだった。王太子妃となれば、彼女の目に入るのはユリシーズだけになり、もう自分のことなど、見向きもしなくなるだろう。

そしてある時、古魔術集の中に、ついに見つけてしまった。本当は自分が何をしたかったのかを。

（これなら、できる。俺の望みが叶う）

『三賢者の時乞い』は、大きな副反応が起きる可能性が高い術だった。あまりにも強い魔力を必要とする為、『発議者』と『発動者』は確実に魔力の上限点を迎え、高確率で魂が入れ替わってしまうのだ。

願ったり叶ったりだ。

（王太子の人生を、俺のものにしてやる）

もし入れ替われなくても、未来はギディオンの手の内にある。

狩場の事故を防ぎ、アイリスを聖女にしなければいいのだ。そして彼女を、妻にする。

隣国に行っていたユリシーズは、自国で恋人が窮地に陥っていることを、知らなかった。いや、意図的に知らされていなかった。

だからギディオンが戦地に飛び込み、帰国最中のユリシーズに提案したのだ。もはや時間を戻すしか、彼女を救う方法はない、と。実際、もうそれしか彼女を救う手立てなど、なかった。

ギディオン自身もほんの少し、なんの罪もない魔術師に同情をしていた。

「俺はアイリスが好きなんです。時を戻して、俺もアイリスとやり直したい」

聖女の取り巻きのギディオンが「リーセルの処刑を止めよう」などと言うものだから、ユリシーズも最初は彼の言うことを疑った。だが、ギディオンは言った。

『三賢者の時乞い』を行う為に、ユリシーズに全魔力を渡してもいい。そんなことをすれば今後何度生まれ変わろうと魔力を二度と取り戻せないとしても、アイリスの為なら構わないのだ、と。勿《もち》論《ろん》、入れ替わりの話はおくびにも出さなかった。

かくしてユリシーズはその話に乗った。

王宮に戻ると、処刑を見る為に集まった民衆の怒号が飛び交っていた。彼らはリーセルを酷く罵り、口々に「はやく処刑しろ」と叫んでいた。なぜ人はこんなに残酷になれるのか、とユリシーズは焦りと悔しさで右手を握りしめていた。その背後で、囁《ささや》いてやる。

「殿下。迷っている暇はありません。術の発動の為、俺の全魔力をお受け取りください」

何の抵抗もせず、係官達に地下牢《ちかろう》から連れ出され、処刑場へと繋《つな》がる階段を上るリーセルを見て、ユリシーズは愕然とした。そしてこの事態を招いた、自分の愚かさを呪った。

もう、時を戻すしかなかった。

そして、賽《さい》はギディオンの思い通りに転がった。

古魔術集に書かれていた副反応は、眉唾物ではなかった。時間が戻って目覚めると、ギディオンは王太子になっていたのだ。


叩きつけるように降り続ける雨を浴びながら、王太子は空を見上げ口元を歪めて笑った。

「魔力は失った。だが、俺は全てに恵まれた、最高の男に生まれ変われた！」

王太子はそこまで話すと、さも楽し気に喉を鳴らした。

私はずっと疑問だったことを尋ねた。

「『三賢者の時乞い』の古魔術集を破ったのは、貴方なんでしょう？　そのページには、何が書いてあったの？」

入れ替わりのことだけではないはずだ。事実として既に二人には分かってしまっているのだから、今更破いても意味はない。『発動者』に見られたくなかった、何かが書かれていたはず。

「知りたいか？　あの魔術には副反応として、二人の魔術師の魂の入れ替わりが起こる可能性がある。それはさけようもない失敗の一つだが、古魔術集には『真っ白な新しい時を刻み始めた時、誤った現象は正しきに帰る。すなわち、さまよえる魂魄《こんぱく》は、正当な器に再び戻る』と書かれていた」

「それは、どういう意味？」

王太子はまるで勝利したかのように、高らかに笑った。

「新しい日々――つまり、俺達が時間を巻き戻したあの時を再び迎えて、まだ未来が決まっていないまっさらな時間を刻み始めた時。お前が死んだあの時刻を超えた時。入れ替わりは元に戻る」

「戻る？　またユリシーズの魂が、貴方の――王太子の体の中に、戻るということ？」

「そうだ。何も起こらなければ、そのうち入れ替わりは解消されるはずだった。だが片方が死んだら、元には戻らずこのままになるんだよ、リーセル」

一瞬、どういう意味か理解できなかった。だが言わんとすることが分かると、血の気が引いた。

王太子は巻き戻した時を迎える前に、ギディオンに死んでもらおうとしたのだ。彼の力を散々利用し尽くした後で。そうすれば二人の魂が再び入れ替わることは不可能になるから。

私は手を振り解《ほど》くと、王太子の胸元に手を伸ばし、彼の襟を鷲摑《わしづか》みにした。自分の両手の指が絡まるほど、強く襟を摑む。

「だから、――だからギディオンを魔術兵の団長になんて命じたのね。彼を、戦地のゴタゴタに紛れて、殺させる計画だったのね！」

「ご明察。でも、遅すぎたな。奴は死に、この世から消えた。これからもずっと、この身体は俺のものだ。俺はもう、永遠に王太子だ」

嘘だ、二度目のギディオンはそう簡単に死んだりしない。

きっと無事に戻ってくる。前回のユリシーズがそうだったように。

王太子は片手で乱雑に私の手を振り払った。

「お前はあいつの最大の弱みだったから、そばにおいたよ。まさかギディオンになっているあいつと、また恋に落ちるとはね。あの時点で、お前にも記憶があると気づくべきだった。――全く、この術は欠陥だらけだな」

「人の人生を盗み取るなんて、勝手過ぎるわ！　貴方が偽者だと、皆に訴えてやる」

「誰が信じる？　病院送りになって一生監禁されるぞ」

本当は寮の中庭で一緒に過ごした時に、ギディオンに聞くべきだった質問を、王太子にぶつける。

「ギディオンにも、時間が巻き戻る前の記憶が残っていたの？」

すると王太子は一瞬目を見開き、そのすぐ後に噴き出した。

「は！　なんてことだ。愚かな！　何も奴から聞いてなかったのか？　それなのに惹《ひ》かれたのか！

奴も、何もかも覚えているぞ」

王太子は青ざめる私を見下ろして、意地悪そうに言った。

「時間を巻き戻してまでお前を助けたのに、実に歯痒《はがゆ》い思いをしただろうな」

口を開けると、雨粒が入り込んでくる。今や下着まで濡れていたが、それどころじゃない。

（やっぱり貴方にも、全ての記憶があったなんて。一体どんな気持ちで、私に接していたの？）

その時唐突に耳の中に木霊したのは、王宮の庭園で以前、ギディオンが言った台詞だった。

「この顔で、君とキスしたくない」

彼は仮の姿である、ギディオン・ランカスターの姿で私とキスをしたくなかったのだ。何度も私の頬や額にキスをしてくれたけれど、決して私と唇を重ねようとはしなかった。

ユリシーズの記憶を持っていたとなると、ギディオンの学院時代の行動も、全て腑《ふ》に落ちる。

私の上に座ったまま、王太子が地面から剣を抜く。

それが再び振り下ろされる前に、私は素早く魔術を唱えた。王太子を水の竜で薙《な》ぎ払うのだ。

「集え、水の……」

パシッと鈍い音がしたと思うと、視界が一瞬真っ白になった。続けて鋭い痛みが頬を襲う。

王太子が私を引っ叩いたのだ。水溜りの水が跳ね上がって目に入り、視界が濁る。

ようやく目を開けられた時、反撃の隙はもうなくなっていた。

王太子は私の喉元に剣先を当てていた。剣に降り注ぐ雨が、剣を伝って私の喉を流れていく。

「哀れな魔術師。気の毒な前世に免じて、命だけは助けてやるつもりだったのに。……お前のことは、出来れば手に掛けたくなかったのに。ばかなことをしたな。またあいつを好きになるなんて」

そう言うと王太子は、口の端を歪めて自嘲気味に笑った。

「俺がギディオンだった頃など、誰も俺を慕ってくれなかったのに。あいつは誰になっても、皆から愛される」

妬みの籠もった意外な言葉に、目を見開く。

「分かっていたよ。アイリスに好意を寄せられるほどに、虚しさが募った。アイリスが好きなのは、俺じゃない。ただ俺が王太子だからだ」

「殿下……」

弱音を振り払うように、王太子は頭を激しく左右に振った。そうして暗い目つきで私を見下ろす。

「全てを知っているお前を、生かしておくわけにはいかない。……言い残したことは？」

王太子は剣を握り直し、剣先を私の喉に押し付けた。

王太子の目から、ひっきりなしに雨粒が流れている。まるでそれが、涙のように見える。

彼に残されたものは、何だったんだろう。

手に入れようとした聖女は、永遠に囚われ人だ。

この先、本当に偽りの人生を死ぬまで歩むつもりなんだろうか？

剣先は震えており、なかなか振り下ろされない。王太子も葛藤しているようだ。

私はそこに賭けた。

（あと、少し。少しだけ時間を稼ぎたい……）

二度目の人生も王太子に殺されるわけには、いかない。

雨に打たれて冷えたのか、持ち上げた私の手の指先は、もう感覚がほとんどない。

王太子の動揺に合わせてガタガタと小刻みに揺れる剣先が、私の皮膚を一体どのくらい傷つけているのかが、猛烈に気になる。

「貴方が憎い。それでも、一緒にいて時々は貴方にも良いところがあったわ、殿下。ピアランのチョコレート、本当に美味しかったの。あの時は嬉《うれ》しかった」

王太子の頬がぴくりと動いた。開きかけた唇が震える。

「なぜ、今、そんなことを。下らんっ」

「殿下との庭園のお散歩は、白状すると、実はちょっと好きだったわ。私にも息抜きになったから」

王太子は肩を上下に揺らして、大きく息を吸ったり吐いたりしていた。これは困惑しているんだろうか？　それとも怒り？

でも王太子と過ごした日々に、実は時には少し良いこともあったのと同じように、きっと彼も少しは楽しんでくれたはずだ。私達の中には、良い時も、悪い時もあった。

手を動かして、王太子の肘に触れた。彼は微かに頬を引き攣らせたが、それ以上は動かなかった。

雨と涙で、顔が良く見えない。でもこうして王太子に触れるのは、十三年振りかもしれない。

これは、『彼』に向ける言葉だ。

「ユリシーズ、私はやっぱり今も貴方を、愛してる」

剣がグラリと傾く。王太子が何故か剣から手を離したのだ。顔に倒れ込んでくる銀色の剣を避《よ》けようと、どうにか顔の位置をずらして、難を逃れる。

剣はガシャッと私の顔の横に転がった。

王太子は私の首に両手をかけた。私の首を絞めようというのか。

だがその手は震えていて、なかなか力が入らない。

今こそ魔術を使うべきか悩んだ。だが、あと少しの辛抱なのだ。ユリシーズの身体を傷つけたくない。

この頃になると、この王太子は私を殺さないだろう、という妙な確信があった。

王太子は時間をかけて両手を絞めようとして、けれど力が急に緩み、彼は私の首から手を離した。そのまま彼は両手で自分の顔を覆った。

「俺が巻き戻してでも欲しかったのは、それだった。誰かに俺だけを、心から愛してもらいたかった」

「貴方もいつか、得られるわ。生きている限り、人生は何度でもやり直せるわ」

ギディオンは、絶対に生きている。彼の中に戻って、本当の自分の人生をやり直してほしい。

「……俺には、どうせその価値はない」

「そんなことない」

やらなくちゃいけないのだ。

多分、一番自分を低く見積もっていたのは、彼自身なのだ。

王太子は嗚咽《おえつ》していたが、やがて押し黙った。

「殿下？」

声をかけると、王太子の体がグラッと傾いた。顔を覆う手が力なく離れ、虚《うつ》ろな表情が見えた。

王太子の体はそのまま崩れるように横に倒れ、私の右側に転がった。

乗っていた体重がなくなり、やっと上半身を起こす。

横向きに転がる王太子の肩を、両手で揺する。

長い睫毛《まつげ》に縁取られた目は、閉じられていてまるで気を失ってしまったみたいだ。

「殿下、どうなさったんです？」

その時、遠くから鐘の鳴る重低音が響いた。

強い雨の中を、縫うように何度も鐘の音がする。どこかで、正午を知らせる鐘が鳴っていた。

（正午だ。——正午!!）

両手を握りしめ、鈍色《にびいろ》の天を仰ぐ。

これは、前回の私が聴くことがなかった、鐘の音。

ついにあの時間を乗り切ったのだ。

前回のリーセルが殺された時間が、過ぎた。

「やった。し、死ななかった。私、生き延びたんだ……！」

雨を浴びながら、喜びが溢《あふ》れて自然に笑いが込み上げた。興奮で寒さは全く感じない。

その時、微かな呻《うめ》き声が聞こえた。視線を下ろすと、王太子の片手がピクリと動いた。続けてその腕が動き、彼は大きく息を吐いた。その姿を、固唾を呑んで見守る。

茶色の目が開き、数回瞬きをした後で、視線がさまよって私にたどり着く。

さっき聞いた、破り取られた古魔術集に書かれていたことを思い出す。

新たな時間を歩み始めた時、入れ替わった魂は。

本当に？

ああ、――本当に？

王太子は濡れた芝の上に転がったまま、掠《かす》れた声で言った。

「リー……セル？　なぜ、」

手を差し伸べて、王太子が体を起こすのを手伝う。

私と目を合わせていたその茶色の双眸《そうぼう》は、すぐに斜め下へ流れ、剣でバッサリと切られてしまった私の髪をひたと見た。

「リーセル、その髪はどうして、」

王太子の目が、傍に落ちていた剣の上に落ちる。そして信じられない、という表情で剣に焦点を当てたまま、自分の腰元の鞘《さや》に触れた。その空になっている鞘に。

王太子の目が、ゆるゆると見開かれる。

「まさか……私が？」

王太子は雨に霞む周囲の景色を見渡し、こめかみを押さえながら尋ねてきた。

「どうなっているんだ、何が起きた？　ここは……」

「私があげたお守りは、何色だった？」

王太子の言葉を遮って尋ねると、彼は私の唐突な質問に激しく瞬きをした。

お願いだから、答えて欲しい。戦地に向かった彼しか知らないはずの、お守りの色を。

「リーセル、これは、」

「答えて！　ミクノフに向かう前に貴方にあげたお守りのことよ……！」

焦りで声が尖ってしまう。少し強い口調で問うと、王太子は雨に濡れて水滴を垂らし続ける前髪を、鬱陶しそうに払いながら答えてくれた。

「――あれに、色はなかったよ。透明の水の花だった」

（ああ、神様!!）

感極まって、目頭が熱くなる。

――彼だ。

私のユリシーズが、本当に戻ったのだ。

嬉し過ぎて力が入らず、膝立ちのままへなへなと両手を地面に突いてしまう。

やっとの思いでぎこちない笑顔を見せながら、私はユリシーズを見上げた。

「殿下、お帰りなさい」

「――殿下？」

ユリシーズはすぐに自分の衣服を見下ろした。

豪奢《ごうしゃ》な刺繡《ししゅう》が施された袖に触れ、両手を見下ろし、数秒ほど硬直していた。その後でハッと息を呑み、自分の顔に両手で触れる。

おそらく、顔を確かめようとしている。

茶色の目が愕然と見開かれ、手が小刻みに震えている。

「まさか……。いや、あり得ない……！」

突然の事態にユリシーズはすっかり動揺している。

私は自分のポケットに手を突っ込み、携帯している丸い手鏡を彼に差し出した。

ユリシーズは無言でそれを受け取り、鏡の中の自分を覗き込んだ。

雨に濡れて見にくい表面を、何度も手で擦って水しぶきを払いながら。

「そんな！　信じられない」

ユリシーズは自分の顔に何度も手を這《は》わせながら、鏡の中を確かめた。王太子に――本来の姿に戻ったことが、直ぐには信じられないのだろう。破られた古魔術集に何が書かれていたかなんて、知るはずもなかったのだから。

「一体、何が……」

ユリシーズは鏡を握りしめたまま、私に向き直った。動揺に震える眼差しを必死に私に向け、掠れた声で訴える。

「リーセル、私だよ。ギディオン・ランカ……、いや、違う。何から話せばいいのか」

「いいの。私、全部知ってるの。多分貴方よりもね」

「知ってる？」

「ええ。私達が今、二度目の人生を歩んでいるっていうこと。私達が一度目の人生でも、愛し合っていたこと。巻き戻ってからの貴方は、ついさっきまでギディオンの中にいたこと」

「――いつから？」

「戻った時から、ずっとよ」

ユリシーズは震える手を私に向かって伸ばし、けれど遠慮がちに途中で下ろした。

「覚えていた？　何もかも……？」

「そうよ。だからマックとシンシアと、未来を変えたの」

「リーセル、君はそんなことは全く態度に出さなかったのに」

「貴方達が入れ替わっていると知ったのは、ごく最近のことなのよ」

ユリシーズは自分の両手を広げて、掌を覗き込んだ。

「なぜまた元に戻れたのか、全く分からない」

「貴方の中にさっきまでいたギディオンは、時が来れば入れ替わりが解消してしまうのを、阻止しようとしていたのよ。でもきっと今頃、本当の身体を取り戻したわ」

ユリシーズは再び視線を上げ、私を見た。

「私達は戻れたのか？　自分の身体に……」

「そうよ。『発議者』と『発動者』は、本当の姿を取り戻したのよ。——とりあえず屋根がある所に行きましょうか」

雨を浴びて全身がずぶ濡れで、冷えた足で立ち上がろうとするとふらついてしまう。

ユリシーズは私を支えようと腕を伸ばし、けれどその視線が首元に釘付けになる。

「すぐに、医務室に行こう！　血が出ている」

ユリシーズがフラフラと立ち上がると、私の背中に手を回す。雨に濡れたその手が背に触れた瞬間、無意識にヒラリと避けてしまった。

それはかりか、右手でパシッと軽く振り払ってしまった。

ユリシーズの目が傷ついたように陰る。

「あ、ご……ごめんなさい」

中にいるのが共に学んだあのギディオンで、本物のユリシーズだということに、すぐには順応できない。気を取り直して彼の手を取ると、その熱さに驚く。

医務室に直行しないといけないのは、ユリシーズも同じだった。私は彼を支えて歩かせようとして、はたと気がついた。

「そういえば、ギディオンは今までどこにいたの？」

「昨日までは国境の空き家で、寝泊りしていたよ。レイア兵の一人が怪しい動きをしていたから、王太子の手先かもしれないとずっと警戒していたんだ。だから彼がサーベルの残党を手引きして一緒に天幕に乱入してきた時に、彼を私に仕立て上げて、逃げ出した。いつまた命を狙われるか分からないから、身を潜めていたよ。今は丁度王都に向かっている途上で、野宿していた」

「野宿？」

「そう、蚊に刺されて大変だった。――顔が腫れ上がったお陰で、人相を隠せたけどね」

「大変。今頃、ギディオンは元に戻ってパニックなんじゃない？」

「そうだね。持っていた食べ物も、丁度尽きるところだったし」

今頃本当の体に戻って目覚めているだろうその姿を想像し、ちょっぴり同情してしまった。


ユリシーズはその後、風邪をひいて高熱を出し、五日間寝込んだ。

近衛魔術師の私はその間休暇となり、王都の酒場でシンシアとマックとともに、無事に『あの日』を迎えられたことを盛大に祝った。

酒場ではとある貴族のスキャンダルがもちきりだった。ランカスター公爵家のことだ。

死んだと思われていたギディオン・ランカスターが奇跡の生還を遂げ、公爵が大喜びしたこと。けれど彼は火に包まれた天幕から逃げ出す時に魔力を完全に失い、そのショックから人がすっかり変わってしまって、公爵家の人々は戸惑っているらしい。王宮魔術師は辞めざるを得ないだろう。

中身が本当に変わったのだから仕方がない。その代わりにおそらく、寝込んでいるユリシーズに魔術が戻っていた。魔力は魂に付随するのだ。

ユリシーズの風邪が治ってから初めての出勤日。

私はまるで、近衛魔術師として初めて王宮に来た時のように緊張をした。

王太子の執務室の大きなドアの前に立ち、ノックをする瞬間まで、心臓がバクバクと鳴っていた。

ごくりと喉を鳴らしてから、トントンと扉を叩く。

「どうぞ」という聞き慣れた王太子の声が返される。声そのものは、つい先日までの王太子のものと変わらない。

だが、微妙な発声の柔らかさや、言い方に違いを感じる。

中に入り、扉を後ろ手で閉める。

ユリシーズが執務室の机から離れ、大理石の床の上をこちらに向かって笑顔で歩いてくる。

それは見慣れたようで、ちっとも見慣れていない、十三年ぶりに見る本当の王太子の姿だった。

ユリシーズは高熱から復活すると、公務をこなすのに少し苦労した。彼は高熱の後、部分的に記憶が抜ける後遺症を負った（ということにされた）。

何せ十三年ぶりなのだ。一度目の人生で同じことをしていたとは言え、そう簡単にはいかない。

王太子にこの一年ずっと付き添っていた私が、細かなことを教え、なんとか彼の復帰を助けた。

侍従達も初めは困惑したが、王太子の性格が丸くなり、穏やかになったことに対し、寧《むし》ろ怪我の功名だと彼の変化を喜んだ。

飲み込みの速いユリシーズは一月もすると、いちいち私や周囲の者に確認することなく、一人で粛々と執務をこなせるようになった。

ユリシーズは私と一定の距離を保ったし、彼が今一番に取り組む必要があるのは、公務のペースを取り戻すことだった。そこに肉体的にも精神的にも、全力を傾けなければならなかった。

だから私達はあの雨の日以来気持ちを封印して、ただの近衛魔術師と王太子であり続けた。

何より、私の心境も複雑だった。私には、気持ちを整理する時間が必要だった。

終章

冬が来る頃には時折、ユリシーズは私の頬にキスをしてくるようになった。まるでそれだけなら許される、と思っているみたいに。

そんな私達の姿はやがて周りの人々の目に留まり、話はいつしか国王の耳にまで届いてしまった。

あの入れ替わりの正午が過ぎてから、半年あまり。新しい年を迎えて、何日か経った頃。

執務が終わり、暦年管理の文書をどこにしまうのかユリシーズに教えていると、ノックもなく執務室に国王が現れた。

私とユリシーズはその時、キャビネットの一番下の引き出しを開けて、しゃがみ込んで中を覗《のぞ》き込んでいるところだった。

何をしているユリシーズ、と低い声が背後から飛んできて、私達は慌てて立ち上がった。

「片付けをしていたところです、父上」

国王は私をギロリと睨《にら》んだ。

「近衛魔術師がなぜ中にいる。廊下で控えるのが規則のはずだ」

「私が手伝いを頼んでおりました。申し訳ありません」

ユリシーズが詫《わ》びると、国王は更に顔を曇らせた。間違いなく、機嫌が悪化している。

「――最近、妙な作り話を耳にしている。王太子、そなたが近衛魔術師と良い仲になっている、と」

「それは作り話ではありません。事実です」

なんてことを言っちゃうの！

驚いて後ずさり、今の発言を否定しようとユリシーズと距離を取る。

国王は顔を赤くして怒りを露《あらわ》にした。

「そなたは聖女との失恋で弱っているだけだ。目を覚ましなさい」

「むしろ目が覚めたのです」

ユリシーズがつかつかと歩み寄り、私の手を取った。国王の前で手を繋《つな》ぐという行為が、恥ずかしくて気まずくて、たまらない。穏やかに振り解《ほど》こうにも、絡め取られてしまう。

国王は何度も首を左右に振りながら、「認めんぞ。しかもよりによって、この近衛魔術師だなど」と釘《くぎ》を刺してから、退室した。勲章授与式で大立ち回りを演じた私に、国王はプライドを傷つけられていた。

「陛下を怒らせてしまいました。大丈夫でしょうか」

「心配いらない。――それとも、この顔が嫌いになった？」

本音を言えば、ギディオンが入っていた頃の二度目の王太子の記憶が強過ぎて、まだこうして熱い気持ちを向けられることに、抵抗がある。

触れられても、素直に喜べない。

それでもユリシーズは繋いだ手を離さず、茶色の目にほんの少し甘さが戻っていく。彼の綺麗《きれい》な口角がゆっくりとぎこちなく上がり、小さな笑みを浮かべる。

そうだ。この優しい笑い方が、私は好きだった。

同じ姿をしていても、入れ替わる前の王太子とは、全然仕草が違う。

「リーセル。私の気持ちは、変わらないよ」

「でも、陛下が認めてくださらないと、どうしようもありません」

「認めさせるから、もう少し待っていて」

いつか聞いたようなセリフだ。でも、今回はもう聖女がいないから、待ってみてもいいかもしれない。


沿道の花々が活き活きと色づき始める、四月。

王都に四年に一度の、大きなイベントがやってきた。

国王の御前で開かれる、馬上槍《やり》大会である。

四年ぶりの国技を、誰もが楽しみにしていた。

王都の外れにある広大な野原に特設の観覧席が設けられ、中央の試合場所を囲うように、木の柵が張りめぐらされる。会場の周囲には色とりどりの天幕が山ほど立ち並んだ。天幕は全て槍試合の参加者達が立てたもので、皆そこで従者の手を借りて身支度をするのだ。彼らは落馬や槍で突かれることに備えて、重装備をしなければならない。

観覧席にはチケットを持っている人々が座り、柵の周りにも見物人が駆けつけている。

その間を、飲み物や菓子の売り子が縫うように歩く。

国王や重臣達も初日から全試合が終わるまでの三日間、観覧する予定だった。

最近国王から少しずつ公務を引き継ぐようになり、忙しくなっていたユリシーズは残念ながら会場に足を運ぶことなく、王宮に残っていた。

大会の幕は、貴族の子弟達が二チームに分かれて一斉に衝突する集団試合で上がった。

私は集団試合をほとんど見ずに、天幕の方へ走った。

この大会の一騎打ち――ジョストには、マックが出場する。

家格に関係なく、腕に覚えのあるものが出場し、王国一の腕前を競うのがレイアのジョストだ。

何十もの天幕が林立する中、マックの天幕を探す。

天幕の円錐型《えんすいがた》の屋根のてっぺんには、それぞれの家紋の旗がなびいているが、マックの生家は家紋がないので、シェルン州の旗を掲げると聞いていた。

鷹《たか》が翼を広げる黄色と赤の旗を見つけ、天幕に飛び込む。

「リーセル！　来てくれたの？　殿下は王宮に残られるって聞いたけど」

驚いてこちらを振り向いたのは、シンシアだ。

両腕を広げて天幕の真ん中に立つマックの前に膝を突き、彼の着替えを手伝っている。

「大事な友達の晴れ舞台だから、休暇にしてくれたの。手伝うわ！」

「助かったわ。支度がすっごく大変なのよ」

ジョストはトーナメント戦だった。勝ち上がるに従い、何度も試合をするので、怪我をしないように武装しないといけないのだ。魔術学院の試合とは違う。

出場資格は二通りで得られる。びっくりするほど高額の出場費用を払うか、地方試合を勝ち上がるかだ。マックは勿論《もちろん》、後者によって実力で出場権を得た。

マックは分厚いシャツの上に、キルトのアンダーコートを羽織っていた。その上に全身を覆う鎖帷子《くさりかたびら》を着る。

シンシアと二人で協力しつつ、鎖帷子を着込んだマックの上に更に板鎧《よろい》を着せる。膝当てやスネ当てを付けたマックは、もはや全身が着膨れ状態だ。

「本格的に武装すると、大変ね。いったん馬上で姿勢が崩れたら、重過ぎて落馬するしかなさそう」

「うん。魔術は使っちゃいけないから、気をつけてね」

「俺が落ちそうになったら、風の魔術で助けてくれない？」

「失格になりたいの⁉」

過去の試合では、防具の隙間に槍が入り込み、首を刺されて亡くなった人もいる。

隙間がないよう、念入りにマックの鎧を調整していく。

最後に長いサーコートを着ると、頭にもキルトのキャップを被せる。その上に金属の兜《かぶと》を被れば、一人前の騎士の出来上がりだ。兜の下半分には呼吸の為の穴がたくさんあいていて、目の辺りには視界を確保する細い隙間があった。

試合では左手に木の盾を、右手に槍を持つ。

「完成よ。マック、かっこいいよ！」

「初戦は絶対勝ってね！」

「ありがとう。初戦どころか、最後までいって優勝するから、見てて」

マックの相変わらずの強気に、シンシアと笑ってしまう。

初戦の相手はどこかの地方領主の子息らしかったが、二回戦で当たりそうなのが近衛兵の騎士で、有名な凄腕の持ち主だった。最初の難関はそこになるだろう。

考えると胸の動悸《どうき》が収まらない。

「ああ、緊張してきたわ……」

「貴女が緊張してどうするの！　リーセルったら」

今までジョストを見るのが好きだった。でも友達が出場するとなると、楽しむどころじゃないんだと気付かされる。

マックが怪我したり、負けてしまわないか心配になり過ぎて、胃が口から出てしまいそうだ。

「ああ、マック。本当に気をつけてね。しっかり、視界を確保してね。馬で走ると周りが見辛《みづら》くなるのよ」

「リーセル、そんなにガチガチになられると、俺にまで緊張がうつっちゃうから～。俺って意外と繊細だからさぁ」

そんな風に言いながらヘラッと笑うマックは、ちっとも繊細には見えない。

そこがまた、マックの強さだと思う。

集団試合が終わってジョストが始まると、会場は更に熱気に包まれた。

出場者の試合通称名が書かれた札が会場の一角に掲示され、負けた人の札が外されていく。優勝者は賭けの対象になっていて、誰かが落馬して試合が終わるたびに、あちこちで悲鳴や歓声が上がり、札束が飛び交う。

いよいよ、「シェルンの魔術師」と書かれたマックの札が読み上げられ、彼の順番がきた。

「頑張って!! シェルンの意地を見せるのよ！」

シンシアと二人で、木の柵に寄りかかって大声で声援を送る。

フカフカの芝が敷かれた円形の会場の中に、馬に乗ったマックと対戦相手が登場する。

対戦相手は飾りがあちこちについた、豪華な防具を纏《まと》っていた。地方領主とはいえ、きっと有力貴族の子息なのだろう。シンプルな防具を着込むマックが、一見すると弱そうに見えてしまう。

二人が互いに向かい合って馬首を向け、木の槍を掲げる。

二人の真ん中に立つ式武官が大きな国旗を振り上げ、試合開始の合図を送る。

重装備の二人が馬で駆け、すれ違うその瞬間。

晴天のもとにバキャッと音が響き、直後にマックの対戦相手が落馬した。

式部官が大声で試合結果を口上する。

「勝者、シェルンの魔術師！」

やったわ！ と私とシンシアは抱き合って喜んだ。

二人で何度も飛び跳ね、喜びを爆発させる。

マックが柵の外に出てくると、私達は急いで彼と再び天幕の中に戻った。試合のたびに、帷子《かたびら》や兜にどこか不具合がないかを確認しないといけない。

マックのサーコートを脱がせると案の定、脇の下が一部破れていた。相手の槍が掠《かす》めたらしい。

急いで脱いでもらうと、シンシアと手分けして縫い直していく。

「ありがとう、二人とも」

「ううん。友達だもの。これくらい、当然よ」

針から顔を上げてそう言うと、マックは珍しく少し照れたように頷《うなず》いた。

試合が進んでいくにつれ、掲示板に貼られた出場者の名札が減っていく。

第一関門と思われた二試合目もマックが快勝すると、ようやく私の気持ちにゆとりができたのか、他の試合も見られるようになった。

マックの支度が早めに終わり、シンシアと柵のそばでハムを挟んだパンをかじりながら、他の出場者達の試合を見守る。

次の試合の出場者が登場すると、観客達はワッと盛り上がった。一人が巨人のように筋骨隆々とした、体格の良い騎士だったのだ。兜は顔全体を覆ってしまうので、顔は見えないが多分顔も筋肉で盛り上がっているに違いない。

ふと、故郷のアーノルドを思い出す。

「あの人、強そうねえ」

パンから口を離して、シンシアが呟《つぶや》く。

巨人騎士の対戦相手は黒い鎧を身につけた、長身の男だった。姿勢良く馬に跨《また》がり、試合前の定位置に着く為に、馬を反対側まで歩かせている。

ここからは背中しか見えなくなってしまったが、彼もこの三回戦まで勝ち上がって来たのだから、弱くはないのだろう。

掲示板の名札を確認すると、「西の豪腕」と「王都の騎士」のようだ。どう考えても前者が巨人騎士の通称名だろう。それにしてもあの巨体を馬から落とすのは、難しそうだ。

二人が定位置につき、式部官がその中央に進み出る。

「黒騎士様、負けないで!」

周囲から歓声が上がる。どうも「王都の騎士」には観客から勝手に別名が付けられているらしい。

黒騎士が槍を上げ、馬上で構える。

その瞬間、奇妙な既視感に襲われた。――あの光景を、どこかで見た。

(何だろう、この感じ……)

馬に跨り、槍を掲げるその姿勢を、こんな風にたしかに見たことがある。

「まさか、あれはギディオン?」

かつて魔術学院の授業で対戦した彼に、槍の構え方がそっくりだった。シンシアが再びパンにかぶりつきながら、答える。

「そんなはずないわよ。彼は今、南の島の住人よ。公爵に激怒されて、領地の一つである南の島の領地経営をやらされているらしいから」

「えっ、父親に南の島に飛ばされたの？　王立病院に日がな通って、幼馴染《おさななじ》みの元聖女を慰めているって聞いたけど……」

「そうよ。それを逆恨みした誰かが、公爵邸に放火したんですって。公爵は二度とアイリスと関わらせない為に、息子を島に飛ばしたのよ」

あのギディオンと南の島が、合わなすぎて絶句してしまう。だが再出発をするには、環境を完全に変えた方がいいのかもしれない。却《かえ》って本人の為だ、と思いたい。

蹄《ひづめ》の音を響かせ、対峙《たいじ》する両者が駆け出す。

兜の上の布飾りが揺れ、馬の足音と共に、振動がこちらまで伝わる。すれ違う瞬間、お互いが槍を突き出し、相手の盾に当たって黒騎士の槍が折れたが、どちらも落馬はしなかった。

勝敗が決まらない為、もう一戦交えることになる。

再び端まで下がると、両者は新しい槍を受け取って互いに向き合い、駆け出した。手元の柵を無意識に握り、身を乗り出してしまう。

二人がすれ違った直後、細かな木片が辺りに散った。槍が二本とも折れたらしい。直後に体勢を崩して、馬の背から滑り落ちたのは、巨人騎士の方だった。

岩が地面に落ちたような重い音と、馬の嘶《いなな》きが聞こえた。

「凄いわ！　あのデッカいのを突き落とすなんて！」

興奮するシンシアの声を聞きながら、目を凝らして黒騎士を凝視するも、兜の隙間が狭過ぎて顔は全く分からない。だが銀色の鎧が大勢を占める中、全身黒を纏うその姿は逆に目立っていた。


夕焼けの執務室は赤金色が室内を満たし、眩《まぶ》しかった。

今日のジョストを全て観覧し、ようやくユリシーズの執務室に戻った私は、入り口で足を止めた。

真面目なユリシーズが、珍しく執務室の隅にあるソファに横たわり、眠っていたのだ。

「殿下、お風邪を召されますよ」

ソファの隣へ行き、肩を揺する。

ゆっくりと開いたユリシーズの茶色の瞳は、私を認めるなり優しく眦《まなじり》を下げた。

「お帰り、リーセル。マックはどうだった？」

「順調に勝ち上がりました。明日が楽しみです！」

伸びをしながら起き上がるユリシーズに、声をかける。

「お疲れですか？　もうお休み下さい」

「久々に早朝から精を出したからかな。明日に備えて、もう切り上げよう。――今日はリーセルも
もう寮に帰って、お休み」

「はい。そうさせて頂きます。お疲れ様でした」

丁寧に頭を下げると、執務室を出た。

馬上槍試合の大会は、三日間とも晴天に恵まれた。

二日目も連勝をしたマックは、ついに最終日にも試合に出られることになった。

勝ち上がるごとに彼を応援する人々が増え、三日目には観覧席にキャサリンナの姿を見つけた。

白い手袋をした手を拡声器がわりに口に当て、「マーックッ!! 負けたら許さないわよ!」と叫んでいる。

その様子を見て、シンシアと苦笑してしまう。

「キャサっちが応援してる」

「変わり身の速さが、彼女らしいわ」

旧友からの応援もあってか、マックは最終日の初戦を辛勝ながらも、無事勝ち上がった。

天幕の中に戻り、マックが汗だくで新しいサーコートに着替えるのを手伝っていると、そこへ珍客が現れた。

キャサリンナだ。

唐突にやって来たキャサリンナは、カゴいっぱいのパンや果物を抱えていた。

何やらモジモジと気まずそうにしながらも、マックにカゴを突き出す。

「そ、その。この後の試合も頑張って頂戴。――この調子で進めば、もしかしたら、優勝するかもしれないわね」

「ありがと。そうだといいけど。丁度腹減ってたから、遠慮なくもらうよ」

マックは葡萄《ぶどう》を房ごと摑《つか》むと、片手で口に近づけてパクパクと粒を食べ始めた。キャサリンナがその行儀の悪さに、両眼を覆う。

「貴方って王都保安隊に入っても、変わらないのね。――こっちは貴女によ」

キャサリンナは私に向かって紙袋を差し出した。覗き込むとハンカチがギッシリと詰まっている。もしや、あの鼻水だらけになったハンカチのお返しだろうか。

説明を求めて顔を上げると、キャサリンナは誇らしげに口を開いた。

「ジュモー家の家訓は、二十倍返しなの」

絶対に敵には回したくない……。

思わず苦笑していると、キャサリンナはさっと踵《きびす》を返して観覧席に戻っていった。

マックが首を傾《かし》げる。

「結局、何しに来たんだ？」

「マックが優勝するかもしれないと思って、贈り物でゴマをすりに来たんじゃないかしら」

「シンシアったら、鋭いわね」

カゴをこちらに差し出して、私達にも果物を勧めるマックに、思い切って尋ねる。

「もし優勝したら、メダルを授けてくれる乙女を誰にするか、もう決めてるの？」

「うん、だいたいね」

するとカゴの中のチーズを物色していたシンシアが、目を輝かせて顔を上げた。

「マック、ちゃんと覚えてるわよね？　大会で優勝して爵位を授けられたら、私に素敵な貴公子を紹介してくれるのよね？」

「うん。ハハ。……そういやそんなこと言ったな。俺」

「ちゃんと約束守ってね！」

念を押すシンシアに対して、マックは引きつるように笑った。その顔が寂しそうに見えたのは、気のせいだろうか。


午後の試合も勝ち進み、マックはついに準決勝まで上り詰めた。

初日はたくさん貼られていた名札も、四人を残すのみ。

勝てば決勝に行ける、準決勝戦。マックの対戦相手は中年の伯爵で、名家の出身だった。

「十分お金持ちなんだから、他の人に優勝を譲ればいいのに！　既婚者だとメダルの乙女も、奥様を指名するだけだから盛り上がらないし」

シンシアは文句を言いつつ、柵にしがみ付いて馬上のマックを見守った。

伯爵とマックの馬が走り出すと、息を止めてマックの動きを目で追う。

バキャッと互いの槍と盾がぶつかった音がすると、私とシンシアは悲鳴を上げた。

「いやぁあ、だめ！」

馬上のマックの体が振られ、鞍《くら》の上を滑って馬の背から転がり落ちそうになる。彼はなんとか手綱に摑まったが、馬が速度を落とすと手綱から手がズルズルと滑り、足と尻が地面に接触する。

馬が柵の近くまでやってきて止まると、マックの手も手綱から離れた。

ついに落馬したのだ。

勝敗が決し、拍手と歓声で場内が盛り上がる。

マックは、負けた。

ショックのあまり、声も出ない。

ここまで来て気が緩んだのか、少し彼らしくない調子で、伯爵の一突き目でその鎧に土をつけてしまった。柵に縋《すが》り付いたまま、脱力してしゃがみこむ。

――終わった。

学院時代から、ずっとマックの目標だったジョストの優勝が、ついに夢の数歩手前で。

意外にも颯爽《さっそう》と立ち上がるマックをよそに、彼の姿を見る私の目頭が熱くなり、振り向くとシンシアも目を潤ませている。

「ここまで来るのにたくさん努力して、準備も大変だったのに。……終わる時は呆気《あっけ》なく、一瞬でその時が来るのね」

シンシアと私は柵の下に座り、年甲斐《としがい》もなくエンエンと泣いてしまった。

決勝は初日の下馬評通り、伯爵と黒騎士の対戦となった。

グリフィンと炎の模様が描かれた色鮮やかな盾を構えて柵の中に登場した伯爵とは対照的に、黒騎士の盾は黒く塗られた飾り気のないものだった。

「ここまで来たら、伯爵に優勝して欲しいわ。どうせならマックは優勝者に負けたと思いたいもの」

「そうね。でもあの黒騎士も、負けるところが想像できないわ。ここまで圧勝だったから」

「黒騎士の顔も見てみたいわね。優勝したら兜を陛下の前で外すでしょうし」

式武官の旗が上がり、試合が始まる。

二頭の馬が槍を構えた男達を乗せ、走り出す。馬の脚元の芝が、土ごと蹴り上げられる。

ドカッ、ドカッ、と迫力ある足音を立て、二頭の馬が接近していく。

観客達の歓声が最高潮に達し、声援でこちらの緊張も一気に高まる。

二頭がすれ違う瞬間。

伯爵の槍が黒騎士の盾を的確に突き、大きな衝突音が上がった。黒い盾が真っ二つに割れ、恐らく誰もが伯爵の勝利を確信した矢先。

両者が離れ、馬で駆け抜ける中、伯爵の体が大きく左側に傾いだ。右手で必死に鞍に掴まろうとし、踏ん張ったようだが一度角度のついた重たい体を馬上で立て直すのは、容易ではなかった。

伯爵は黒騎士とすれ違ってから少し行った所で、槍を落として自身も馬から転がり落ちた。

一方の黒騎士は、割れた盾を地面に放り、真っ直ぐに背筋を伸ばしたまま馬を止めている。

歓声が嘘《うそ》のように静まり返っていた。その僅かな静寂の後。

「勝者、『王都の騎士』！」

式部官が国旗を振り上げ、今大会の優勝者の方へ向ける。

黒騎士を称《たた》える破れんばかりの拍手や声援が会場を埋め尽くす中、国王がゆっくりと観覧席から立ち上がった。

急いでその場が表彰式へと模様替えされていく。

丸められた赤い絨毯《じゅうたん》が芝の上に広げられ、国王のいる観覧席まで赤い道を作っていく。

一糸乱れぬ見事な行進で、トランペットを持った楽隊がやって来て、晴れた高い青空に向かって勇壮な音楽を吹き始める。

国王は拍手をしながら、珍しく満面の笑みで階段状の観覧席から下りて来た。

赤い絨毯の先で片膝を突いた黒騎士は、片手をその黒い鎧の胸部分に当て、国王がやってくるのを待っている。

国王が黒騎士の正面までやって来て、彼を言祝《ことほ》ぐ為に口を開けると、会場の拍手は一気に鳴り止み、再び静まり返った。

「『王都の騎士』よ、見事な試合を見せてくれた。そなたはこのレイア王国の誇りである！」

観客がここで再びワァッと盛り上がり、大きな拍手が起こる。国王は片手を上げてそれを制止した。彼に駆け寄った侍従が、紺色の小さな箱を手渡す。

国王は箱から金色に煌《きらめ》くメダルを取り出すと、観客の前にかざした。

「優勝者に『レイアの一の騎士』の証《あかし》を授けよう。さあ、黒騎士よ。そなたはこの栄誉を授ける乙女を、今この場で選ぶがいい」

黒騎士は深く頭を下げると、立ち上がった。そして首を巡らせて辺りを窺《うかが》い、誰かを探す素振りを見せた後、確かな足取りで歩き始めた。

国王の後ろに並ぶ観覧席には貴賓席があり、ご令嬢達がたくさん座っていたが、そちらの方には見向きもしないので観客がどよめく。優勝者なら、名門の女性を選ぶものなのだ。ここで選ばれた女性は、領地と一緒に国王から優勝者に授けられるのが慣わしだから。

「誰を指名するのかしら？　貴賓席の女性を選ばないのねぇ。……あら、こっちの方に来るわね」

柵の上に肘を乗せて表彰式を見物していたシンシアが、戸惑いの声を上げる。数秒後、私達は言葉なく硬直した。

黒騎士は真っ直ぐにこちらへ向かってきたのだ。

そうして、そのまま一直線に柵の前へ向かってくると、跪《ひざまず》いた——私の前に。

「ええっ⁉　リーセルを？」

声をひっくり返してシンシアが驚くが、私はもっと仰天した。

それは観客も同じだったらしく、地味目な黄色いドレスを着て、食べかけのりんごを持って柵に寄りかかる女を、ジョストの優勝者が選んだことが想定外過ぎて、どよめいている。

完全に固まっている私に業を煮やしたのか、黒騎士は立ち上がって右手を伸ばし、私の手を取ると柵の内側に強く引いた。

「ほ、ほら、そこの娘。優勝者に選ばれたのだから、早くこっちに来なさい！」

黒騎士を追って来た式部官がうろたえながらも、柵を乗り越えるよう、身振り手振りで指示してくる。

どうして私が選ばれるのか、さっぱり分からない。黒騎士は人違いでもしているのか。メダルの乙女に選ばれてしまうと、黒騎士に嫁がないといけなくなってしまう。これまでの大会で、そうならなかったことは、一度もないのだ。

たとえ婚約者がいようと、どれほど名門の令嬢であろうと、王女であろうと。既婚者でない限り、乙女はレイアの一の騎士の妻となるのだ。

それがこの大会の醍醐味《だいごみ》でもあった。

(どうしよう。こんなの、凄く困るんだけど！)

見渡せば、詰めかけている全員が期待に満ちた眼差しで私を見つめている。

ある者は好奇な眼差しだったり、純粋な驚愕《きょうがく》だったり、あるいは落胆の色だったり。

だが誰もが、私が動くのを待っていた。指名された乙女には拒否権がないのだ。

応じないわけにはいかない。

その場の視線に促されるようにして、私は柵に足をかけてよじ登り、乗り越えた。シンシアが無言で私の手の中からりんごを取ってくれる。

「あの、本当に私を？」

真意を確かめようと、正面に立つ黒騎士に一応尋ねてみる。

黒騎士は無言で首を縦に振った。兜の上の赤い飾り布が、動きに合わせてなびく。

黒騎士が私に、右手を差し出す。

「二度目に差し出された手は、同情からでもいいから、どうか取ってほしい」

「えっ、ええ。そう……ね。でも、」

「君を選べる私は、今日このレイアで最も誇らしい」

ハッと息を呑《の》んで黒騎士を見上げる。

(この人が、なぜその台詞を⁉)

もう何百回も繰り返し、思い出していた王宮庭園でのあの夜の出会いを、その時の彼の台詞を、どうして黒騎士が知っている?

重ねた右手を、無意識に強く握る。武装した黒騎士の手袋は分厚くて、温もりは伝わってこない。けれど黒騎士がくるりと回れ右をして国王の待つ赤絨毯に向けて歩き始めると、私は大人しく彼について行った。

近づいてくる私を見て、国王は奇妙な表情で何度も瞬きをしていた。

王太子の近衛魔術師である私が、なぜ黒騎士に選ばれたのか解せないのだろう。

そして国王は顔色を変えた。

一転して険しい目つきで黒騎士を睨み据え、メダルを持ったまま呟いた。

「まさか、黒騎士――、そなたは、」

黒騎士は国王の前まで歩いてくると、両手で自分の兜に手をやった。そのまま下部を押さえると、首を振りながら兜を脱いでいく。

観覧席が、ざわついた。それはさざなみのように広がり、やがて事態に気がついた人々が、黒騎士の正体を口にした。

——殿下。あれは、王太子殿下じゃないか。と。

「父上、私もジョストに参加しておりました。黙っていて申し訳ありません」

脱いだ兜を脇に抱えると、ユリシーズはその茶色い双眸《そうぼう》を国王に向けた。

「どうか、リーセルをメダルの乙女に選ばせてください」

「な、ならん。王太子が大会のジョストに参加するなど、とんでもない！　何を考えておる」

だが国王はそう言い放った後で、激しく動揺した。

会場の観客達が、歓喜溢《あふ》れる声で王太子の名を繰り返し呼んで、彼を称えたからだ。

「ユリシーズ様!!　我らがレイアの真の騎士！」

「我らが王太子殿下！」

うろたえる国王の前に、ユリシーズが素早く跪く。父親を見上げる茶色の瞳は、強い光を宿している。

「父上。私の生涯をこの国に捧《ささ》げることを、誓います。皆の模範となるべく、清廉潔白な王になります。全てにおいて公を私より優先させます。……ですからどうか、かたわらに立つ妃だけは、私のわがままをお許し下さい」

国王の険しかった顔が、微かに緩む。鋭い瞳が、心動かされたのか僅かに充血していく。国を背負ってきた重責と、それを王太子にゆくゆくは背負わせる宿命の重さを、彼自身が一番痛感しているのだろう。

ユリシーズの必死の説得に、居ても立ってもいられなかった。

私もユリシーズの隣に両膝を突き、胸の前で手を組む。

「陛下、どうかお許しください。心から殿下に寄り添い、一生お支えすると誓います」

額に手を当てて溜《た》め息《いき》をつく国王の背後に、式部官がおずおずと歩み寄る。

「陛下。一の騎士とその乙女の仲を割くことは、誰であれできないのが伝統にございます」

「ああもう、いい。さっさと好きにしなさい」

諦めたように国王がそう呟くと、ユリシーズは晴れやかな顔で立ち上がった。すぐに私に手を貸して立たせると、滲《にじ》むように笑う。

「さぁ、リーセル。私にメダルを」

国王は渋々といった様子ながらも、メダルを私に手渡してくれた。キラキラと眩しいほどに輝くそれを、頭を少し下げたユリシーズの首にかける。

「おめでとうございます。黒騎士様」

そう言うとユリシーズはくすりと笑ってくれた。

地を揺らすほどの拍手と声援が起こり、負けた伯爵も兜を取って小脇に挟み、満面の笑みで私達に拍手をしてくれていた。


大騒ぎの中で終わった馬上槍大会から王宮へ帰ると、ユリシーズは執務室へは戻らず、私を連れてある場所に向かった。

ユリシーズは王宮の主要な建物群を通り過ぎ、普段は来ないような奥まで、どんどん進んだ。一日中槍大会の会場にいたのでお互い、疲れ切っているはずなのに。

前を歩くユリシーズのブーツは砂埃《すなぼこり》で汚れているし、既にマントの裾も汚れ、くたびれている。

「殿下、どちらに向かっているのですか？」

「大事な話がしたいんだ。一緒に来て欲しい」

私達は王宮の北東の端までやってきた。ユリシーズは止まらず、暗くてジメジメした小さな林の中に入っていく。

林を抜けた所には、小さな石造りの灰色の建物が立っていた。——その奥はもう、城壁だ。

（ここに、来たことがある。ここは、確かあの……）

灰色の石を組み上げた分厚い城壁を見上げると、大きな閂《かんぬき》の下りた重そうな木の扉がある。かつてあの向こうから、民衆の怒号が飛んできていたのを、私は知っている。

思わず不安になって、隣に立つユリシーズに問いかける。

「殿下？　なぜここへ？」

ユリシーズは私の手を引いたまま、侘《わび》しい灰色の建物を見上げた。

「二度と来たくないと思っていた場所だよ。でも、これからのことを考えると、逃げるわけにはいかない」

「殿下？」

「私の口から、きちんと伝えないといけない。途切れてしまって、曖昧にしてきた大事なことを」

ユリシーズは私の顔を真っ直ぐに見て、はっきりと言った。

わず目を逸らしてしまう。

「私は君を、殺した」

驚きのあまり、頰が強ばる。避けてきたその話題に突然触れられて、どうしていいのか困り、思わず目を逸らしてしまう。

ユリシーズの手をそっと解くと、灰色の建物に近づく。建物の外壁には、地面すれすれのところに小さな窓がいくつか並んでいた。

私は建物の周囲に広がる狭い石畳の上に片膝を突くと、窓を見下ろした。この下には地下があり、私はあの時、確かにここにいたのだ。暗く陰気で恐ろしい、地下牢《ちかろう》に。

私はまるで古い童話でも語るように、淡々と話し出した。

「昔、一人の王宮魔術師が王太子に恋をしました。けれど誰からも愛される別の女性に罪を捏造《ねつぞう》されて、裁判にかけられました。愛する人にまで有罪だと疑われて、悲しみの中で亡くなったんです」

暗くて何も見えない窓を見下ろしている私の隣に、ユリシーズが並んで膝を突く。

「似た話を知っている。昔、ある王太子が一人の魔術師に恋をした。だがここから先が、君の知っているそれとは、少し違う。——王太子はその魔術師を、心から愛していた。だから、志願して隣国に軍隊を率いて向かった。成果を引っ提げて国王に彼女を妃とする許しを乞うつもりだったんだ」

「本当に？」

「王太子は必死に国の為に戦ったのに、国は彼にとって唯一の宝石を、消そうとしていた。だから、彼は彼女を救う為に、時を戻したんだ。この世で最も愛するその人の、胸を刺して」

地下牢のある建物の外壁と、石畳の間に生える雑草を、じっと見つめる。風に揺れる雑草を、アリが這《は》っている。私は顔を上げることなく、アリを見ていた。視線を動かすのがただ、億劫《おっくう》だった。

「本当に、申し訳ないことをした。君が最も苦しい時に、何もできなかった。私はたくさんの過ちを犯した」

私は揺れる雑草を見つめたまま、呟いた。

「殿下は、聖女様を愛してしまったのかと思ったんです」

ユリシーズの手が、膝の上の私の手に触れる。

「今までも、これからも、リーセルは私が最も愛する人だ」

涙が溢れて、もう何も見えない。

ただただ、私はその言葉を聞きたかったのだ。

ユリシーズが今度は私の腕に触れ、耳元に囁《ささや》いた。

「リーセル。誰よりも君を、愛している」

涙を手の甲で払うと、顔を上げてユリシーズを見上げる。

「私、辛かったんです。悲しかった……。殿下に捨てられたんだと思っていました」

「本当に酷《ひど》いことをした。息絶える寸前まで、見開いて私を見上げ続けていた涙の溜まった君の目を、あの日から思い出さない日はなかった」

手を伸ばし、ユリシーズの頬に触れる。

向けられる甘い瞳は、たしかに私のユリシーズのもの。

「私は殿下の優しい茶色の目が、好きです」

「リーセルの夜空のような目が、好きだよ」

ユリシーズが手を伸ばし、私達は互いの頬に触れ合った。

「リーセル。やっと、この腕で君を抱きしめられる」

暴れだす心臓を押さえながら、私もユリシーズを見つめる。

目の前にいるのは私のユリシーズであり、魔術学院で共に学生生活を過ごしたギディオンでもある。こうして近くにいて彼を見つめているだけで、幸福感に包まれる。

何もかもから守られるような、満たされた気持ちになり、胸の中が高揚する。

震える声で、乞う。

「私に、キスをして」

ユリシーズが顔をゆっくりと寄せ、私達の唇が触れ合う。

その柔らかな感触に、とろけそうになる。お互いのその感触を確かめるように、何度もそっと唇を重ね合わせる。

陰気な地下牢のそばで、私達は時間も忘れて久しぶりのキスに酔いしれた。


王宮の食堂は相変わらず混み合い、各種の制服を纏った職員達が出入りしていて賑《にぎ》やかだった。

ランチとは思えないほどの大量のメニューをテーブルに並べると、私は今日の主役を讃《たた》えた。

「マック、三位おめでとう！」

隣に座ったシンシアが、マックに盛大な拍手を送る。

大会が終わって、今日で二日目。

一日寝倒してすっかり体力を回復したマックに、私達はやっと祝福を伝えることができた。

マックは優勝を狙っていたのだろうから、不本意な結果なのかもしれない。だが初出場にして三位というのは、大したものだ。

マックは両手を顔の前ですり合わせて、満面の笑みでお礼を言うと、チーズたっぷりの薄パンに早速かじりついた。

「いやー、まさか黒騎士が殿下だとは思ってもいなくって、腰抜かしたよ。対戦しなくてよかった」

「準決勝は、ちょっとマックらしくない負け方だったわね」

シンシアの指摘に対して、マックが戯《おど》けたように肩を竦《すく》める。

「十七番のお客さん！　ドーナッツが揚がったよ」

厨房《ちゅうぼう》の女性が大声で呼びかけ、シンシアが弾《はじ》かれたように席を立った。

「いけない、私十七番だわ。今取ってくるから待ってて」

シンシアがテーブルを離れて厨房に向かうと、私は小声でマックに言った。

「本当は、わざと負けてくれたのよね？　殿下を勝たせる為に」

パン上のチーズをビヨーンと口から伸ばしていたマックは、ハッと目を見開いた。

マックも学生時代、槍の授業を共に学んだ仲なのだ。大会で黒騎士の動きを見て、一緒に授業を受けたギディオン――つまり今の王太子だと気がついても、おかしくない。

マックは伸ばしたチーズをもぐもぐと口の中に入れると、観念したように苦笑した。

「まあね。黒騎士の正体は、実は初日に見抜いたよ。それとあの優勝候補の伯爵は、一つだけ弱点があったんだ。最後の段階で、いつも左に体が傾く癖があった。我らが国立魔術学院の槍のギディオン様が入っている殿下なら、きっとそれに気がついていると思ってね」

「だから、二人が当たるようにしてくれたの？」

マックは歯を見せてニカッと笑った。

「いやー、ちっさい領地と爵位なんか貰《もら》うより、友達が王太子妃になる方が楽しいじゃん」

「マック、そんな……。優勝が夢だったのに、私の為に？」

「いやいや、俺にはまた四年後があるしさ。でもリーセルのチャンスは、今しかないだろ？　……ってか、泣くなって！　泣かれたら俺が今困るし～」

「……ゴミが入ったの」

「いや、ほら。考えてみてよ。俺もそこまでお人好しじゃないぜ？　未来の王妃と国王に、恩を売っとく方が先々何かと賢明だろ？　どうよ。俺、小狡《こずる》いっしょ？　ま、よろしく頼むよ王太子妃様」

「誰が王太子妃なの……。そんな呼び方は、やめて頂戴」

「いやいや、黒騎士と君の話は、もう王都中で話題になってるから。跪く王太子と、可憐《かれん》な魔術師の絵が、昨日の新聞の一面を飾ったのを知らないの？」

そうだった。

思い出して、赤面して顔を覆ってしまう。

世紀のプロポーズ、なんていう副題がついて、新聞は飛ぶように売れたらしい。

王宮の侍女や他の魔術師達も廊下ですれ違うと、昨日から意味もなく私に最敬礼をするようになっているし。

「あんな、国で一番盛り上がる大会で、衆人環視の中で国王からメダルを君に渡させたからね。殿下も、策士だな」

マックはいつものように戯けて見せたが、長い付き合いの私は、もう一つ分かってしまったことがある。

「マック、貴方は優勝したら誰をメダルの乙女に指名するか、決めてたんでしょう？　それこそ、魔術学院に入る前から」

すぐに茶化してしまうマックに引き摺《ず》られまいと大真面目な顔で尋ねると、彼はやれやれと溜め息をついた。

「白状すると、その通りだよ。参っちゃうよな。あんな約束するんじゃなかったよ」

約束とは、マックが優勝したらシンシアに貴公子を紹介する、と言ったことだ。

少し沈んだ表情をしたのも束の間、マックは再びニッと笑った。

「ま、そんな約束は四年の間になんとか取り消すから、却って好都合だよ！」

「マックったら……」

「でも、本人に言わないでよ？　向こうにその気が全くないのは、十分分かってるからさ」

シンシアがドーナツを持って戻ると、マックは照れ隠しなのか頭の後ろで手を組んで、天井を見上げて急に天窓の数を数え始めた。

「どうしたの、二人で何の話してたの？」

「ん？　いやー、リーセルが今度、すっごいウマいもんを奢《おご》ってくれるってさ」

「そ、そうね。いいわよ」

「本当に〜？　さすが私達の王太子妃様だわ。楽しみ！　で、すっごい美味しいものって、何？」

「ええっと……」

「リーセルが今まで食った中で、一番ウマかったものにしてよ〜」

「私が今まで食べたものの中で、一番美味しかったものは、……そうね、焚《た》き火《び》でこんがり焼いたじゃがいもとベーコンの上に、バターを載せたやつかな」

間違いない！　と二人は声を合わせ、弾けるように笑った。その後で、シンシアが付け足す。

「あと、サワークリームも載せなくちゃね」と。


馬上槍大会が終わると、レイアはいよいよ春本番を迎える。

柔らかな日差しとともに、花びらを運ぶ温かな風が吹き、王宮の窓ガラスを優しく揺する。

ユリシーズが戻ってから、はや十ヵ月。

いつものように紫色のローブを纏って王太子の執務室に入り、朝の挨拶をするとユリシーズは驚くべきことを言った。

「リーセル、王宮魔術庁から先ほど連絡があったんだが、今日をもって君は近衛魔術師としての任を解かれたらしい」

「どういうことですか？」

まさか、急にクビになるということ？

ショックを受ける私とは対照的に、ユリシーズは随分穏やかだ。

「父上からの伝言だ。『魔術師としての仕事をやめ、さっさと妃教育を受けよ』だそうだ」

予想もしなかった伝言に、混乱する。

意味が咀嚼《そしゃく》できない。

「それってつまり」

「君専任の教育係がついて、色々とこれから宮廷作法を教えてくれるらしい。並行して、結婚式の準備も行うから、忙しくなる」

「結婚式……。私と、殿下の――？」

鸚鵡《おうむ》返《がえ》しに尋ねると、ユリシーズは少し意地悪そうに片眉を上げた。

「リーセルは誰か他の男と結婚するつもりがあるの？」

挑発的な視線を投げながら、ユリシーズが私の手を取る。

「十年以上も待ったんだ。私はこれ以上、待てない」

「殿下、それは私だって同じです。――あの、結婚式には……おじい様やカトリン達を呼んでもいいですか？」

「もちろん。君の大事な家族だ」

そう言うとユリシーズは、私の背に手を回し、引き寄せると熱いキスを降らせた。燃える唇を強く押し付けられ、その上息つく間もなく角度を変えられる。

「で、んか、……苦し、」

食べられてしまいそうなほどの熱烈なキスに、頭が朦朧《もうろう》としてくる。

まさにその時。

前触れもなく、すぐ後ろから呆《あき》れたような声が飛んできた。

「朝っぱらから何をしておる！」

心臓が止まりそうなほど驚いて振り返ると、そこには腰に手を当て仁王立ちになる国王がいた。

非常に不愉快なものを見たと言いたげに、眉間に深いシワを寄せている。

恥ずかし過ぎる。穴があったら、入りたい。

「王太子。そなたは妃候補を窒息させる気か」

妙な叱責を受け、ユリシーズは絶句してしまった。

国王は腰に両手を当て、私を睨みつけると続けた。

「そなたのような近衛魔術師は目障りだから、さっさと王太子妃になってしまえ」

ユリシーズと私は瞬時に顔を見合わせた。

国王は何かに満足したのか、面倒そうに数回頷くと、溜め息を吐《つ》きながら執務室を出て行った。

閉まったドアを見つめるユリシーズに、ぽつりと尋ねる。

「何をしにいらしたのかしら？　今のって」

するとユリシーズは腕を回して私を抱きすくめた。

「今のは、父上が私達の結婚を認めたと、直接ご自分のお言葉で伝えに来て下さったんだよ」

そうなのだろうか。

回りくどいし、分かりにくい……。

それでも、じわじわと喜びが胸の中に広がった。


王都の目抜き通りを歩くのは、久しぶりだった。

秋の夕日が眩しい。帽子を真深に被り、少し後ろを歩くカトリンの手を引いて進む。

「お嬢様、速いです。もう少しゆっくり歩いてください」

「五時までに帰れと、教育係がうるさいのよ」

「門限が早過ぎじゃありません？」

カトリンが王都に遊びに来るのは、初めてだった。

王都の最先端のドレスやアクセサリーをたくさん買って、バラルに持って帰って欲しい。

久しぶりに会えたのだから、もっと長く滞在してほしいが、王都にいられるのは五日間だけなのだ。バラルの方も、色々と今忙しいらしい。

私も結婚式の準備で忙しく、王宮を出られるのがこの時間しかない。来月からは自由に過ごせる時間が、更に減ってしまうだろう。

「もう十分買っていただきました。そろそろ王宮に戻りましょう」

「あと一軒。どうしてもレース屋さんに行きたいの。お金のことは心配しないで。王宮魔術師の給料は、かなり高かったから」

正直言って、今は無職だ。

ある日突然、王宮魔術師をクビになり、寮を追い出されてしまった。

代わりに王宮にやたら豪華な部屋を与えられ、毎日教育係から結構厳しめの妃教育を受けている。

お目当ての店のドアを開け、中に入る。

思ったより空いていることにほっとして帽子を脱ぐと、三人の売り子達が一斉にざわつく。

「王太子妃殿下よ!」

正確には「王太子妃殿下候補」なのだが、馬上槍大会以来、私の顔は王都中に広く知られてしまっていた。

「私の侍女に、レース生地を買いたいの。おすすめがあれば、教えてくれるかしら?」

「ええ。ええ! もちろんですとも!」

売り子達は満面の笑みで頷いた。

店内の椅子に座り、次々に売り子達が持ってきてくれるレースに目を通す。

機械で作ったもの、ハンドメイドのもの。二色以上の糸を使ったもの。

さすが王都で一番人気のレース屋なだけあって、どれも単調な模様ではなく、細い糸を使った繊細なレースに目移りしてしまう。

けれど、いまいちピンとくるものがない。

どうだとばかりにレースを広げる売り子に、改めて聞いてみる。

「このお店で一番高価なものや、豪華なものが欲しいのではないの。貴女達が、家族の中で一番大切な女性に贈るとしたら、どのレースにするかしら？」

そう尋ねると、売り子達はハッと目を見開き、少しの間考え込んだ。そして店の奥に向かうと、三人は一枚のレースを手に戻ってきた。今度は三人の意見が一致したらしい。

それは丸い小さな果実を咥《くわ》えたコマドリと、雪の結晶が舞う模様が施されたレースだった。

冬のささやかな一場面を切り取ったはずなのに、見つめていると、不思議な懐かしさを覚える。

糸の処理も丁寧で、レースの端から端まで、一つとして同じ図案がない。

そっと生地を手に取ると、自然と口元が綻ぶ。

「いいわね。私は好き。カトリン、これなんてどう？」

顔を上げて、隣に座るカトリンに視線を移すと絶句してしまった。カトリンは目を真っ赤にして、私を見ていた。

「どうしたの⁉」

カトリンの目から、涙が流れ落ちる。鼻を啜《すす》ると、彼女は小さく笑って感慨深げに呟いた。

「私のお小さかったお嬢様は、いつの間にこんなに思いやりのある女性になられたのでしょう？」

「カトリン……」

「なんだか嬉《うれ》しいようで、少し寂しい複雑な気持ちです。お嬢様はもう、私が見守って差し上げる必要がなくなられた」

たまらず、手を伸ばしてカトリンに抱きつく。

バターン、と店の扉が全開にされたのは、その直後だった。

「やっと見つけた‼　まったく、こんな所に！」

カトリンから手を離し、びっくりして店の入り口を見るとそこには肩で息をするマックがいた。

つかつかと大股でこちらに歩きかけ、王都保安隊の黒いマントを扉に挟んでしまっていることに気づいて、片手で乱雑に引っぱり出している。

どうしてここに？　と駆け寄ると、マックは少し怖い顔で捲《まく》し立てた。

「門限まであと十五分だよ！　何やってんの。殿下は四時半からソワソワしだして、リーセルに何かあったんじゃないかと何度も王宮を出ようとして！　さっき王都保安隊に王太子妃の捜索をしろと命令が飛んできたんだよ」

まだ王太子妃じゃない、という突っ込みをする暇はなかった。

急いでレースの代金を支払うと、私とカトリンはマックに引き摺られるようにして、店を出た。

「速く、馬に乗って。俺が後ろに乗るから。言っとくけど、飛ばすからね」

店の外には王都保安隊員がもう一人いて、カトリンは彼の馬の背に乗せられる。

馬が走り出すと、マックは後ろから言った。

「いくらバラルからカトリンが遊びに来てるからって、王宮から出かけるなら衛兵を連れて行ってくれないと」

「だけど衛兵は王族を護衛するものよ。私、まだリーセル・クロウよ？」

「来月にはクロウじゃなくなるだろ。──ま、そもそも殿下もリーセルに過保護だよなぁ。門限五時って、子どもか？　一度目の件が絶対影響してんだろうね、コレは」

「それにしても貴方、よくあのレース屋が分かったわね」

「俺、こう見えても観察力あんのよ」

「凄いわ。……私がシンシアだったら、絶対にマックに惚《ほ》れてるのに」

「それ、殿下の前で絶対言わないでくれよ。俺が殺される……」

馬を爆走させて、どうにか王宮の敷地内に飛び込む。マックに手伝ってもらって馬の背を滑り降りると、丁度五時を知らせる鐘の音が遠くから響いた。

門限を破らずに済んだ。

ほっと安堵《あんど》に胸を撫《な》で下ろした矢先、建物の正面入り口から、ユリシーズが姿を現した。

いつもは温かみのある茶色の瞳が、少し不機嫌そうに据わっている。ユリシーズはまずマックに話しかけた。

「マック、流石は王都保安隊だな。仕事が速い」

「なんとか間に合いました」

「リーセル。頼むから、私をダメ人間にしないでくれ。心配で公務に支障が出てしまう。門限を守ってくれないなら、今後はやはり衛兵を……」

「守ります、守ります！」

馬に揺られて髪がぐちゃぐちゃになったカトリンが、馬から降りる。三半規管がおかしくなったのか、フラフラの足取りでユリシーズの前までやってくる。

「殿下、申し訳ありません。私のせいです」

ユリシーズはどこか感慨深げにカトリンをじっと見つめ、柔らかな笑みを見せた。

「カトリン。貴女には私からも、たくさん贈り物があるんだ。明日バラルに帰る時は、クロウ卿《きょう》やイーサンへのお土産も持っていってくれ」

「アーノルドにもあるわよ！　王都最先端の筋肉鍛錬商品だから、有頂天になってくれること間違いなし！」

「ありがとうございます。皆様、喜ばれます」

カトリンの心から嬉しそうな笑顔が、私も嬉しい。

王宮の正門は花々で飾りつけられ、開かれるのを今か今かと待っていた。

「ああ、凄く緊張してきた」

震える声でそう告げ、隣に座るユリシーズを見上げる。

私達は屋根無しの白い馬車に乗り、長い列を作る衛兵達と、王宮を出る寸前だった。

ユリシーズは私の背中に手を添え、上下に摩《さす》ってくれながら小さく笑った。

「さっきから何度も深呼吸してるね。過呼吸になってしまうよ」

門の隙間から、沿道にすし詰め状態で並ぶ群衆達が見えているのだ。ここから先、結婚式を行う王都の教会まで、一体どれほどたくさんの人々が私達を見に集まってくれているのか。

馬車は腰から上まで丸見えなので、指先まで皆に見られてしまう。

そう思うと極度の緊張を抑えきれず、ウエディングドレスの裾を整え、短いなりになんとか纏め上げた髪が乱れていないか、触って確かめる。

この短時間にもう、何度確認したか分からない。

ユリシーズは慣れているのか堂々としたもので、席に静かに腰掛けている。

黒いジャケットはユリシーズをいつも以上にシックに見せ、肩章や勲章が陽を浴びて黄金の光を放ち、華を添えている。

茶色の瞳は明るい日差しの下では榛色《はしばみいろ》に見え、いつもとは更に違う印象を与えている。

ユリシーズがジロジロと見ている私を振り向く。

「どうしたの？」

「殿下は、カッコ良過ぎて狡いわ！」

並んで座る自分がみっともなく見えるのではないかと、心配になってしまう。

ユリシーズは少し驚いたように目を見開いた後、柔らかく微笑んだ。

「リーセルも、眩しいくらい綺麗だよ」

ユリシーズが顔を傾け、私に近付ける。キスされることを予測した私は急いで仰《の》け反《ぞ》り、頭を左右に振った。

「口紅が取れちゃうから、だめ」

抗議するとユリシーズは溜め息をつきながらも私から離れ、大人しく前を向いた。キスの代わりに、私の膝をポンポンと叩《たた》く。

「そんなに固くなることはないよ。――目が溶けそうなほど、リーセルは可愛いから」

流石に褒め過ぎ、と言おうとしたけれど、やめておいた。なんとなくユリシーズは本気でそう言ってる気がしたし、今この場では私もそのくらいの自信を持たないと。


一番先頭にいる衛兵に動きがあり、いよいよ門がゆっくりと外側に開かれる。

衛兵達が前進を始め、馬車の御者が馬に歩き出すよう命じる。

（ああ、いよいよ。ついにこの時が！）

ユリシーズがぎゅっと私の手を握る。

幸せな一日になるはずなのだが、ユリシーズと結ばれる喜びより、壮大な見せ物になることへの気後れが、今は圧倒的に勝る。

「お妃様、笑顔、笑顔！」

後ろの馬車に乗る教育係の伯爵夫人が、私に注意を促す。

馬車が王宮を出ると、私達は凄まじい歓声に包まれた。

「王太子様！　ご結婚おめでとうございます」

「妃殿下、こちらを向いて下さい！」

沿道に溢れんばかりに集まった人々が、小さな旗や手を振っている。その光景が、視界に入る道の先までずっと続いている。

経験したことのない極度の注目を浴び、全身が総毛立つ。だが、恐怖は一瞬で吹き飛んだ。

私達を待っていたのは、笑顔の洪水だった。老若男女を問わず、詰めかけた人々から向けられているのは、祝福と歓喜だった。

私の引きつる笑顔が、自然な笑顔に変わる。

右手をお淑やかに振りながらユリシーズを見上げると、彼も輝くような笑顔を群衆に向けている。

皆の興奮が私にもこれ以上はないほど、伝染する。

自分の幸せな日を、見ず知らずの人々から祝福され、喜んでもらえる。

「こんなに嬉しいことって、あるかしら？」

思わず呟くと、ユリシーズはにこやかな顔を沿道に向けつつも、私に答えてくれた。

「これからはきっともっと、嬉しいことが続くよ」

もしかしたら今まで経験したことのないような、大変なこともあるだろう。でもこの幸せの絶頂のような日を糧に、地道に歩いていきたい。

馬車の速度はかなり遅めだけれど、一生懸命手を振って私達に声を掛けてくれる人々の前を通り過ぎるのは、あっという間だ。

きっと朝早くから、並んでここで待っていてくれたに違いないのに。

前を見ると、教会まではまだかなり遠い。

ふと楽しいことを思いつき、私はユリシーズを振り向いた。

「ねぇ、魔術を今使ってもいい？」

ユリシーズは沿道に向ける表情を崩すことなく、口を開く。

「今？　なぜ？」

「ここに来てくれた皆に、水の蝶《ちょう》を見せたいの」

ユリシーズの笑顔が、水が引くようになくなる。

振っていた手が止まり、瞳から一瞬で表情が消えた。

（怒らせた？　結婚式で魔術を見せるのって、そんなにとんでもないことだったかしら？）

もしかして王太子妃は魔術を人前で披露してはいけない、という決まりでもあるのかもしれない。

後ろにいるであろう、教育係に聞きたくて仕方がない。

伯爵夫人を振り返ると、横から肩に手が伸びてきて、前を向かされる。

「ユリシーズ、私……」

最後まで言えなかった。

ユリシーズの顔が私の視界を塞ぎ、彼の唇が私の言葉を封じた。

群衆が更に盛り上がり、歓声が耳をつんざく。

ユリシーズにキスをされた私は、座席の上で完全に硬直した。

唇が離れると、ユリシーズは至近距離から私を見つめた。さっき私が言ったことをなんで無視するのよ、と文句を言ってやろうとして、けれど言葉が霧散する。

ユリシーズの目が少し充血して、なぜか涙が滲んでいるのだ。

「殿下？」

「――見せてくれ」

「えっ？　何？」

「私に水の蝶達を、見せて欲しい。あの万華鏡のような、夢のように美しい色とりどりの蝶達が舞う姿を」

その台詞は随分感傷的に聞こえた。

覚えは全くないのだが、ユリシーズに水の蝶を見せたことがあっただろうか？

「いいのね？　今魔術を使っても？」

ユリシーズは優しく頷いてくれた。

早速目を閉じて、両掌を上に向ける。

「集まれ、水の粒子達よ」

水の粒が集まり、手の上を小さなガラスの球のようにクルクルと回っていく。

祖父の教えが脳裏に蘇《よみがえ》る。私が心の中に思い浮かべる、最も美しい蝶を。

自然と笑みが溢れる。

心の中を深く覗くと、私の幸せが眩しい光を放ちながら、魔術となって溢れ出て、手の上に流れていく。

周囲から聞こえる歓声が、驚きの混じったものに変わり、目を開ける。

視界いっぱいに、舞う蝶達が見える。

この世のありとあらゆる色を纏い、日差しを受けて輝く蝶達。

優雅に羽を動かす彼らは、私の手の上から次々に繰り出され、馬車が通り過ぎた道筋を残していくように、散っていく。

私が最後の蝶を放ち終えると、蝶に片手を伸ばしていたユリシーズが呟いた。

「皆、嬉しそうだ。私もやってみせようかな」

「だめよ、殿下は魔術が使えない設定なのを、忘れたの？」

するとユリシーズは「冗談だよ」と笑った。

強大な魔術を持ちながら、人前では使えないフリをしないといけないことは、本来の体に戻ってから、おそらく唯一思い通りにできないことかもしれない。

前方にいよいよ教会が見えてきた。

灰色の石造りのファサードを飾る、ステンドグラスが美しい。

改めて深呼吸をして、正面を見据える。

教会の中にはバラル州から駆けつけた祖父や弟、それにアーノルドとカトリンもいるはずなのだ。

沿道に整然と並ぶのは黒と銀の制服を纏う、王都保安隊だ。

彼らの中に今日はマックがいない。彼は私の親友として、今教会の参列者席に座っているからだ。シンシアの隣に。

「シンシアの正装を見るのも、楽しみだわ。今思えば学院ではローブ姿か寝間着姿しか、見なかったから」

「たしかに。――マックが惚れ直しちゃって、今頃せっせと口説いているかもな」

「シンシアもマックの一張羅を見て、彼を幼馴染みから恋人候補に切り替えてくれるかもしれない」

「マックは将来有望な魔術師だしね」

ふと不思議に思って、首を傾げる。

「殿下は学院時代、マックとはあまり仲が良くなかったのに」

「そうだね。でもマックは人材としては極めて優秀だ」

「そうでしょう？　私の周りには魅力的な良い人ばかりいて、私の自慢なの」

二人の仲は大いに応援したいし、二人が恋人になってくれたら私としてはとても嬉しい。

でも、誰を好きになるかはシンシアが決めることだ。彼女の意思を第一に尊重しなければ。

馬車がついに教会の正面に停まる。

先に降りたユリシーズの手を借り、身だしなみを崩さないように慎重に地面に降り立つ。

純白のドレスの裾がふわりと広がり、長いケープのレースが後ろに流れる。

開け放たれた教会の両開きの大きな扉から、讃美歌《さんびか》が聴こえてくる。

花々が飾られた教会の中は、参列者達の色とりどりの正装で華やかだ。

入り口から教会の祭壇の前まで深紅の絨毯が敷かれ、私とユリシーズの歩む道を作っている。

二人で並んで待っていると、カゴを肘からぶら下げた愛らしいドレス姿の子供達が、敷居部分の絨毯の上に桃色の花弁を撒《ま》いてくれた。

ヒラヒラと舞うその最後の一枚が深紅の上に音もなく落ちると、ユリシーズの腕に手を掛ける。

私達は視線を交わした。

ユリシーズが囁く。

「さぁ、行こうか」

「ええ。行きましょう」

私達は桃色の花弁の上に、足を踏み出した。

あとがき

もし時間が巻き戻せたら。きっと誰もが一度はそう考えたことがあるのではないでしょうか。やり直せるなら十八歳くらいからが良いかな、いや思い切って五歳か、などと妄想は尽きません。いろんな「もしも」が詰まった本書は、かなり壮絶なシーンから始まりますが、主人公は二度目の学生生活で仲間と共に力を合わせ、助けを借りて試練を乗り越えていきます。

実は学校を舞台にしたお話は、今回初めて執筆したのですが、予想外にとてもワクワクしました。ファンタジー好きにとって、魔術学院というのは強力な引力のある舞台だということに、改めて気づかされました。できることなら、体験入学してみたいものです。

それでは、ここからはお礼の言葉を。

この物語をネットの中から、手に取れる形で連れ出して下さった編集担当者様。そして私の想像を遥かに超えるうっとりするほど美しいイラストで、リーセル達の世界を見せて下さった先崎真琴《せんざきまこと》様。また本書はコミカライズも進行中ですので、一読者として純粋に楽しみにしております。

なにより、今こうしてあとがきを読んで下さっている方々。

皆様に心よりお礼申し上げます。ありがとうございました。

主人公は最後に幸せを摑みました。本書を読んで下さった方々も一緒に幸せな気持ちになっていただけましたなら、作者として無上の喜びです。

岡達《おかだち》　英茉《えま》